La región sumergida

Tabajara Ruas

La región sumergida

Traducción de Rodolfo Alonso

emecé
lingua franca

Ruas, Tabajara
 La región sumergida.- 1ª ed. – Buenos Aires : Emecé Editores, 2006.
 352 p. ; 23x14 cm.

 Traducido por: Rodolfo Alonso

 ISBN 950-04-2832-6

 1. Narrativa Brasileña I. Alonso, Rodolfo, trad. II. Título
 CDD 869.1

Título original: *A Região Submersa*

© 2000, Tabajara Ruas
Publicado mediante acuerdo con Dr. Ray-Güde Mertin Literarische Agentur,
Bad Homburg, Alemania

Derechos exclusivos de edición en castellano
reservados para todo el mundo
© 2006, Emecé Editores S.A.
Independencia 1668, C 1100 ABQ, Buenos Aires, Argentina
www.editorialplaneta.com.ar

Diseño de cubierta: *Departamento de Arte de Editorial Planeta*
1ª edición: noviembre de 2006
Impreso en Printing Books,
Mario Bravo 835, Avellaneda,
en el mes de octubre de 2006.

Queda rigurosamente prohibida, sin la autorización escrita de los titulares
del "Copyright", bajo las sanciones establecidas en las leyes, la reproducción
parcial o total de esta obra por cualquier medio o procedimiento, incluidos
la reprografía y el tratamiento informático.

IMPRESO EN LA ARGENTINA / PRINTED IN ARGENTINA
Queda hecho el depósito que previene la ley 11.723
ISBN-13: 978-950-04-2832-3
ISBN-10: 950-04-2832-6

Para Napoleão e Irma.
Para Zina.
Y para Marcia.

Parte 1

Capítulo I

Los ojos de la mujer eran verdes y profundos, inmensos, acuosos, casi insultantes. Ese tipo de mujer que surge de repente, entre mármoles y candelabros, mil veces reflejada en los espejos de las salas de espera de los cines de lujo y que es vista rápidamente —pieles, sombreros, paquetes— a través del vidrio mojado de un taxi en un tumultuoso anochecer de viernes; esa especie de mujer que al alejarse del ascensor repleto permanece en el recuerdo de los hombres como vago, indeleble perfume, y que carga un permanente velo de neblina encubriendo la edad.

Cuando se retiró —sonrió inútilmente, cerró la puerta sin ruido—, ella dejó en la sala (y en Cid) el vago perfume y el permanente velo de neblina. El perfume siempre sería un misterio. La edad, una tarde, años después, Cid la descubriría a través de la neblina: cuarenta y tres. Descubriría en aquella tarde remota (años después), poblada de hojas amarillas y estatuas cubiertas de musgo, en que sintió pena por ella y en la cual —como estuvo de moda decir durante cierto tiempo— casi llegó a conocerla.

Usaba guantes blancos. Era verano (los guantes probablemente eran de croché), y Cid quedó maravillado: por primera vez, siendo verano, una mujer entraba en su escritorio usando guantes y usando sombrero y exhibiendo maneras de una verdadera dama. Hasta enton-

ces ellas llegaban con un aire de petrificada perplejidad, de úlcera perforada, de pobreza o de odio. Pero la Dama de los Guantes —Cid no terminaba de maravillarse— estaba perfectamente serena y sonreía.
—¿Usted es el detective Espigão?

Cuando, años después la ametralladora empuñada por Sérgio surgió de la oscura ventanilla del Volkswagen y apuntó directamente hacia el espacio entre sus ojos, el detective Cid Espigão recordaría —en la desierta planicie que antecede al pavor de la muerte— la primera vez en que oyó el nombre de él —Sérgio— y recordaría también los labios que lo pronunciaron, y la forma esquiva en que se movían, y la forma en que las palabras eran articuladas: lentas, resbaladizas.
—¿Drogas? Usted no conoce a Serginho. Es un muchacho serio, estudioso. Nunca se metería en una cosa así.
—
—Sí, tiene una novia. Nada especial, un amorío como tiene cualquier muchacho de su edad.
—
—Una chica derecha. De su clase social. Serginho tiene la cabeza en su lugar, gracias a Dios. No es de hacer locuras.
—
—Primero, yo quiero que él se forme. Después, entonces, va a pensar en casarse. Por ahora es muy joven.
—
—Veinte años. Los cumplió en octubre.
—
—Ya telefoneé a mis parientes del interior, sí. Y también a mi hermana en Río. Él nunca fue allá, eso es verdad. Y ellos no le gustaban, incluso.
—

—No, nunca peleó con nadie de la familia. Siempre mantuvo una relación cordial con todos.

—

—¡Ahora, amenazas! Serginho es muy popular, todo el mundo lo quiere mucho. ¿Por qué motivo recibiría alguna amenaza? Eso no tiene sentido.

—

—Insisto en que eso no tiene sentido. Él es completamente inofensivo. Incapaz de hacer mal a una mosca. No consigo imaginarlo con enemigos. Yo, por lo menos, no tengo la menor noticia de que haya recibido alguna amenaza.

—

—Sí. Es hijo único.

Perfectamente serena. Apenas los ojos, aristocráticos, mostraban cierta incomodidad.

Negoció los honorarios de la investigación con naturalidad y antes de entregar el retrato a Cid demoró en él los ojos, con ternura pero sin alarde.

Daba gusto tratar con una dama así.

—Una cosa debe quedar clara, señora Gunter. —Cid adoptó su más cuidada expresión de Detective-Astuto-Y-Duro-Pero-Simpático. —Yo soy contratado para buscarlo, no necesariamente para encontrarlo. —Abrió los brazos con amable seriedad. —Aunque el objetivo sea ése, está claro.

La señora Gunter lo escuchaba distante como la Esfinge.

—Cuando complete una semana le entregaré un informe pormenorizado de la investigación y mi opinión sobre si vale la pena continuar con ella o no. Usted puede prescindir de mis servicios cuando quiera, pero mis honorarios siempre corresponderán a una semana de trabajo, aunque la semana no se complete.

Ella asintió con la cabeza.

—Mi teléfono todavía no fue instalado, usted sabe el horror que son ciertos servicios públicos, de modo que puede telefonearme a este número —le tendió una tarjeta—, es el del peluquero de al lado, y dejar mensaje sin temor. Es gente de absoluta confianza.

—Hablando de telefonear, señor Espigão, por favor, no lo haga a mi casa después de las ocho de la noche. Mi marido no sabe que lo estoy contratando y no quiero admitir la hipótesis de contratar un detective. —Hizo una pausa, se mordió el labio inferior. —Usted comprende, es coronel del Ejército.

Cid comprendía. Sacudió la cabeza mostrando cómo comprendía, mientras miraba las anotaciones que había tomado. ¿Qué más? Ella ya había descrito con cansadores detalles el tipo físico, explicado todas las manías, gustos y muecas, leído en voz alta las cartas y mensajes, pasado revista a libros, cuadernos, bolsos y bolsillos. Nada indicaba el menor deseo de abandonar la casa.

—No comprendo...

Cid alzó la cabeza al oír el tono de la voz.

La señora Gunter dejaba entrever una pequeña fisura en su perfecta composición de dama aristocrática.

—Él tenía todo lo que quería —murmuró con imperceptible temblor en los labios—. Todo.

Cid juzgó que iba a presenciar la conocida sesión de llanto y lamentaciones, pero la dama recuperó el dominio, sonrió ("Esas cosas angustian a la gente, ¿no es así?") y preguntó si él necesitaba más informaciones.

—Por el momento no, señora. Yo voy a conversar con sus amigos, sondear, hacer preguntas. Usted no imagina cómo revela cosas una buena conversación. Un día esto, otro día aquello, la gente relaciona la opinión de éste con la de aquél... —Cuestión de paciencia y un poco de psicología.

Sonrió modestamente. Era su Método. Todo buen detective tiene su Método. Es una cuestión muy personal el Método. Ella no le dio el mínimo valor al Método.

La señora Gunter ya sonrió inútilmente y ya cerró la puerta sin ruido. Cid quedó solo —y sólo después de que el perfume de ella fue tragado por el polvo, por la franja de sol sobre los papeles de la mesa, por los muebles asombrados— tomó con la punta de los dedos la foto. Sérgio sonreía. Era un día de verano y las cosas iban bien, porque sonreía. Cid se preguntó si en este exacto momento él estaría todavía con ganas de sonreir. Porque ese muchacho en mangas de camisa, por algún oscuro motivo, ha desaparecido en esta ciudad de un millón de habitantes, en esta sombría ciudad de Porto Alegre, donde sobran motivos para borrar la alegría del rostro de los que desaparecen contra su voluntad.

Tomó el paquete de Minister, los anteojos oscuros, palpó en el bolsillo del saco la billetera y fue saliendo. Se detuvo en la puerta. Se dio vuelta, abrió el cajón del escritorio, sacó la pipa de debajo de algunas revistas y papeles, la sopló un poco y se la colgó en la comisura de la boca.

Cid Espigão se consideraba un detective moderno. Tal concepto, sin embargo, no le impedía arrullar, conscientemente, los viejos ritos de la profesión. Y estaba convencido de que fumar su vistosa pipa era uno de los más perennes y significativos.

Bajó del ómnibus frente a la Facultad de Medicina. Nunca había entrado allí. Lo atraía una solapada curiosidad, que era, también, nada se ganaba con disfrazarla, algo parecido al temor. No le gustaban las facultades. No le gustaban los ambientes universitarios. Tenía motivos. Muy bien guardados.

Le preguntó al estudiante barbudo dónde quedaba el bar.

Subió las escaleras un poco impresionado con el busto en bronce del austero ciudadano de anteojos y perilla. En la oscuridad del largo corredor fue quedando cada vez más impresionado. Detrás de esas puertas deben ocurrir cosas tremendas. ¿Estaba oyendo realmente agónicos aullidos de perros (y latidos), o era apenas impresión? Seguramente, tendría pesadillas a la noche. Decidió en un impulso que no simpatizaba nada con el ambiente. Y fue con ese estado de espíritu que entró en el bar.

Eran las seis de la tarde. No cabía nadie más.

—¿Conoce a un tal Sérgio Gunter, profesor?

La pregunta había sido dirigida al mozo, que transpiraba por un regimiento y cargaba más botellas y copas de lo que podía.

—¿Refresco?

—No. Yo pregunté si conoce a un tal Sérgio Gunter.

—La Coca se acabó. Sólo queda guaraná.

O el sujeto era sordo o quería hacerse el gracioso. De cualquier forma las personas dentro de ese bar sólo podían hacerse entender gritando. Cid adhirió:

—¡S-é-r-g-i-o! ¡Sérgio Gunter! ¡Estudiante!

—Lo conozco —susurró una vocecita a su lado.

Susurró y era perfectamente audible. La figura correspondía al sonido que los labios emitían. Algo que parece que ya va a deshacerse o que aparentemente es muy frágil y es preciso cuidar como una pieza rara de porcelana. Cid llegó a apartarse un poco.

—¡La señorita lo conoce!

—Todo el mundo lo conoce. Si extendiera el brazo hasta podría tocarlo en el hombro.

Cid extendió, pues, el brazo, tocó en el hombro que ella indicaba —casi dos palmos por encima de él— y el rostro del muchacho de la foto se volvió interrogativamente hacia él.

—¿Podría hablar un poco contigo? Mi nombre es Espigão. Cid Espigão.

El rostro del muchacho continuaba interrogándolo.

—Soy detective. —Pausa. —Privado.

—¿Detective?

Gradualmente, el asombro de los ojos del joven fue dando lugar a un brillo divertido.

—¿Detective privado?

Cid asintió con la cabeza. No estaba simpatizando ni un poquito con la manera en que Sérgio miraba —desde aquella inmensa altura— la pipa que colgaba en la comisura de su boca.

—¿Podríamos hablar a solas?

—Claro, claro. No hay ningún inconveniente. Venga conmigo. Aquí va a ser difícil oír lo que digamos.

Durante algunos momentos lucharon para romper la transpirante masa humana.

—Sabe —el tono era casual—, es la primera vez que hablo con un detective privado de verdad. Yo pensaba que detectives privados sólo existían en la televisión.

Cid lo ignoró dignamente.

—¿Nuestra charla puede ser allá afuera?

—¿Allá afuera? —Por sus ojos pasó un centelleo de desconfianza, ¿o fue pura imaginación? —Es mejor aquí dentro. Buscamos un lugar tranquilo.

Se sentaron en un banquito casi a la altura del zócalo.

—¿Está cómodo, señor detective?

—En cuanto encuentre un lugar donde calzar las piernas, lo estaré. Pero puedes llamarme Cid, sin ceremonia.

—Magnífico. Y puedes llamarme Sérgio. Entonces, ¿a qué viene esta visita?

—Viene a que tu señora madre, además de gastar dinero, parece que también está gastando preocupación a raudales por tu causa.

—Fue la vieja quien te mandó... Pero está claro, Santo Dios. Esto es ridículo. Mira, muchacho, para que ella economizara sus honorarios y preocupación le bastaba darse una vuelta por aquí, a esta misma hora. Nada más.

—O que la llamaras por teléfono.

—Anduve muy ocupado.

—Claro. Ocupado. Ocupado y preocupado. Mucho estudio...

—Eres un gran detective.

—Escucha, joven: yo fui contratado por tu madre para encontrarte, no para saber los líos en que andas metido. Ya estás bien crecidito y no me interesan lo más mínimo. Así que vienes a mi oficina, yo llamo a tu mamá y caso concluido, ¿está bien?

—¿No te parece que así sería muy fácil, compañerito? ¿Y si yo no estuviera dispuesto a ir?

Cid se sacudió buscando acomodarse en la extraña invención sobre la que estaba sentado. ¿Por qué nunca encontraba personas cordiales, razonables y sofisticadas?

—¿Qué tabaco usas?

—¿Hum?

—En la pipa. ¿Qué tabaco usas?

—¿Por qué?

—Por nada. Por preguntar. Linda pipa la tuya. Impresionante.

—Mira, muchacho, por qué nosotros...

—La pipa combina con tu cara, con la forma de la nariz. Le da un aire misterioso.

Cid sabía que estaba rojo y eso lo enfurecía más.

—Escucha, so...

—Calma, compañerito. Mejor escucha. Por la fuerza, creo que es imposible que me lleves, sin despreciar en absoluto tus cualidades. Pero hay un pequeño detalle: yo soy casi el doble de ti. Además, aunque no lo fuese, ¿cómo ibas a hacer para llevarme en medio de esa multitud? Prácticamente todos son mis amigos.

Cid se sacó los anteojos oscuros.

—Ya me dijeron que eres muy popular.

—Existe una manera.

Encendió el cigarrillo sin quitar los ojos de Cid.

—Me apuntas con un revólver.

Su enorme sonrisa se ensanchó.

—Me parece que así no tendría más remedio que acompañarte, compañerito. Esa gente se va a morir de envidia. Nunca nadie apuntó con un revólver. ¿Estás armado, no?

—Para andar detrás de nenitos escapados nunca uso arma.

Sérgio aplaudió con palmadas lentas, espaciadas, irónicas.

—Bravo, compañerito. Acertaste una. Pero de cualquier manera me decepcionaste. Un detective con tu pinta, de pipa y todo y anda desarmado. ¿Y si yo fuera secuestrado por una gavilla? ¿Cómo ibas a hacer para defenderme? Incompetencia profesional grave, Sherlock.

—Vamos a hacer lo siguiente.

—Vamos a hacer lo siguiente —su voz se alteró bruscamente—: damos un salto hasta el teléfono —señaló con el dedo—. Yo voy a casa hoy, pero llamo a la vieja ahora y aviso. Tú también hablas, dices que me encontraste y basta; no te voy a dejar mal, compañerito.

—Cid, muchacho.

—¿Cuándo te contrató ella, compañerito?
—Hace cuarenta minutos.
—Vaya, eres de los buenos. Ni James Bond.
Mientras discaba —el humo del cigarrillo entrando por los ojos— hizo señas a alguien que pasaba.
—Hola, mamá, soy Sérgio.
Cid no perdió un detalle del rostro palideciendo, de los labios tartamudeando sí, estoy bien, no pasó nada no, después te explico, calma, mamá, calma, ¿qué es eso? No necesitas inquietarte tanto, escucha, escucha, por favor, te va a hablar el detective, sí el detective, la señora contrató un detective para andar detrás de mí, ¿no es cierto? Pues es ese mismo, te lo paso.
—Hola. ¿Señora Gunter?
Era difícil imaginar a aquella dama tan majestuosa sollozando.
—¿Señor Espigão? —La voz era dificultosa.
—Sí...
—Gracias a Dios. ¿Él está ahí?
—Sí, señora. Está perfectamente bien. Estamos en la facultad. Prometió ir a casa después de clase. ¿Usted quiere que me quede con él?
Silencio en la línea.
—¿Lo prometió?
Cid buscó la mirada de Sérgio.
—Lo prometió.
—Bien, entonces no es necesario. Sería una cosa ridícula. Muchas gracias por todo, señor Espigão. Mañana pasaré por su oficina para saldar nuestra cuenta.
—De nada, señora. Pero no necesita molestarse yendo mañana. Puede ser el lunes mismo. Ahora le voy a pasar el teléfono a Sérgio. Buen fin de semana.
Sérgio seguía un poco pálido. Cuando él comenzó a hablar, Cid se fue alejando sin despedirse. Estaba harto

de esos niños mimados que lo tienen todo, que lo saben todo, en todo superiores, tan... La muchacha menudita le sonreía.

—¿Ya habló?

—Ya. Todo bien. Muchas gracias.

Por lo menos una persona agradable. Alguien dijo una broma en voz alta y la sonrisa de ella creció y se transformó en un arco iris.

En la vereda resolvió ir a pie hasta la oficina. Por el camino tomaría un café. Pensándolo mejor, tal vez fuera más correcto —y elegante, y propio de un detective con la conciencia tranquila— tomar una cervecita helada. A la noche tendría algo bueno para contarle a Olga.

Al cruzar la calle, descubrió de repente lo que lo incomodaba en los ojos del muchacho: los ojos —verdes como los de la madre— insultantes.

Pacientemente, iba rompiendo —uno a uno— el papel de los cigarrillos del paquete de Minister, pulverizando el tabaco en la palma de la mano y después vaciándolo dentro de una bolsita de cuero marrón. Según el razonamiento de Espigão —y, también, según sus intrincadas concepciones de Economía—, para el bien de su billetera raras veces llena era mejor usar el tabaco de cigarrillo común en la pipa que el fabricado específicamente con ese fin. Como poseía apenas una pipa (claro, un día tendría una colección como Sherlock Holmes), la guardaba en un cajón, retirándola de allí sólo cuando tenía algún caso que resolver (no era siempre) o cuando iba a visitar a Olga (lo que tampoco ocurría muy a menudo). Olga, tenaz y obtusamente, se rehusaba a ver la magnificencia, la necesidad y el acomodado porvenir de la noble profesión de detective privado. Lamentablemente, Olga no tenía visión. Una persona que pasa el día entero sirviendo cafés detrás de un mostrador acaba perdiendo la visión de las cosas. Pero, en ese cálido anochecer de diciembre, rojo y esfumado, nada parece difícil para el detective privado Cid Espigão, en especial después de la precisa y fulminante acción emprendida por la tarde, al rescatar para el Seno del Hogar al Joven Hijo Pródigo. Ya había tomado un vital baño frío, se había afeitado con esmero y había devorado dos huevos fritos en la minúscula *kitchinette*. Esa noche traería a Olga. Lo merecía. Tan saludable propósito lo llevó rápidamente a transformar la oficina en dormitorio, utilizando la sutil y simple técnica de apartar el escritorio y abrir el sofá-cama. Técnica, además, que estaba obligado a utilizar todas las noches.

Cerró cuidadosamente con llave la puerta de la oficina. La placa era austera como conviene: Cid Espigão – Detective Privado – Investigaciones Sigilosas. (Tal vez necesitara un buen pulido un día de estos.)

Espió hacia adentro del Salón de Belleza Inmortal Afrodita. Estaba repleto y Lolo se movía como un danzarín de ballet entre las clientas asfixiadas con inmensos secadores en la cabeza.

Ahora, pausado, leve, limpio y confiado, el detective privado Cid Espigão desciende los gastados peldaños de madera de la escalera del edificio número 100 de la Rua dos Andradas —histórica y tradicionalmente conocida como Rua da Praia— rumbo a su noche de viernes.

Capítulo II

Se rehusaba terminantemente a abandonar la dulce laxitud de la bañera se resistía a perder la suave fragancia exhalada por los perfumes de nombres misteriosos y exóticos que le intoxicaban los poros no permitiría ser arrancado de esa bruma tibia y acariciante se rehusaba pero están llamando susurraba la voz se rehusaba pero tienes que abrir insistía la voz se rehusaba pero mierda un empujón lo derribó de golpe de la bañera sofá-cama y abrió los ojos como si estuviesen perforados por cristales y las cosas que revoloteaban fueran poco a poco inmovilizándose y volviéndose familiares: paredes de amarillo sucio, mesa llena de papeles inútiles, ventana cerrada, gastados zapatos debajo de la silla.

—Están llamando a la puerta. —La voz se paseó junto a su oído. —¿Vas a atender?

—No.

Extendió las sábanas encima de la cabeza.

Olga se extendió en el sofá a su lado. Espió el reloj, pero era difícil ver en la penumbra. Volvieron a llamar.

—¿Quién será el hijo de puta?

(Vagaba entre la dulzura del agua tibia y la aridez de una bisagra mal colocada.)

—Es una señora muy distinguida.

Cid dejó asomar un ojo intrigado.

—¿Quién?

—Una joya muy fina. Yo espié hace poquito. Toda elegante, de guantes y sombrero. Parece que va a una fiesta.

—¡Guantes y sombrero!

Se sentó como impulsado por un shock eléctrico... o cualquier otro mecanismo capaz de lanzar de la posición horizontal hacia la vertical a un sujeto medio tonto de sueño a las diez de la mañana.

—¡Es ella!

Olga lo miraba espantada.

—¿Ella quién?

—Te conté la historia ayer allá en el bar.

Ya estaba de pie, en calzoncillos, atolondrado, buscando los pantalones y los zapatos. ¿Dónde se metió el maldito cinturón?

—Es la madre del muchacho al que le salvé la vida. Vino a agradecerme, sin duda. Vamos, ya, levántate.

—¿Pero vas a recibirla ahora?

—Qué remedio. Vino a pagarme. Ese dinero llega en buena hora, no hay cómo negarse.

—¿Y yo dónde me meto?

—En el baño.

Los ojos de Olga se endurecieron.

—Eso no, Docinho. ¿Siempre preparándome buenas, no? La última fue queriendo agarrarme dentro del cine frente a todo el mundo.

—Pero, Olga, ya lo expliqué un millón de veces.

Cerró el sofá-cama, metió dentro del cajón las sábanas y almohadas.

—Olga, por el amor de Dios, a ver si comprendes. Este departamento sólo tiene esta habitación, estás nada más que en bombachas y esa señora es una clienta.

Entró en el baño como un mártir. Metió la cabeza debajo de la canilla, se refregó el rostro vigorosamente con una toalla. Cuando empacaba, Olga era como esas puertas de casa de playa hinchadas por la humedad. La abrazó, adulador, la fue empujando para adentro del baño, empujando su vestido y zapatos.

—Es sólo un minutito, amor. —Le introdujo la lengua en el oído, deslizó la mano por sus piernas. —Sólo el tiempo de que ella me pague, le agradezca y se despida. No le doy charla.

Cerró la puerta del baño, levantó el cenicero del piso, lo depositó en el escritorito, lo arrastró hasta su lugar, lanzó una mirada crítica a la habitación. ¡Santo Dios! Papel higiénico desparramado por todas partes. Lo pateó debajo del sofá. ¿Qué más? Abrir la ventana para airear, so idiota. La abrió: mañana de sol, de algunas nubes muy blancas, muy distantes, y de ruido de tránsito… pesado, omnipresente.

Tomó la pipa, la depositó en la comisura de la boca y se dirigió hacia la puerta con su mejor paso y la sonrisa más encantadora para abrírsela a la Madre Agradecida.

Algo andaba mal con el verde de los ojos o tal vez fueran de esos que cambian de color según el día. Apretó la mano enguantada, la invitó a entrar, esperó que se sentase en la misma silla de la víspera y después ocupó en el escritorito su lugar de Detective Atento.

—Disculpe que haya insistido tanto, pero el muchacho de ahí al lado, el peluquero, me garantizó que usted estaba.

Cid amplió su sonrisa.

—Vaya, no se disculpe. Usted hizo muy bien. Tuve que dormir aquí en la oficina estos días porque mi departamento está sufriendo algunas reformas y está hecho un completo desorden. —Tomó un cigarrillo. —¿A usted le importa si fumo?

—En absoluto. Póngase cómodo.

—Muchas gracias. ¿Cómo está el muchacho? ¿Arrepentido de la aventurita?

Ella lo miró como si viese una cobra.

—¿Arrepentido?

Compuso el rostro, controló la respiración; casi sonreía cuando dijo:

—Simplemente se fue.

—¿Se fue? —Ahora era Cid quien parecía ver cosas. —¿Cómo?

—¿Cómo? Yéndose, señor. Esta vez dejó una carta.

Cid tomó el sobre. La carta estaba escrita a máquina, en papel azul. Como los ojos del detective preguntaban si podía leerla, la señora Gunter no tuvo inconveniente en abrir la boca y decir en su forma resbaladiza:

—Sí, sí. Justamente la traje para que usted tomara conocimiento.

La pipa ya le estaba estorbando y todavía no había encendido el cigarrillo. Puso la pipa en la mesa y el cigarrillo en la boca.

—Extraño. Escrita a máquina. Una carta así tan personal normalmente se escribe a mano. —Ya era el Profesional Competente en pleno ejercicio de su función. —¿Usted reconoce la firma?

—Sí. La carta es de él mismo. Prácticamente yo lo vi escribirla. Después de conversar conmigo y mirar televisión él fue a su cuarto y oí el ruido del teclado. Escribía esa carta.

Con un estremecimiento casi imperceptible, comenzó la lectura.

"Querida mamá,

"es difícil escribir algo cuando se sabe que eso causará sufrimiento a las personas que se ama. Mientras tanto, es necesario que te escriba. Y escribo en un momento en que me siento lúcido y adulto y en paz conmigo. En un momento en que sé lo que quiero, en el cual tengo certeza de haber escogido los caminos que pretendo seguir en el mundo. Antes de decirte lo que quiero, me parece correcto también decir lo que no quiero. Y una de las cosas que no quiero, mamá, es ser un médico más. Me parece que la medicina es una profesión honrada y necesaria. Pero no es lo que deseo. Un día entenderás este gesto mío y todo lo que de él resulte. Uno de los sueños de toda tu vida fue ver a tu hijo único médico. Voy a llevar conmigo este peso que es destruir ese sueño y todos los otros que te formaste con respecto a esto.

"¡El mundo estaba ahí afuera, me llamaba! Era tan diferente de la seguridad de mi cuarto, del programa de televisión todas las noches, de la rutina de la facultad, de la misma conversación de todos los días en la sobremesa, el cine, la revista, el tiempo.

"Entonces traté de descubrir algo que le diera un sentido verdadero a mi vida, algo que no fuera tan perecedero como la gloria de ser jugador de fútbol o médico. Ese algo que busco no lo voy a encontrar en el ambiente en que vivo (y que me sofoca). Necesito salir, respirar aire puro, ver las cosas como son realmente."

—No hay duda, el hombre se hizo hippie.

"Me parece que eso —esa inquietud— es una cosa buena que me quedó después de años y años de aprendizaje inútil y artificial. Y me alegro, porque esa inquietud la recibí de ti. Mi tarea en el momento es desaprender. Olvidar todo lo que me colocaron en la cabeza durante años sin interrupción. Olvidar hasta comenzar a ser, un día, otra persona.

"Espero que me perdones porque ahora voy a decir adiós.

"No voy a invocar momentos felices para recordar, porque esos ya pasaron. No voy a hacer señas con la esperanza de un reencuentro porque ese adiós es para siempre. No te quiero decir adiós con flores, pañuelos, remordimientos y otras cosas del género. Quiero decirte adiós, apenas, y nada más."

Cuando leyó el nombre —Sérgio— que firmaba la carta, el detective tuvo la extraña sensación de que las cosas estaban heladas en la habitación y que el ruido del tránsito fue poco a poco adueñándose del silencio. Con un brusco acceso de tos, fue a cerrar la ventana. (La señora Gunter experimentó un leve shock al descubrir que el detective calzaba zapatos sin llevar medias.)

Cid descansó los ojos en el inmutable paisaje de tejados, voladizos, hollín, antenas, manteles y —¡oh!— un refrescante revoloteo de palomas al ras de la ventana. Esperó que la bandada se acomodase en los carcomidos aleros del edificio de enfrente y regresó al escritorio. Cada vez le gustaba menos aquel muchacho inmenso, de ojos verdes, desagradables.

—¿No dejó nada más concreto que esa carta?

—Sólo la carta. ¿A usted no le parece bastante concreta?

—¿Usted tiene idea, cuando él viaja o algo parecido, a dónde puede ir?

—¿Cuando él viaja o algo parecido?

—En fin, ¿usted conoce a alguna persona que pudiera influenciarlo con esas ideas raras que están en la carta?

La mujer quedó largo tiempo mirando la pared. Desapareció el desmayado matiz de sarcasmo que un momento coloreó su rostro. Habló sin volver el rostro:

—Llevé horas enteras pensando, señor Espigão. ¿Sabe a qué conclusión llegué? Que no sé nada sobre mi hijo. Nada. Absolutamente nada. —Retiró, abstraída, un pañuelo de la cartera. —¿Qué hacía cuando salía de casa? ¿Con quién andaba? ¿En quién pensaba? Pues hoy vine a descubrir que no tengo la menor idea. La más remota.

Se apantalló vagamente con el pañuelo, se irritó, lo guardó en la cartera. Hizo un gesto confuso con las manos.

—Y yo creía que él era enteramente mío.

En un gesto rápido, Cid encendió el Minister.

—Él fue siempre el primero en todo. Las mejores notas, el mejor comportamiento. Siempre fue un niño disciplinado. Nunca necesité ordenarle hacer los deberes. Jamás me dio trabajo. Yo tenía tanta confianza en él…

Alzó los ojos inquietantes hacia Cid, pero miraba mucho más lejos. Habló para muy lejos.

—Debe de estar enfermo…

En la pausa que siguió, el sonido de la calle subió hasta la ventana.

—Me descuidé con él. Ésa es la verdad. Me descuidé. Una mujer tiene tantas cosas en que pensar hoy en día. —Miró otra vez a Cid y esta vez parecía verlo: su voz se crispó de fervor: —Necesitamos encontrarlo, señor Espigão, necesitamos encontrar a mi Serginho, necesitamos internarlo en una clínica para que descanse, para que se ponga bien otra vez.

—Señora Gunter… ¿Él ya dio antes señal de tener problemas mentales?

—Oh, no. Nunca.

—¿Y en su familia o en la de su esposo?

—No. Nunca hubo.

—¿Entonces no le parece mejor dejar por ahora esa hipótesis y creer que él escribió esa carta, como dice aquí, "lúcido y en paz"? Yo digo eso porque, ayer, cuando hablamos, me pareció bien de salud. Perfectamente normal. ¿Usted notó algo de extraño cuando conversó con él en su casa?

—No.

—¿No estaba nervioso? ¿Tenía dinero? ¿Llevó mucha ropa? ¿Se llevó algo especial de casa?

—No tiene por costumbre tomar cosas que no sean de su propiedad sin antes avisar, señor. No se llevó prácticamente nada. Eso es lo que me extraña. Ni siquiera la chequera de su cuenta bancaria. Estaba en la mesa de su cuarto y allí quedó. Y no se llevó ninguna ropa. Salió con lo puesto y nada más. Es difícil de creer.

—¿Usted dio parte a la policía?

—No. Mi marido no lo permitiría. Se puso furioso cuando supo que yo había dado parte esa vez que desapareció por una semana. Y además de eso ¿qué puede hacer la policía? ¿Le parece que ella puede interesarse tanto como una persona contratada especialmente con ese fin?

—No, está claro. Pero ellos disponen de medios infinitamente mayores que los míos. Pueden mandar la foto del muchacho a delegaciones en otras ciudades y en otros estados, pueden vigilar los caminos y las carreteras.

—¿Usted realmente lo cree, señor Espigão?

—Un buen policía que mira una vez la foto de Sérgio no la olvida más.

Ella pareció pensar un poco.

—Yo prefiero esperar. Y usted ayer fue tan rápido.

Cid hizo un gesto de eso-no-fue-nada:

—Eso, no fue nada. Rutina. Y un poco de suerte.

—De cualquier manera, eso me dio confianza. Aunque no parezca, soy una persona impulsiva. ¿Usted tomaría este trabajo en tiempo completo?

La persona y la voz de Cid se inflaron como un diputado del interior ocupando la tribuna.

—Mi norma, señora Gunter, es atención total y exclusiva. Un caso por vez. Antes tenía colaboradores y así podía tener varios casos entre manos al mismo tiempo. Pero era difícil trabajar con ayudantes, hacían mucho lío. Lo complicaban todo. Cualquier asunto banal lo transformaban en un misterio indescifrable. No soporto aficionados. Y además de eso, señora mía —Cid impostó la voz—, nosotros, los de esta profesión, somos tradicionalmente lobos solitarios.

No pudo terminar la frase con la acostumbrada sonrisa modesta; la señora Gunter mostraba una máscara de descontrolado espanto al ver abrirse la puerta del baño y a una negra alta, de escote inmenso en el vestido amarillo, atravesar majestuosamente el cuarto, tomar, sin decir palabra ni mirar a ninguno de los dos, atónitos en sus sillas, un grueso libro de encima del escritorio, dirigirse a la puerta, abrirla y desaparecer, soberana.

Solamente cuando el tip-tap de sus tacos altos cesó de vibrar en el corredor, Cid salió del trance. La señora parecía una estatua.

—Era Olga.
—¿Olga?
—Olga.

Miró la punta del cigarrillo que se quemaba sola como esperando que ella le sugiriese algo.

—Pobre muchacha —murmuró con aire misterioso, y luego cambió de tono: —Como le expliqué ayer, señora Gunter, será mejor que me tome una semana para indagar el paradero de Sérgio, conversar, oír amigos, comparar opiniones. En el fin de semana le presentaré un informe y mi opinión. Si le parece bien, los gastos son los mismos que ya le expuse ayer.

Ella sacudió la cabeza. Asentía.

—Esta vez, me parece que no va a ser tan fácil.

—Nunca es fácil, señora mía.

—Esta vez tengo ese presentimiento.

Se levantó. Parecía muy alta. Tal vez fuese el sombrero.

—Señor Espigão, esto tiene que quedar en riguroso secreto entre nosotros.

—Señora Gunter, más que un secreto profesional —el detective colocó la mano abierta sobre el pecho e imprimió un acento solemne a la voz—, mis casos son para mí secretos sagrados.

Lolo dobló la carta, la colocó en el sobre y se la entregó a Cid.

—Me estremecí todo cuando leí el final. Emocionante.

—Emocionante para ti —respondió Cid con la boca llena de pan con manteca—. Para mí, que tengo que encontrar al tipo, no veo nada de emocionante.

—Porque no tienes sensibilidad, Docinho. Además, ese caso no es nada del otro mundo. Ya adiviné.

—¿Ya? ¿Y cuál es la solución, profesor? ¿Puedo saber?

Los dedos regordetes y llenos de anillos de Lolo puntearon en el aire un teclado invisible. Por la cara de Cid era evidente que no descifraba el mensaje. Lolo se impacientó.

—Ese chico es entendido, Docinho. Del sindicato, con carterita y todo.

Cid dejó de masticar.

—¿Ah, sí? ¿Qué más?

—Puedes burlarte. Pero cuando iba leyendo la carta iba entendiendo el problema de ese muchacho. Era el mismísimo que yo tenía antes de asumirlo. Todo era, ¿cómo es que dice?, sofocante, hipócrita y artificial. Sin quitar ni poner, lo que yo sentía. Apuesto que él hizo lo mismo que yo hice cuando tenía su edad. —Miró soñador un punto del espacio, pellizcó dos veces las inmensas pestañas postizas. —Escapé con mi amor.

—¿Escapaste con tu amor?

—Claro. Por lo menos tengo eso para contar. Sólo que el gran hijo de puta me abandonó en el hotel y se llevó todo mi dinero. Fue mi primera desilusión. No sabes lo que ya sufrí en mi vida, Docinho.

—Imagino. —Tomó el último sorbo de café y llamó al mozo. —Ah, la mujer me dio un cheque. El lunes te devuelvo tus cincuenta billetes.

—¿Qué pasa, hijo mío? No hay apuro. ¿O vas a desaparecer también?

Capítulo III

—¡Claro que conozco a Gunter, ese desvergonzado! Acaba de pasar por aquí no hace ni cinco minutos.

Debo de haberme puesto pálido, pensó Cid, porque la prejuiciosa manifestación del portero pareció de repente cobrar vida.

—¿Por dónde fue?

—Por ahí. Por ese corredor. Me parece que entró en la sala 44. Anatomía.

Sorteó ágilmente al grupo cargado de libros, casi derribó al asombrado señor de barba blanca, se detuvo en seco ante el número 44, Anatomía.

Abrió la puerta con cautela, receloso de encontrar súbitamente aquellos ojos abominables.

Era un amplio anfiteatro, en declive, y más de la mitad estaba tomado por alumnos de delantal blanco. Allá abajo, el profesor y dos asistentes —mascarillas y delantales verdes— revolvían calmadamente con un bisturí las vísceras expuestas de un muerto. Cerca de la puerta, una pareja de estudiantes se manoseaba y reía ahogadamente. Aumentaron las risitas cuando percibieron la palidez de náusea en el rostro del detective.

Cid se sentó en una fila vacía y cerró los ojos. Necesitaba acumular fuerzas. Las risas de la pareja lo enfurecieron.

Se pasó el pañuelo por el rostro. Debe estar aquí. Voy a abrir los ojos, No voy a mirar al muerto. Voy a buscar entre los alumnos. Esta vez no escapa, el payaso huidizo. Repitió mentalmente —payaso huidizo— y reconoció con vago remordimiento que eso le hacía bien. Le hizo bien. Cuando enfrentara otra vez los ojos —fríos, verdes, insultantes— no se sentiría (esperaba) como la otra vez, disminuido. Sería el Duro, como manda la tradición. Había dejado la pipa en el escritorio para evitar ironías. Esta vez estaba preparado.

Saltó cuando le codearon las costillas.

—¿Se asustó?

—De ninguna manera.

La estudiante menudita de la víspera —seguía del mismo tamaño— se sentó a su lado y colocó una pila de libros en la silla vacía.

—Parece que esto le gustó. ¿Está pensando en estudiar Medicina?

—No. Eso no es para mí. —Señaló lo que hacía el profesor allá abajo. —Yo tengo náuseas.

—Se nota. Pero eso no es problema. Uno se acostumbra. Yo también tenía náuseas al comienzo. ¿Buscando a Sérgio?

—Sí. Me dijeron que estaba en esta aula, pero no consigo localizarlo. Hay mucha gente.

—Estaba aquí hace poco, pero ya se fue.

Cid se entusiasmó.

—¿Ya? ¿Para dónde?

Todo lo que ella hizo fue abrir la enorme cartera de cuero y revolver adentro. Después de lo que parecieron a Cid días enteros, ella habló, todavía con la atención volcada hacia el objeto que buscaba:

—¿Por qué tanto interés? ¿Tienen algún negocio juntos?

—Más o menos. Necesito hablar con él urgentemente, pero nunca está en casa. ¿No sabe dónde se mete cuando no está en casa ni aquí?

Finalmente, encontró lo que buscaba: un espejito. Se miró, coqueta, retocó el arco de la ceja con minucioso cuidado.

—No sé si debo decirlo.

—¿Pero, por qué? ¿Puedo saber eso, por lo menos?

—No sé quien es usted.

Primero me codea las costillas, después me trata de usted. ¿Quién entiende a esta juventud, mi Dios?

—¿No me viste hablando con él ayer? Cid Espigão, a tus órdenes.

—¿Cid?

—Cid. Como Cid, El Campeador. ¿Lo conoces?

—Vi la película. Muy elegante, su nombre.

—Gracias. ¿Y tú cómo te llamas, si no es un secreto?

—Sarita.

—¡Lindo! Tiene un sonido agradable. ¿Medio hispánico, no?

—Como el suyo. Mi padre está perdido por los nombres en castellano. Tengo una hermana que se llama Dolores.

Guardó el espejito y cerró la cartera con un ¡clic!

—¿Y ahora que ya nos conocemos e intercambiamos elogios, por qué no me dice dónde encuentro a ese caballero desaparecido?

—¿Desaparecido? ¿Serginho está desaparecido?

—Una manera de decir. Si hace poco andaba por aquí, no puede estar desaparecido, ¿verdad?

—Verdad.

Cid cruzó los brazos y sacudió la cabeza como quien va a reprender a una criatura que hizo algo equivocado.

—La señorita realmente es sorprendente.

—¿Cómo puedo decir? No sé quien es usted, lo que hace, lo que busca con Serginho.

—¡Gran cosa! ¿O será que tengo cara de bandido?

—Cara no quiere decir corazón.

—Muy bien. Entonces le voy a contar nuestro secreto. ¿Pero boquita cerrada, eh? Nadie debe saber. —Esperó que el interés de los ojos de ella encontrase un equilibrio estable. —Yo tengo un departamento en la Floresta. Sala y dos cuartos. Una joya. Y él quiere alquilarlo.

—Y él quiere alquilarlo. Perfecto. ¿Y por qué no lo dijo antes?

—Porque es secreto. Sabes como es esta cuestión de los negocios. Cuanto menos gente lo sabe, más probabilidad hay de acertar.

—Eso es verdad. En boca cerrada no entran moscas.

—Parece que a los dos nos gustan los refranes. —E intentando una máscara de preocupación-sin-interés: —¿Hay algún problema con él para andar escondiendo así la dirección? Pregunto sólo por amistad. Me gusta el muchacho y quiero alquilarle el departamento, pero sería desagradable si él anduviera en malas compañías, tú sabes, esa gente de las drogas, traficantes, hippies, en fin, esa gente, tú sabes.

—¿Y si él anduviese metido con esa gente?

—Yo soy su amigo. Procuraría ayudarlo.

—Para alquilar el departamento de la Floresta.

Cid intentó sonreír como sonreiría un gerente de inmobiliaria.

—Uno de los motivos pero no el principal, muchachita incrédula.

Sarita tenía la mirada puesta en un punto distante. Se estremeció. Había olvidado que una de las personas presentes estaba desnuda, rígida, irremediablemente solitaria.

—¿Por qué no salimos a tomar un café?
—¿Te estás sintiendo mal?
—No, no. Quiero decir, no me estoy sintiendo muy bien. ¿Tú puedes abandonar el aula?
—Claro.

El bar estaba vacío. Mesas y sillas apiladas, mostrador abarrotado de botellas, finísimo polvo flotando en la luz gris.

—Dudo de que tenga café.
—Si me dices donde encontrar a Sérgio, yo...
—24 de Octubre 2232, once de la noche.
—¿Cómo?

Ávidamente, fue buscando la libretita para tomar nota porque esa maldita memoria no sirve justo para nada y además el Manual ordena apuntar todo y...

—¿Cómo es eso?
—En la 24, hoy, hay una fiesta del grupo. Él va a ir. Tú puedes ir como mi invitado. El número es 2232.
—¿Fiesta?
—Sí. Mira, en este bar lo que menos hay es café. Yo me voy porque es tarde. Chau, detective.

Quedó petrificado. ¿Detective?

—Serginho me lo dijo ayer cuando saliste, no necesitas poner esa cara.

Sonrió con aquella sonrisa que tenía el privilegio de transformarse en arco iris. Ya en la puerta, dijo:

—Sabes, es la primera vez que hablo con un detective privado. Yo pensaba que sólo existían en esas películas antiguas que dan en televisión.

Capítulo IV

Ahora, viendo la casa de la fiesta, se alegraba de haber traído la pipa. Se resistió mucho frente al espejo, en el demorado ritual de peinarse el cabello. ¿Llevarla o no llevarla? Era noche de sábado. Sería la primera de una larga serie en la que saldría sin su espléndido aparejo de fumar. Recelaba del ambiente desconocido. Las recientes experiencias con estudiantes no fueron exactamente agradables. Detestaba —mejor dicho, todos detestan, le afirmó Lolo cuando fue a buscar perfume en el salón— que se rieran de él. Era una persona seria, con una profesión seria. Lolo no parecía comprenderlo. Juraba —golpeando el piso con la patita calzada con pantuflas de Estambul— que Cid padecía de una profunda inseguridad social.

—Yo también padecía eso antes de asumirme —confesó. En lo que tenía toda la razón. Sólo que los problemas de Cid eran de otro orden. Problemas viriles. ¿Qué podía entender Lolo de eso? Entendía tanto como Cid entendía de peinados.

Ligeramente sobresaltado, el detective constató la aparición de dos nuevas arrugas, que descendían de la nariz y le encuadraban la boca. Tal vez se dejara crecer el bigotito un poco más en las puntas...

En fin, se alegraba de haber traído la pipa, porque la casa no era una simple casa o apenas una casa grande o aún una casa inmensa. No era nada de eso. Era —y la palabra sonaba triunfante como el repicar de una campana en la noche de sábado— una mansión. Iluminada y misteriosa, feérica e imponente. Una mansión. Y él entraría allí, subiría las escaleras, pisaría las alfombras, sería iluminado por los candelabros. Si Olga pudiese verlo. Mejor no pensar en ella después de lo que le había preparado por la mañana.

Cruzó la calle y se acercó al portón de hierro.

Junto con Cid llegó un ruidoso grupo de motociclistas, gritando y tocando la bocina, caños de escape abiertos, máquinas lustrosas, relucientes.

Penetró deslumbrado en el jardín húmedo. Pasó junto a la luz de fuentes coloridas y fue atrapado por sombras cargadas de interrogantes. Cuando llegó a la larga escalinata de mármol estaba pequeñito y jadeante: había comprobado que tales jardines existían (allí estaba él, personaje, recibiendo sus suspiros). Desde el interior de la mansión la música desbordaba como una creciente o una explosión por ventanas y puertas, y bultos de entusiastas bailarines se transformaban en llamas asombrosas lamiendo las paredes. ¡Santo Dios! Era la primera vez que veía una fiesta así. Dominado por ese fervor de adolescente, casi olvida el motivo que lo había llevado allí. Respiró hondo. Necesitaba respirar hondo. Subió las escalinatas de mármol buscando una cara conocida pero no encontró ninguna y ninguna de las personas parecía notar su presencia. Quedó atontado en el salón de paredes espejadas —todo se multiplicaba al infinito— ocupado por personas indiferentes, tendidas sobre todo lo que era posible tenderse, inclusive el suelo cubierto por una gruesa alfombra roja. Miró a los costados, encima, abajo: el universo se prolongaba y repetía angustiosamente. La música y el estrépito del baile llegaban del piso superior. En este salón de espejos la gente no hablaba. Algunos estaban de pie frente a las paredes y alzaban los brazos por la fascinación de ver el gesto repetido instantáneamente por interminables y melancólicos reflejos. Varias personas se congregaban en grupos donde fumaban con sospechoso ardor finos cigarrillos de papel, que se pasaban de mano en mano.

—Pronto vi que era marihuana —reveló Cid con el suficiente aire de nadie-me-engaña.

—¿Y había mucha cantidad? —quiso saber Lolo.

—¿Cantidad? Profesor, la marihuana que había allí alcanzaba para dejar tocado a todo el ejército nacional más el Cuerpo de Fusileros Navales. Con la tercera parte yo me hacía millonario.

Salió del salón, atravesó un corredor, llegó a una escalera. Un ángel enigmático lo esperaba en el último escalón blandiendo una amenazadora espada y emitiendo un brillo rojo de los ojos ciegos. El brillo venía de una puerta entreabierta —de ella brotaban música y luz negra. Ahí seguro que no iba a encontrar a nadie.

Entonces, recordó a la Menudita que también decía refranes, tenía nombre hispánico, maneras contradictorias y debería estar en algún rincón de esta casa enorme.

—Tú no eres de Filo.

No, no era. Lamentablemente. Entonces de Ciencias Sociales. Tampoco. Espera. Yo sé que te conozco pero no sé bien de dónde. ¿De Matemática? No. ¿De Arquitectura? Sólo puede ser de ahí, ahora estoy segura. ¿No? Ah, no eres estudiante. (Decepción, y, luego, una chispa de esperanza.) ¿Eres profesor? Juro que te conozco de la universidad. ¿Nunca vas por ahí? ¡Qué extraño, mi Dios! Todas las personas que conozco tienen algo que ver con la universidad. Extraño. Extrañísimo. Una experiencia fantástica. Absolutamente fantástica.

—Ella era medio loquita, pero muy sabrosa —explicó Cid—. Me parece que estaba un poco tocada, pero allí todo el mundo lo estaba. ¡Y qué escote, por todos los santos!

La luz roja resbalaba por el rostro, por el cuello, se anidaba como un gato entre los senos.

—De cierta manera, mi actividad actual se liga con el medio universitario.

—¡Maravilloso! ¿Y cuál es su actividad actual?

—Investigación.

—¡Oh, no! Jura que no. La investigación me fascina, me fulmina, me arrebata.

—Ella tenía las uñas y la boca pintadas de verde.

—Claro, hijo mío, está de moda. Qué tradicional eres, Docinho. Escandalizarse por eso.

—¿Quién dice que yo me escandalicé? Por el contrario. Hasta me iba pareciendo que se adaptaba muy bien con su figura. En eso, profesor, ella me ofreció un cigarrito...

Respondió con suave desdén:

—Gracias. Yo fumo pipa.

—¡Pipa! Es divino. Es absolutamente arrebatador. Ocurre —y aflojó el tono de la voz, guiñó el enorme ojo de estatua en forma cómplice— que este cigarrito no es cualquier cigarrito, no señor. Es algo especialísimo. Importado, querido. Y adivina de dónde. ¿Adivinas? De, nada-más-nada-menos, que Bahía.

—¿Bahía?

(Esa palabra, nombre propio que designa un estado del Nordeste brasileño, tenía, en la época en que la interrogación se escapó tan inopinadamente de los labios de Cid, el sortilegio de encender en las personas súbitas euforias como si detrás de ella hubiese una oculta primavera, pensaría el detective, años después en su celda gris, mirando la lluvia y oyendo a Aduadu masturbarse en el baño, gimiendo sin el menor recato.)

—De Bahía, de Bahía —confirmó, dando saltitos y batiendo palmas alrededor del atónito detective—. De la tierra del sol, del mar, de Caetano y de Gil. ¡De la tierra prometida! —Se detuvo súbitamente, con la certeza brillando en sus ojos.— Ya sé de que signo eres —clavó el dedito largo y puntiagudo en el pecho de Cid—: Sagitario. No me digas que no.

Cid movió la cabeza, dolido.

—Leo.

—¡Leo! —se admiró ella—. Bien, puede ser. —Lo examinó un poco, desconfiada: —Pero tienes algo de misterioso y místico de Sagitario. Algo que viene de allá adentro, muy profundo, ¿comprendes?

Comprendía.

—¿Y ahora vamos a fumar esa cosita sabrosa?

—¿Y fumaste? —se excitó Lolo.

—Calma, profesor. Justo a esa hora llegó la Menudita. Traía una especie de vikingo por el brazo.

—Te presento a Carlos Gustavo, el dueño de casa.

Mucho gusto, etcétera y demás. Me puedes llamar CG. Es más fácil y todo el mundo me llama así. CG era simpático o fingía muy bien. Ponte a gusto y diviértete chico, ya bebiste algo, no atiendas bobadas no, después nos vemos, etcétera.

Se alejó en un halo dorado de cabellos y barba lavados con champú importado de Francia.

Sarita vestía un larguísimo Lee.

—De esos que se compran en boutiques especializadas en vender ropa usada y rota como tesoros imperiales.

—¡Ropa usada! —Lolo sufría con tanta ignorancia.

—¡Es la moda y cuestan un ojo de la cara, hijo mío!

—Ya sé, pero parecía ropa usada. Además estaba lleno de agujeros y dejaba ver pedazos de pierna de la petisita.

—¿Y él? ¿Apareció?

—Eso fue justamente lo que le pregunté.

—Todavía no —respondió Sarita—, pero Serginho es muy esnob. Es de esos que encuentra bien llegar tarde para ser notado.

—¿Y lo notan?

Sarita miró especulativamente los ojos de Cid.

—Depende.

—¿Depende de qué?

—De la bebida, por ejemplo. Un buen whisky a veces hace olvidar hasta al papa.

—Hablando de olvidar... —Buscó a la muchacha de labios verdes y cigarrito importado de Bahía. —Yo estaba conversando con una señorita, pero parece que desapareció.

—Era Rita. No te preocupes. Cuando no está en la Pinel está en el bar del Rectorado cazando estudiantes. Rita es más fácil de encontrar que ciertas personas.

Le pareció mejor quedarse callado. Vaso de whisky en la mano, ojo encubiertamente sorprendido siguiendo las nerviosas evoluciones del singular ejemplo de pez-gato en el acuario ("Ella dijo que el bicho se llamaba así") y oídos descubriendo, asombrados, la sinuosa música de Vivaldi que se desenrollaba como lianas vivas del tocadiscos, el bravo detective estaba comenzando a descubrir que su profesión tenía un encanto y una sofisticación a los cuales solamente ahora tenía acceso.

—Lo bueno de este salón es que no se oye el ruido de la fiesta.

—El salón es a prueba de ruidos. —Sarita mostró las

ventanas: —No entra ni sale el menor ruido. Si una persona quedara encerrada aquí ni siquiera pensarlo. Sólo puede ser oída si abren la puerta.

—Que parece pesada.

—Exacto. CG dice que pesa más de cuatrocientos kilos.

—¿Para qué todo eso?

—Caprichos de niño rico. Cuando está de malas se encierra aquí y se queda días seguidos oyendo música.

—¿Esa que estamos oyendo?

—No. Vivaldi, no. Wagner.

—Ah.

Tomó un trago de whisky y miró, a través de la copa, las pesadas cortinas rojas y los grandes cuadros en sus marcos dorados, retratando sesudos caballeros de bigotes retorcidos y uniformes fuera de moda.

—Son los antepasados de CG. Él es descendiente de una familia alemana tradicional. Esos bigotudos de allí —apuntó a los cuadros con el mentón— son todos príncipes o duques o cosa por el estilo.

Mosquetes del siglo pasado, armaduras, pistolas y escudos con blasones completaban la decoración del salón. Un salón que pretendía ser austero, pero era apenas opresivo, limpio y amargo. Examinaron una espada junto al hogar.

—Es de oro —dijo la Menudita, y al detective le llevaría mucho tiempo descubrir que le gustó el modo en que ella pronunció esa palabra.

La cara de Lolo mostraba visible incredulidad. Cid Espigão se ofendió.

—La vi con estos ojos, la empuñé, la saqué de la vaina, hasta la olí.

—No tengas miedo que ese material no se pudre ni se mufa ni se herrumbra.

Se volvieron los dos y CG se reía en la puerta entreabierta. Era difícil no asociarlo con un vikingo.

—¿Le gustan las armas, detective?

Se acercó a Cid hasta hacerle aspirar su aliento.

—En su profesión son necesarias.

—Puede parecer extraño, pero en mi profesión ellas son un elemento más decorativo que utilitario.

—Pues, entonces, mejor. Todo cuanto se usa de más se vuelve rutina y la rutina es hiel de la vida. ¿O no lo es? ¿Qué están bebiendo?

—Chiva's —respondió Sarita.

—Nada que objetar. Y escuchando a ese padre libertino. Sarita dice que no puede vivir sin oír a ese mistificador. Es comprensible. Las mujeres tienen una debilidad por los rufianes. Es la naturaleza humana. No niego que ellos tengan cierto encanto, pero la verdadera belleza donde reside es en la fuerza, ¿no es así? —Mostró una sonrisa encantadora y Cid la retribuyó como pudo. —La verdadera belleza reside en la demostración de cualidades viriles, esa cosa soñada y suspirada y que encima de todo es un misterio, un arte. —Se pasó ambas manos por los cabellos, que brillaban tanto como los ojos. —Pero me estoy volviendo banal. Conmigo ocurre lo contrario que con el buen bebedor. El buen bebedor cuanto más bebe más espirituoso y brillante se va poniendo. Yo caigo en la trampa de las frases hechas. ¿Lo notó, no es cierto? Voy a ilustrar lo que quiero decir.

Detuvo la victrola, buscó otro disco y lo colocó en el plato. Apretó el botón.

—¡Wagner! —exclamó.

Cerró el puño derecho, alzó el rostro.

—La virilidad, la fuerza, las sombras sin fin, la belleza despojada y esencial: Wagner. Una nación entera marchando en la lluvia. Cañones atascados, grandes seres alados vigilando en escarpas puntiagudas, niebla y etéreos bultos femeninos envueltos en transparentes velos... Eso es Wagner.

Se sirvió whisky, concedió otra sonrisa encantadora.

—¿Y nuestro detective, qué tiene que decir?

Nuestro detective casi perdió el habla.

—Bueno... yo... yo confieso que no conozco mucho ese género musical.

—¡Bravo! —CG dio un puñetazo en la mesa y las copas y botellas se desequilibraron peligrosamente. —La respuesta que yo esperaba. No me decepcionó en absoluto. Un verdadero espartano. Un hombre dedicado a las artes marciales. Un hombre cuya noble estirpe está, por desgracia, desapareciendo.

Fulminó a Cid con dos ojos centelleantes.

—Permita que le apriete la mano. Es un honor para mí.

—¿Y le diste la mano? —preguntó, atónito, Lolo.

—Claro, pues. Si el hombre estaba bromeando.

—¿Y qué más dijo?

—Nada más. Dijo que era el anfitrión y necesitaba regresar con los otros invitados. Como si fueran a notar su falta en una fiesta con más de doscientas personas.

—¿Ahí volviste a quedar solo con ella?

—Sí quedé, profesor. Ella dijo que CG estaba con toda la cuerda.

—¿Qué tal si buscamos a nuestro amigo?

Subieron las escaleras de nuevo. Al salón donde estaban se llegaba descendiendo por una escalera de piedra, oculta por una puerta que se esforzaba para tener apariencia medieval.

Los Beatles, el humo, las voces y los cuerpos volvieron a envolverlos. Atravesaron un salón alfombrado y casi sin luz, tropezando con cuerpos entrelazados y de respiración oprimida. Cid sintió ganas de preguntar si había alguien con asma por allí, pero le pareció de buen tono no meterse en esos asuntos. Al abrir una puerta, Sarita retrocedió rápidamente y volvió a cerrarla, para angustia de Cid, que no pudo ver nada.

—Creo que perturbamos el momento principal.

Anduvieron por algunos corredores con cuadros bucólicos y follajes en jarrones de cerámica. Acabaron en el salón de los espejos. Ahora todos los fumadores estaban acostados, mirando fijamente un único e invisible punto en el techo. Cid miró también, y nada vio de extraordinario, a no ser su imagen repitiéndose hasta un lugar tan lejano que no la alcanzaba ni con su propia incredulidad. Buscaron entre los inmóviles invitados pero sólo encontraron ojos congelados y sonrisas sin nexo. Sérgio, probablemente, no había llegado aún. Sarita consultó su minúsculo reloj.

—Ya es más de la una. La hora en que él llega.

Resolvieron esperar cerca de la entrada. Tomaron copas y una botella de whisky de una mesa y se sentaron en los peldaños superiores de la escalinata que conducía al jardín. Había otras parejas allí.

—¿No vieron si ya llegó Serginho? —preguntó Sarita a una de las parejas.

No lo habían visto. Cuando Cid destapaba la botella un sonido de terremoto bruscamente creció sobre ellos. Se apartaron hacia el costado en el momento justo en que dos motocicletas eran vomitadas desde dentro de la casa escalinata abajo. Los motociclistas daban carcajadas y se precipitaron como dos oscuros demonios por los escalones y desaparecieron en la sombra detrás del arco luminoso de las fuentes.

—¡Desvergonzados!

El susto le había robado al bravo detective la propiedad de expresarse en términos más sociables.

—Si eso es un juego para hacer.

Buscó la botella de whisky que había soltado. Necesitaba un trago.

—Está rota —avisó Sarita. —Sé buenito y busca otra. Yo también necesito beber algo ahora.

Apoyó el dedo índice en la naricita de ella.

—No vas a escapar.

La mesa de donde había tomado la botella ya estaba vacía. El personal no ahorraba esfuerzos en esa fiesta. El asunto era buscar. Encontró una especie de bar en una sala vacía, medio en penumbra. Tomó una botella sin leer la etiqueta.

—Deja esa botella en el lugar donde estaba, señor canalla vagabundo.

Se volvió, sintiendo una sensación incómoda. Nadie.

—¿Quién está ahí?

—Cerdo inmundo. Libertino.

Caminó cauteloso hacia el lugar de la voz. Había alguien sentado en una silla. Fuese quien fuese no iba a insultar gratis a nuestro bravo detective.

—Que muestre la cara quien esté ahí.

—Mira.

Un súbito haz de luz de linterna iluminó un rostro de vieja, chupado, macilento, ojos pintados con mano torpe, boca repulsiva. La vieja chilló una risita seca y apagó la linterna.

—Ven aquí cerca de la abuelita.

Cid no se movió.

—Señora...

El haz de luz cayó sobre su rostro. Se cubrió con la mano. La luz se deslizó por el cuerpo, iluminando la camisa color-rosa, la corbata verde y el saco de lino marrón.

Cid oyó como la risita seca crispaba la atmósfera.

—Ven aquí cerca de la abuelita...

Cid fue saliendo de espaldas, tropezó en una mesa, derribó algo que podía ser una copa, dio media vuelta, encontró la puerta. Aun después de tomar un buen trago del pico de la botella la risa de la vieja continuaba en sus oídos.

Sarita lo esperaba en la escalera. Encaró su rostro con extrañeza.

—¿Pasó algo?

—¿Por qué?

—Parece que viste al Diablo.

Tendió la copa vacía hacia Cid y él derramó dentro una buena porción de whisky. Sarita alzó un brindis.

—A nuestro esperado personaje. Ya llegó.

—¡Estupendo! ¿Dónde está?

—Por ahí. No hablé con él, pero el personal vio cuando llegó. Va a ser fácil encontrarlo ahora.

—Fácil —rumió Cid con disgusto—. Subimos y bajamos escaleras, entramos en salones con cortinas doradas y en salas repletas de gente y sin ningún mueble y en salas vacías donde los muebles estaban cubiertos con grandes lienzos blancos que daban escalofríos en el espinazo y nada. Nadie más había visto al payaso huidizo. Estaba comenzando a enojarme mucho ya. Estaba comenzando a pensar que todo era charla de la Menudita. Que era diversión para ellos a mi costa.

—Tu viejo trauma —comentó Lolo, seráfico.

—¡Qué trauma ni qué ocho cuartos! De repente percibí a un sujeto haciéndole señas a la Menudita. Las señas eran muy claras: que ella me desorientase. El sujeto pensaba que yo no estaba viendo.

Podía ser un enamorado de ella o algo parecido; no sabía nada de la vida de Sarita. Pero era curioso el método usado por aquel sujeto. ¿Por qué no venía, pedía permiso y hablaba como una persona civilizada? Tal vez porque estaba pálido. Muy pálido. Pálido por demás.

Sarita volvió hacia Cid un rostro inocente.

—¿Me disculpas un momentito? Voy hasta el baño. Me puedes esperar aquí mismo.

Se alejó tan rápidamente que fue difícil seguirla. Mezclado con un grupo que discutía a Glauber y a Godard ya en los límites del homicidio (felizmente el detective no sabía de qué se trataba) la vio entrar en una sala —que no era baño—, sacar la cabeza hacia afuera por la puerta entreabierta, mirar para ambos lados especulativamente (a Lolo, le dijo cómicamente), comprobar que no había sido vista, salió y siguió por el corredor congestionado. Iba hacia el lado de aquel sujeto que, ahora, recobraba lentamente sus colores naturales.

Triunfante, el detective los siguió. Pasaron por el salón de los espejos desviándose de los embelesados fumadores, por el corredor de los cuadros bucólicos y plantas tropicales, al pie de la escalera del ángel, y abrieron la puerta medieval. Después, venía aquella escalera de piedra en forma de caracol que terminaba en la puerta de cuatrocientos kilos de aquel cuarto de cortinas rojas y aparatos de sonido estereofónico donde el dueño de casa gustaba escuchar Wagner durante días seguidos cuando andaba mal. La puerta se cerró con un suspiro. En lo alto de la escalera, Cid oyó, en el furibundo instante en que ella se entreabrió para que los dos entraran —a través de la espesa pared de la música de Wagner—, nítidos, desesperados gritos de dolor. Se inmovilizó donde estaba. Se sintió partido en dos: de la cintura para arriba era un remolino de Rolling Stones, Vandré, diálogos, carcajadas, copas de guaraná, batidos de limón; de la cintura para abajo era una sombra dura, frío de escalera de piedra, puerta cerrada, inexpugnable. Tratar de pensar, ahora. ¿Qué diablos estaba ocurriendo? ¿Por qué la actitud extraña de Sarita?

Lo que podía haber ocurrido es que alguien simplemente se sintiera mal (los gritos de dolor) y llamaran a Sarita (estudiante de medicina) para prestar los primeros auxilios. ¿Y por qué tanto cuidado? Porque, tal vez, la persona se sintiese mal debido a drogas, cosa que su Ojo Penetrante y Atento ya había detectado sobradamente en la fiesta. Elemental.

Tuvo una fanfarronada imaginaria para conmemorar. La simplicidad en el análisis de los hechos era el arma principal de su Método.

Volvió al caos de la fiesta con el paso solemne y victorioso con que César regresó a Roma, si es que podemos fiarnos de los libros de Historia. La muchacha de los labios y uñas verdes lo esperaba de brazos abiertos.

—¡Finalmente! El investigador. ¿Dónde estabas metido?

—Investigando, mi sueño, investigando.

—¡Maravilloso! Escucha, aquel cigarrito que te prometí ya fue totalmente consumido. Esta gente es peor que langosta. Pero guardé uno aquí, justito para ti. ¿Viste qué buenita soy?

Sacó del fondo del escote un cigarrillo todo aplastado.

—Sabes, simpaticé mucho contigo Nunca traté con un investigador. Es una experiencia fantástica para mí.

—Nunca es tarde para empezar. Estoy enteramente a las órdenes. No es ningún problema.

—¡Oh, mi Dios del Cielo, qué gloria! Eres un filósofo. Debes de ser Sagitario. Esa profundidad sólo puede ser de un nacido en Sagitario.

—Leo. ¿Ya te olvidaste?

—¿Leo? ¿Estás seguro? —Aire de decepción. —Bien, no importa. Algunas cualidades de Sagitario se nota que tienes.

Por lo menos, pensó Cid. No entendía ese evidente menosprecio por su signo. ¿Qué tenía de malo haber nacido Leo, demonios? Estaba por preguntar, pero percibió que sería inútil. Los ojos de la joven se transformaron lentamente hasta volverse blancos del todo y por una vez Cid fue bastante rápido para sostenerla antes de que se desmoronara en el piso. Bastó tenerla en los brazos (el blanco y fino cuello oscilando como el pescuezo de un cisne muerto) para que comenzara a ver en las personas —que nada hacían para ayudarlo— miradas de franca reprobación. Es verdad que se esforzó todo lo posible para no mirar los senos, blanquísimos, que peligrosamente amenazaban saltar del escote, pero, cuando pasó las manos por las piernas (suaves, cálidas, mi Dios) para levantarla, sintió —claro como un rayo—, si la elegancia permite expresarse de esa forma redundante, la gana —valientemente reprimida— de llevar la mano (¡ávida, sí, señores jurados!) por otras regiones también suaves y también cálidas.

Estaba parado con aquel fardo inquietante en los brazos, pensando donde había visto un sofá vacío cuando —¡clic!— se encendió la lucecita. Bajaría la escalera de piedras, golpearía en la puerta de cuatrocientos kilos. Era allí —estaba seguro gracias a su Método— donde llevaban a los invitados que se sentían mal. Y, por fin, era un buen lugar. Allí no se oía el menor ruido. Bajó heroicamente la escalinata. Sería magnífico si hubiera antorchas incrustadas en las paredes o escudos traspasados por lanzas y machetes, como en las películas de Errol Flynn. Cargar una niña de largos cabellos rubios —pálida y etérea— sin sentido, por una oscura escalera de piedra en forma de caracol, es una gracia que no se presenta muy seguido en la vida de un hombre. Y no siempre es merecida. Cid pensaba que lo merecía. Era, por lo menos en ese momento, un Caballero Inmaculado. (Volvería a bajar por esa escalera, años después, ya no tan inocente, y lo que traería en las manos sería una Smith and Wesson cargada.)

Golpeó en la puerta. Apoyó a Rita o-se-llame-como-se-llame contra la pared y volvió a golpear. Nada. Dio puñetazos, impaciente. ¿Al final, éste es un lugar para los que se sienten mal o qué? Soltó un buen puntapié, ansioso, porque la gentil doncella desmayada comenzaba a expeler por sus graciosos labios una baba blancuzca y pegajosa, y su manito blanca y delicada se contraía contra su brazo y le clavaba las artísticas uñas verdes, y sus bellos ojos románticamente cerrados se abrían como impulsados por un pavor remoto y nocturno y su boca comenzó a emitir interjecciones ininteligibles, aumentando gradualmente de intensidad —como los ojos aumentaban de pavor, como aumentaba la presión en su brazo— hasta volverse un grito cavernoso, animal, y sus manos, ahora garras, le arrancaron puñados de cabellos y una uña abrió un surco en el pecho cortando la camisa, y los ojos horrorizados veían cada vez más próximo lo Terrible que se aproximaba, cada vez más próximo, cada vez más Terrible.

—¿La puerta se abrió? —preguntó Lolo, triturando la empanadita de camarón.

—Se abrió. Era la Menudita.

Antes que Sarita dijese algo, Cid se metió dentro con su fardo que se debatía y aullaba. La colocó en la alfombra. Varias personas cayeron sobre ella y le inmovilizaron las piernas y los brazos. Una trató de taparle la boca, pero retiró la mano sangrando y gritando en una lengua desconocida para Cid.

—Consigan un calmante —pidió el detective.

Iba a alzarse pero quedó exactamente en la posición en que estaba —en cuclillas y con la boca abierta—, lo que no es una pose muy digna para un detective que se precie. Y que había olvidado la elegancia, olvidado a Rita, a Menudita, la exasperante música que rondaba como un fantasma por el cuarto. Tenía que olvidar: todas las personas lo miraban como quien mira a un intruso, y todas las personas vestían uniforme militar con vistosas cruces esvásticas en el brazo.

Capítulo V

—Las empanadas de Giovani son un veneno —sentenció Lolo. —Yo había jurado no poner nunca más los pies aquí y tú insistes siempre en venir.

—Es el bar más cercano, hombre.

—La ley del menor esfuerzo. Dios podía ser más amable conmigo y darme la suerte de tener un vecino menos prejuicioso.

—Viniste porque quisiste. Podías haber esperado que tomara mi café en paz y después oías la historia.

—Te conozco, hijo mío. Si dejo la historia para oír después, "neveryamé". Te vas al fútbol y sólo vuelves de noche,

—¿Y por qué no escuchas de noche?

—¿Estás loco? ¿Quieres que la muñeca muera de ansiedad? ¿Después de ver el estado en que dejaron tu cara? Quedaste igualito al monstruo del doctor Frankenstein, hijo mío.

—¿No exageras, no?

—No es ninguna exageración. Por otro lado —el peluquero sacudió dos veces sus pestañas enormes—, esta noche la Princesa Encantada tiene un compromiso con el Gato Casero.

—¿No es al revés, profesor?

—No, señor, es justo así. No imitamos a nadie.

Cid hojeó el *Diário de Notícias*, bostezando.

—De cualquier modo hoy no salgo. El Inter juega en el interior. Voy a usar la tarde para una siesta.

—¿Y aquellos milicos?

—No eran milicos. Eran todos gente de la fiesta. Usaban uniforme por pura diversión. Pero cuando me vieron me miraron de una manera que me heló la sangre, y mira que yo no me asusto.

—Lo sé.

—¿Alguno de ustedes es médico?

Algo tenía que decir y se admiró al oír su voz y constatar que era capaz de emitir sonidos.

CG —también uniformado— se separó del grupo. Puso la mano en el hombro de Cid.

—Puedes dejar que nos ocupemos de ella.

Los ojos y el aliento no habían cambiado. Tampoco la sonrisa y la voz: seguían cautivantes.

—Yo y mis amigos estamos oyendo a Wagner. Ya hablamos sobre él hoy, ¿no es así? No te preocupes por Rita. Esos ataques son habituales en ella. ¿Alguien te vio entrar?

La sonrisa. Los ojos. La mano sobre el hombro. Cid Espigão tardaría mucho tiempo para formular la respuesta que balbuceó dificultosamente.

—S-sí... Dos muchachos... Me ayudaron...

CG sacudió la cabeza. Comprendía. Lo palmeó amablemente en el hombro.

—Escucha... ¿Cómo es ese nombre tuyo?

—Cid Espigão.

Todos inmóviles como un pelotón en posición de alerta.

—Claro, claro. Cid. Escucha, Cid, ¿te fijaste en aquel salón que tiene un hogar con una piel de onza enfrente y cuadros de generales? Es la tercera puerta del corredor. ¿Podrías esperarme allí? Dentro de tres minutos te encuentro. Tres, contados por reloj.

Su sonrisa no desaparecía.

—Te espero allí, no hay ningún problema.

La maldita música, las malditas miradas, los uniformes, la mano con una inyección en el brazo de Rita.

Subió las escaleras completamente confuso. Si querían jugar a los soldados nazis, el problema era de ellos. No tenía nada con eso. Estaba allí para encontrar a Sérgio. Para nada más. Encontrar a una persona no es tan fácil. Por el contrario, es prácticamente imposible. Era un detective honrado. Pobre —tan pobre como puede ser un detective—, pero honrado. Y le había dicho a la señora Gunter que si en una semana no había indicios favorables sobre el paradero de Sérgio le aconsejaría desistir de la búsqueda y no gastar más dinero inútilmente. Y Sérgio estaba en esa fiesta. No desperdiciaría energía en ninguna otra cosa que no fuera encontrar a Sérgio. Era su gran oportunidad. Si el muchacho estaba hablando realmente en serio, si la carta no era un mero capricho, si el abandono del hogar no fue apenas una rebelión de niño mimado, sería extremadamente difícil encontrarlo. El noventa y nueve por ciento de las personas que la policía localiza son por indicación de otras personas, sean alcahuetes profesionales, aficionados o apenas imbéciles inconscientes del mal que hacen. Encontrar a alguien no es broma.

Entró en el salón indicado, cerró la puerta y se aisló del ruido de la fiesta. Era un bello salón masculino: piso de lajas, paredes de piedra ceniza, sólidas vigas de madera, mesa de roble e incómodas sillas.

Los antepasados de CG colgaban de las paredes e ignoraban su presencia con rigor militar. Se sentó, vaciló un segundo entre la pipa y un Minister, optó por el Minister, y, en el exacto momento en que prendía el fósforo, oyó el sonido seco de tres disparos.

También oyó el grito y el ruido sordo de la caída del cuerpo.

La fiesta continuaba. El Grupo de Estudiantes de Arquitectura, vistiendo uniforme característico —tenis blanco, conjunto Lee deslucido, collares de cuentas de colores compradas en la feria hippie de los domingos—, debatía confusamente a MacLuhan, Mick Jagger, Vinicius de Moraes y Mao.

El Grupo de Estudiantes de Filosofía discutía, ceños fruncidos, la influencia de Marx en el colorido de Le Corbusier y en las estructuras de Mies Van der Rohe.

Esnobísticamente aislados de los demás, el Grupo de Estudiantes de Medicina tocaba la guitarra y cantaba bossa-nova, diez años atrasado... seguro de estar en onda. Se aislaba porque no era de buen tono mezclarse con estudiantes de profesiones con menor influencia social.

El Grupo de Estudiantes de Ingeniería, concentrados alrededor de su acentuado complejo de inferioridad, miraba en forma hostil a los otros Grupos y les hacía gestos obscenos a las muchachas. Disfrutaron un escaso momento de alegría cuando el líder del Grupo escupió en el rostro de una solitaria estudiante de Ciencias Sociales que temerariamente pasó junto a él. Fue aplaudido con delirio y afianzó su liderazgo.

Los otros Grupos, minoritarios, formaban un Único Grupo con la esperanza de que, unidos, enfrentarían de igual a igual la prepotencia y el desprecio de los demás.

El salón de fiestas seguía sin alteración. La cascada de sonidos continuaba fluyendo de la puerta entreabierta, mezclada con la luz negra, y el ángel amenazador continuaba amenazador, ahora con un leve toque de ridículo en el cigarrillo que alguien puso en sus labios de bronce.

Cid llegó sin aliento al corredor.

—¿Dónde fueron los disparos?

La pareja lo examinó con curiosidad, se miró y continuó su camino (tal vez en busca de sombras generosas en el jardín) sacudiendo la cabeza en señal de desaprobación por el número de invitados aparentemente alucinados.

Cid corrió detrás de ellos.

—¿Ustedes no oyeron los disparos? Fueron tres.

El muchacho lo miró con paciencia.

—¿Por qué no vas a descansar, amiguito? Échate en un rincón y mira si cabeceas. Vas a ver como te vas a sentir mejor.

—¡Pero yo estoy bien! Estoy hablando de que oí disparos.

El muchacho lo palmeó en el hombro, comprensivo.

—Está bien, está bien, mi viejo, tú oíste.

Se fue alejando, arrastrando a la muchacha que mal reprimía la risa. Cid corrió en dirección opuesta, entró dividiéndolo en el Grupo de Estudiantes de Arquitectura.

—Señores, le dispararon a alguien.

El de perita lo miró desde la remota alameda de sauces donde paseaba su perrito.

—El flaquito está totalmente loco.

—No está codificado correctamente. Nada. Medio débil, mensaje por demás fuerte.

—¡Estoy diciendo que le dispararon a alguien!

El de perita dobló una esquina de su alameda de sauces y se encontró, sin el perrito, en una sala ruidosa y llena de gente, donde un ciudadano de ropas chillonas y bigotito negro, visiblemente impaciente, clamaba por algo incomprensible.

—¿Cuál es la tuya, flaquito?

—Es un producto de la imaginación.
—No. De la sociedad de consumo.
—Dale algo para fumar.
Vieron al detective alejarse corriendo. Lo miraron sin entender nada.
—Absolutamente increíble.
—¿Qué lugar es éste? —preguntó el de perita, nostálgico de su alameda; como no le respondían, intentó:
—¿No vieron por ahí un perrito manchado? Responde al nombre de Roberto Carlos.
Descubrió a Sarita bailando. La tocó en el brazo.
—¿No ves que estoy ocupada?
Había una agresividad mal disimulada en la voz.
—No vi a Sérgio ni sé donde se metió.
—No es eso. Le dispararon a alguien. Hay que avisar a CG.
—¿Disparos? No seas bobo.
—Hablo en serio, por el amor de Dios.
—¿Tú lo viste?
—No, pero lo oí con nitidez.
—¡Bobo!
Ella rió y, abandonando a su pareja —un chiquilín granujiento que no sabía donde meterse—, comenzó a contonearse frente al detective.
—Como una danza del vientre, profesor.
—Ven.
Las manos, los gestos, la boca, todo lo llamaba. Vaciló apenas un segundo. Comenzó a contonearse también, pero, lamentablemente, fue descubriendo que no era de los más bien dotados para el baile.
—Juro que oí disparos.
—Olvida eso.
—¿Olvidar eso? Está bien. Al final, posiblemente apenas asesinaron a algún amigo de ellos. Olvida eso.

La música se volvía más rápida. Los bailarines se dieron las manos y enseguida formaron un círculo, que se volvió inmenso, ocupando la sala como la rueda de un remolino extendido, un remolino de manos sudadas y ansiosas, construido con dientes blancos y carcajadas, centellear de copas y collares, girando con el techo los candelabros las contramarchas las cortinas, girando cada vez más rápido con los labios rojos, las uñas rojas, las cejas grises, girando cada vez más rápido y poblándose de rostros fugitivos hasta encontrar súbitamente la cara de la vieja.

—Me costó reconocerte. Esta vez noté que tienes una especie de perita.

La vieja de la linterna: gritando, golpeando el pie en el suelo, comandando girando con la sala en la sala giradora marcando el compás las medallas balanceando como hojas en el vestido el terciopelo negro el inmenso escote el pescuezo de pollo desplumado los frágiles bracitos repelentes sueltos en el aire como ropa en las sogas las pulseras de oro —y sus tiernas, avergonzadas chispas— la fiebre en las retinas la gota de sudor la brusca teta pera marchita saltando del escote girando con la risotada la mano imperturbable devolviéndola al lugar de origen sin perder el compás el giro la sonrisa la fiebre en las retinas y el giro soltaste la mano de Sarita y rompiste el girar del remolino y ensordeciste para la música y articulaste con un sonido que era rugido en el súbito mundo silencioso en que penetró ahora no te me escapas señor ciervo, porque era él.

Apenas una sombra, pero era él. Apenas una ojeada, pero ahora nada le impediría encontrarlo. Era él, el payaso huidizo, el Largo, el Hijo de la Dama de los Guantes Blancos.

Corrió por el salón esquivando los cuerpos con pericia ejemplar. Sérgio pasaba junto a una ventana. La luna de verano brillaba limpia en el cielo negro.

—¡Eh, Sérgio!

El muchacho se subió a la ventana y saltó.

Cid sintió que las piernas se le aflojaban: estaban en el segundo piso. Un salto de más de diez metros. Se precipitó por la escalera derribando a quien estuviera delante, atravesó el vestíbulo en un tiempo indudablemente récord para todas las épocas de travesía de aquel tipo de salón y se arrojó de la escalinata —como Batman, como el Superhombre, como toda la proscripta Familia Marvel— sobre los canteros de margaritas, asustando a una pareja que se levantó apresuradamente y fue recogiendo sus ropas. Se enderezó en un instante. Sus Ojos Atentos recorrieron el jardín y la pileta.

El bulto cojeante se acercaba a la pared que separa el jardín de la calle.

—¡Eh, Sérgio! Espera, soy yo, Cid, el detective.

Lo alcanzó rápidamente.

—Espera, muchacho, ¿estás loco?

Un rostro feroz, dos brasas verdes, una pistola gatillada se volvieron hacia él de súbito.

—Calma, viejo, soy tu amigo.

Y entonces vio la camisa manchada de sangre y vio el brazo que no empuñaba la pistola caído a lo largo del cuerpo como algo muerto.

—¡Estás herido! —Había asombro y piedad en su exclamación.

La chispa airada en los ojos verdes se ablandó.

—¿Qué pasó, muchacho? Puedes hablar conmigo.

Sérgio le dio la espalda y trató de subir por la pared enrejada. Cid lo agarró por la camisa.

—Escucha, viejo...

La culata del revólver le acertó en la frente, junto al

ojo, y en las imágenes difusas que se sucedieron recuerda con nitidez el bulto trepando al muro, subiendo, subiendo, subiendo, subiendo, fluctuando a la luz de la luna.

—¿Todavía duele?
Negó con un movimiento de cabeza.
—Sólo cuando me toco. Cuando mastico también.
—Puede ser. Hasta yo siento dolor cuando mastico esas empanadas. —Lolo encendió un Benson-Hedges con gestos ensayados. —¿Cuánto tiempo permaneciste sin sentido?
—Unas dos horas. Todavía estaba oscuro cuando me desperté. Pero la fiesta ya había terminado.

Reinaba un silencio melancólico. Cielo estrellado. Luciérnagas. Rocío. Todo lo que sintió al ver las luces apagadas de la mansión fue algo nebulosamente semejante a la tristeza. Le costó un poco recordar lo que había ocurrido. Se levantó con cuidado. Dolorosas puntadas en el cerebro casi lo hacen desistir. No valía la pena ir hasta la mansión. Además, ella lo asustaba un poco, así silenciosa y oscura. El portón estaba abierto. Mientras buscaba un taxi en la calle desolada se sintió, por primera vez, como esos detectives de novelas y películas que tanto aspiraba ser.

Y no le gustaba nada lo que estaba sintiendo.

Capítulo VI

Sentado en la cama, se miraba los pies. Tenía que ir al baño. Tenía que orinar. Pasarse agua por la cara. Cepillarse los dientes y cada día constatar que están más amarillos, más estragados, más sucios. Tenía que abrir la ventana y ser herido por el sol. Encender un Minister y odiar el gusto amargo en la lengua. Después, el cansancio de cerrar el sofá-cama, arrastrar el escritorio, tal vez barrer el piso, pensar en mandar a lavar las sábanas. Juntar la basura. Encontrar el reloj. Lunes, mi Dios. Pasó el domingo acostado (se levantó al mediodía para almorzar empanadas de camarón con café y contarle la fiesta a Lolo), escuchando al Internacional empatar con el Flamengo. Si tuviera gana iría a mirar el *tape* en el bar de Giovani. Pero un partido que termina en cero no vale un *tape*. Es un sacrilegio. Fue al cine, las películas de cowboys se acabaron. Desaparecieron. Murieron. Los de hoy en día son todos unos prófugos.

Por lo menos tomaría el café en paz. No iría a lo de Giovani. Dolorido como estaba, oír la voz en falsete de Lolo a las nueve de la mañana no le haría ningún bien. Necesitaba todas sus energías. El caso estaba recién comenzado y Cid percibía que esta vez la cosa era diferente. Nada parecido a recuperar el anillo de vidrio de una prostituta sentimental. El hombre estaba herido, tenía la mirada desesperada y llevaba un arma en la mano.

El buen sentido le susurraba que debería haber regresado a la mansión ayer mismo —domingo— en lugar de quedarse lamiendo sus heridas con el oído pegado a la radio. El instinto le susurraba que no escucharía ninguna respuesta digna de crédito de los habitantes de aquella casa. Por lo menos de los que se disfrazaban de soldados nazis. Lo mejor era dar una vuelta mayor y más segura. Esperaría hoy a la Menudita. Puro pálpito. Ella algo debería saber. Y si no lo sabía —esta vez era el buen sentido el que susurraba— las complicaciones comenzarían.

Se llenó con un soplo de energía. Saldría de esa maldita cama. Cambiaría el cheque de la señora Gunter. Sacaría del empeño el Smith and Wesson .38.

Mediodía. Ella probablemente saldría a almorzar en el restaurante universitario. Desde las once estaba sentado en el banco del parque frente a la facultad. Ya había cambiado de lugar dos veces. Primero, porque el pajarito que tenía su nido en las ramas bajo las cuales estaba parecía no tener el menor respeto por detectives privados en acción y no vaciló en hacer las necesidades en su camisa limpia. Segundo, porque el sujeto con mirar desolado que se sentó a su lado en el banco siguiente en un instante se invistió de poder para salvarle el alma de la perdición eterna. Quedaba muy agradecido, pero prefería cuidar él mismo de su alma. Se abstenía de consejos. Además, quería leer el diario en paz, profesor. ¿Me deja tranquilo o va a ponerse difícil? El hombre rezongó algo atemorizador sobre el apocalispsis y salió con paso acelerado detrás de una infeliz estudiante de Derecho que miraba distraída los conejillos-de-la-India que roían zanahorias del otro lado de la cerca. ¡Qué día! Odiaba los lunes. Resolvería el caso, cerraría el escritorio, pasaría unas semanas en la playa. Iría a Torres. Se echaría en la arena. Cerraría los ojos. En el cielo pasarían nubes soñolientas...

Cargada de libros y rodeada de compañeras, ella descendía la escalinata refulgente de sol. Quedó mirándola extático en el banco, como si mirase a través del lente de una cámara fotográfica, cuando todo se silencia y se transforma y los objetos adquieren nitidez aguda y los movimientos ondulaciones de película en cámara lenta. De la irradiación del calor, de las hojas, de las bocinas y de las sombras se formó una certidumbre que lo obligó a admitir que era mediodía de verano antes que mediodía de lunes.

Ella se despidió de las compañeras con risas, recomendaciones y abanicos frescos como un revuelo de palomas y atravesó la Avenida João Pessoa. Caminó con su minifalda hasta la parada del ómnibus que va hasta Tristeza.

Cid Espigão se puso los anteojos oscuros, abandonó el diario sobre el banco y salió de la sombra —como había leído en una novela— hacia el abrazo tibio de la luz. Comenzaba a sentirse un Detective.

Se aproximó a Sarita por detrás, cubierto por las otras personas de la fila. Aguardó a que el ómnibus estacionase. Ahora, la observaba sin el deslumbramiento del sol sobre la escalinata, como si la sombra del toldo fuese algo capaz de neutralizar sus sentimientos; la observaba con la frialdad de un estudioso examinando un insecto interesante pinchado en una aguja.

Pasaron por el molinete. No fue notado por ella. Dentro del ómnibus sería más fácil. La gente estaba perdiendo la costumbre de mirarse unos a otros.

Quince minutos después circulaban por la Avenida Beira-Rio. Pasaron por el estadio del Internacional, por el Viaducto José de Alencar, por un conjunto residencial construido para albergar a alguna especie que no fuera la raza humana y, entonces, en una curva surgió el brillo de acero del Guaíba, hiriéndole los ojos. Amaba a ese río. Estaba sucio, podrido, un asco. Pero era el río de su ciudad. Y así, bañado de sol —reluciendo como una espada— parecía primitivo, cuando era un río de verdad, cuando los hombres todavía no lo habían transformado en cloaca y depósito de basura, cuando los peces todavía podían vivir en él y cuando tribus de charrúas todavía soñaban en sus orillas un tiempo remoto y sin rescate posible.

Sarita se estremeció cuando el detective se apoyó en su hombro. Ambos alzan los anteojos oscuros al mismo tiempo.

—¡Mi Dios! ¿Qué te ocurrió?
—Cosas del oficio.
—Increíble. ¿Fuiste a ver un médico?
—No es para tanto.

Nunca se sabe. No es bueno bromear con esas cosas. ¿Qué estás haciendo aquí? ¿Vas a la playa?

—¿A la playa? No quiero morir envenenado en esa agua. Estoy aquí porque quiero hablar contigo.

—¿De verdad? ¿Y tenemos algo de qué hablar?

No había agresividad en su voz, sino una velada especie de ironía que molestó al detective.

—Tenemos mucho. ¿Qué tal si bajamos en la próxima parada y nos sentamos en un bar con aire acondicionado que tenga vista al río?

—No, muchas gracias.

—No va a ser una conversación prolongada, pero tiene que ser con calma. Dentro de este ómnibus es imposible.

—No tengo tiempo. Necesito llegar a casa, almorzar,

preparar una materia para esta tarde, tengo prueba a las cuatro. Quedemos para otra hora.

—Otra hora tal vez sea demasiado tarde.

Ella bajó los ojos y quedó callada. El ómnibus corría pasando ahora por casas cercadas con jardines. No resistió mucho tiempo:

—¿Demasiado tarde para qué?

—No sé. Tal vez para salvarle la vida, tal vez para impedir que haga una locura. No sé. Este adorno que tengo en el ojo fue conseguido en la bella fiesta del sábado. ¿Y sabes quién fue el autor?

Ella miraba el paisaje que desaparecía.

—Nuestro buen amigo Sérgio. ¿Y sabes con qué? Con un revólver. ¿Y sabes qué más? Estaba herido. Por lo poco que pude ver era algo feo. Me parece que el brazo estaba quebrado. O si no recibió un disparo. Mejor, tres disparos. Cuando dije que había oído disparos en la fiesta fui llamado bobo por cierta persona. ¿No te acuerdas de eso? Tal vez sea un tema.

Rígidamente, Sarita extendió el brazo y apretó la campanilla para detener el ómnibus.

Sin barcos el Guaíba es un poco triste. De todos modos fue bueno bajar del ómnibus, tenerlo enfrente con los morros en la otra orilla, difuminados, y las manchas de las casas diluidas por el bochorno.

Caminaban uno junto al otro, con pasos cortos de enamorados, el tránsito rugiendo a la derecha, la correntada silenciosa a la izquierda (dos ríos paralelos yendo en la misma dirección, pensó el detective e inmediatamente se avergonzó).

—Sérgio está muy raro. Todos lo notaron. Quedó así desde que Dóris lo abandonó.

—¿Dóris?

—Su novia. Ex novia. Pero Sérgio se tomaba la cosa

en serio. Es un muchacho muy sensible y se trastornó.

—Ayer tenía un revólver en la mano y la cara que pude verle mostraba más que simple trastorno.

—¿Mostraba qué?

—Estoy tratando de averiguar. ¿Por qué estaba armado?

—He ahí una buena pregunta.

Cid Espigão examinó el perfil menudo y moreno.

—Sarita, ¿no eres amiga suya? —El leve cambio en los ojos de ella lo animó: —Tienes que entender mi posición. Yo no tengo nada personal contra Sérgio. Por el contrario. El hecho de que me haya agredido no influye absolutamente para nada. A mí me pagan para correr ciertos riesgos. —Hizo con placer el gesto de nuestra-profesión-es-precisamente-así. —Además, y eso es muy importante, yo no voy a encerrar ni juzgar al muchacho. Voy a informarle a su madre, que me contrató, y me parece que es la persona más interesada en todo y tiene derecho a saber en qué anda el hijo, ¿no es así?

Ella asintió con la cabeza. Él sacó el paquete de Minister, extrajo uno y se lo ofreció. Sarita lo rechazó.

—Entonces —dijo con el cigarrillo en los labios—, ¿por qué estaba armado?

—Eres gracioso. ¿Cómo voy a saber algo así? Todo lo que puedo hacer es una suposición.

—Vamos a oír esa suposición.

—Dóris estaba en la fiesta con el nuevo novio.

Cid quedó esperando.

—¿Y qué más?

—¿Más? ¿Y eso no es suficiente para un buen detective? ¿Todavía quieres más?

—Para ser sincero, el crimen pasional es medio raro en la juventud de hoy. Yo soy medio a la antigua, prefiero seguir las pistas obvias, no las complicadas. Imaginar a un muchacho moderno escapando de casa y distribuyendo disparos por problema de celos es complicado. Cambiar de novio no debe de ser algo tan terrible para la juventud de hoy.

Un pájaro del murallón describió una amplia curva y se posó más adelante, desconfiado.

—Hablas como si tuvieses cien años. ¿Cuál es tu edad?

—Cien años, por ahí. Pensaba que te interesabas más por tu amigo.

Ella interrumpió la risa bruscamente.

—¿Si no me crees para qué vienes a preguntarme? Mira, anota la dirección de Randolfo. Randolfo es el nuevo novio de Dóris. Habla con él y vas a ver quien disparó a quien. Y ya hablé de más. Porque él me importa es que quiero dejar todo como está. De verdad, todos quieren. ¿Para qué arruinar la vida de Sérgio si en poco tiempo él se calma y todo queda en paz? Ni Randolfo, que casi fue muerto, está preocupado.

Cid tomó nota de la dirección.

—Precisamente lo mejor es dejar al muchacho en paz, dejar de andar detrás de él. Un día vuelve como si no hubiera pasado nada. —Vio que Cid había terminado de anotar.— Me voy yendo, y sola. No necesitas molestarte.

Cid leyó lo que había escrito. Fábrica de Celulosa Borregal. Rua Assunção, 300.

—¿Él trabaja ahí?

—En cierto modo trabaja. Es el dueño.

Capítulo VII

—¿Adónde piensa que va, muchacho?

Estaba parado frente a él. Si fuera una aparición no podría ser más silenciosa, desagradable y gigantesca. Vestía un uniforme gris que no significaba nada pero que tal vez significase mucho.

—Quiero hablar con el señor Randolfo Agnadelli.

—¿Nada más?

No era agresivo. Apenas superior. Acostumbrado a ver en los demás una actitud respetuosa.

—Sí. Quiero hablar lo más rápido posible.

Saber si hubo cambio o no en la expresión de hielo del guardia era tarea para adivino. Pero, sin duda, hubo una vacilación en su actitud cuando ordenó:

—Andando, muchachito, andando.

—Escuche, profesor. Él me está esperando. —Dejó caer una pausa para su propio júbilo. —Y ni a mí ni a él nos gusta esperar mucho. Especialmente cuando es por culpa de un perro guardián maleducado.

Surtió efecto. La pequeña contracción en la punta del bigote de la montaña allí inmóvil tal vez fuese una manifestación de sentimiento. Abrió una pequeña ventana enrejada que había en el portón. Examinó al detective con lentitud, todavía dudando. Tendió la mano descomunal.

—A ver los documentos.

Esta vez no dijo muchachito. Ya era una victoria. Examinó la Cédula de Identidad y el Registro Profesional de Cid. Frunció la frente y volvió a mirar al detective. Se dirigió a la garita. Sentados junto a un teléfono, había dos guardias más. Mientras telefoneaban no quitaban los ojos de Cid. El que hablaba al aparato comenzó a sacudir la cabeza. Comprendía. Salió de la garita sonriente con un manojo de llaves en la mano. Era bajo, rechoncho y usaba un uniforme idéntico al del Príncipe Submarino. Abrió el portón y se apartó para que Cid entrara.

—Tenga la bondad. El doctor lo está esperando.

Desde que salió de la garita con las llaves en la mano no había dejado de sonreír. Tal vez fuera mejor que lo hiciese, porque el sol de las tres de la tarde refulgía en su diente de oro.

—¿Me permite que lo revise, caballero?

—¿Revisar? ¿Para qué?

—Norma de la casa. No podemos hacer excepción con nadie. Está prohibido andar armado en el recinto de la fábrica.

—¿Quiere decir que esas matracas que ustedes llevan son de juguete?

Aumentó la sonrisa y presentó un segundo diente de oro que centelleó tan rápido que ofuscó al primero. Debían de ser rivales. Cid oyó un rezongo a sus espaldas y volvió el rostro. Tres doberman sujetados por correas cuyas puntas estaban en la mano de un cuarto guardia —el cual no sonreía— olfateaban el piso al ras de sus pies.

—Mire, sabe una cosa: puede revisarme a gusto.

Fue palpado por manos experimentadas.

—Muy bien, agradecido. Sígame por favor.

—Mis documentos, profesor.

—Le serán devueltos al salir.

—¿Puedo saber basados en qué ley retienen mis documentos particulares? ¿Y con qué derecho?

—Si no quiere entrevistarse con el doctor puede volverse desde aquí mismo con sus documentos. Si quiere, tendrá que aceptar los reglamentos de la casa.

Se encogió de hombros. Fue la cosa más original que le pasó por la cabeza. Para llegar al edificio de la fábrica tenía que atravesar un terreno sembrado de pasto, a través de un caminito de piedras pulidas.

—¿Están esperando algún ataque?

El guardia apeló a su especialidad: la sonrisa.

—¿Por qué ¿Por las normas de seguridad?

—Por todo ese aparato. Perros, ametralladoras...

—Hoy en día necesitamos tomar ciertas precauciones...

—¿Nosotros, quiénes? ¿Por casualidad usted es uno de los dueños de la fábrica?

Los dientes de oro desaparecieron junto con la sonrisa que se apagó. No hablaron hasta llegar a la puerta principal. Había otro guardia. Cuchichearon algo. Cid se ocupó en mirar los alrededores, con aire falsamente entendido. Abrieron la puerta y el dientes-de-oro hizo señas para que Cid lo siguiera. Atravesaron un interminable corredor de alfombras de goma y paredes grises. De las puertas cerradas se filtraba un ruido de centenares de máquinas de escribir siendo febrilmente utilizadas. Se detuvieron ante una puerta al fin del corredor. No había nada escrito en ella. El guardia la abrió e invitó a Cid a entrar. Una sala de espera.

—Tome asiento, por favor.

En la sala, todo lo que debe tener una sala de espera: revistas usadas, cuadros sin expresión, una recepcionista que, para combinar, debería ser rubia y tener voz melosa.

—¿El señor Espigão, no es así? El doctor Randolfo lo recibirá en seguida.

Antes de que pudiese utilizar el teléfono sobre la mesa, se abrió la puerta que comunicaba con el interior y apareció un hombre atlético, todavía joven, bronceado por el sol. Vestía traje gris. Llevaba el saco sobre el hombro, lo que le daba aspecto deportivo.

—¿Es el detective?

Sin esperar la respuesta, le volvió la espalda y se inclinó sobre la recepcionista rubia, tomándole el mentón. Ella se ruborizó y armó una expresión reprobadora-juguetona que quería decir "no hagas eso en presencia de extraños" o algo parecido.

—Hoy ya no vuelvo, Alice. Avisa a quien me busque.

Mientras ella balbuceaba "perfectamente, doctor Randolfo", el doctor Randolfo —juvenil con el saco al hombro— se volvió ágilmente hacia Cid, como si esperara encontrarlo desprevenido. Mordió una sonrisa.

—Veamos... ¿Usted es el detective? Después de su llamado Sarita también telefoneó avisando que venía. Estaba preocupada por haberle dado mi nombre, pero la tranquilicé. Todo esfuerzo para encontrar a Sérgio será poco.

—Entonces usted sabe por qué vengo.

—Sí. No hay ningún problema. Soy amigo de él. Vamos a ver, dígame: ¿qué pasó con ese ojo?

—Estaba en el camino de Sérgio.

Randolfo Agnadelli sacudió la cabeza de un lado a otro como si estuviera disgustado.

—Él estuvo muy activo aquella noche. Sérgio es un buen muchacho, pero después que Dóris lo dejó cambió mucho. Me parece que conmigo pasaría lo mismo. —Sonrió. —Es claro que Sérgio siempre fue medio audaz. No es la primera vez que usa un arma de fuego.

—¿No?

—No. Pero, escuche... Estoy saliendo. Imagínese, casi las tres y media y no almorcé. Estoy en la fábrica desde las siete de la mañana. ¿A usted le importa acompañarme?

—En absoluto.

—Magnífico.

Salieron del edificio. Se estaban colocando los anteojos oscuros cuando apareció un chofer uniformado.

—¿Va a necesitar el auto, doctor?

—No. Puede guardarlo. Voy a casa en el Jaguar.

Se encaminaron hacia el estacionamiento.

—¿Dónde está su auto? —preguntó Agnadelli.

—¿Mi auto?

Fue imposible evitar el aire de sorpresa.

—¿Es detective y no tiene auto? ¿Cómo es eso?

—Tengo un fitito pero está en reparación.

—Ah. ¿Cuándo estará listo?

—No estoy muy seguro, pero será pronto.

Cid sintió que los ojos por detrás de los anteojos oscuros lo estudiaban descarnadamente.

—¿Qué taller es? Podemos pasar por ahí ahora y echarle una mirada. Yo sé de mecánica.

—¡Oh, no! En absoluto. No se va a molestar por tan poco. Es un taller pequeño de un amigo y él prometió arreglarlo en seguida. Sabe que necesito mucho el auto.

Se detuvieron junto a un auto sport rojo y negro. Agnadelli abrió la puerta.

—De cualquier modo así será mejor. Juntos podemos ir conversando. Tengo mucho interés en ese caso de Sérgio. —Notó que una sombra descendía sobre ellos. Miró al cielo y vio unas nubes oscuras cubriendo al sol. —No es posible. Justo ahora que planeo llegar a casa y meterme en la pileta el sol resuelve esconderse.

—Tal vez esté asustado por su custodia.

El bronceado doctor Randolfo Agnadelli miró al detective. Pero como el rostro de Cid reflejaba la más absoluta inocencia, rompió en una carcajada mientras se acomodaba en las exiguas dimensiones del vehículo.

—Me gusta la gente con sentido del humor. Revela buen corazón. Para mí es muy importante saber que las personas con quienes trato tienen buen corazón.

Encendió el motor y en un instante estaban frente al portón. El de mentón a la Príncipe Submarino se acercó y tocó la visera de su gorra.

—Buenas tardes, doctor. Los documentos del joven.

Cid examinó los documentos e intentó encarar al de mentón prominente, pero él esquivaba escrupulosamente su mirada. El portón fue abierto y el auto ganó la calle.

Randolfo miró al detective de manera inquisidora.

—¿Te incomodaste con el guardia?

—No. ¿Por qué?

—Tengo la impresión de que te incomodaste. Realmente, no es una cosa de las más agradables, pero es necesaria. Créeme. Hoy en día es imprescindible. Cuesta un ojo de la cara mantener a esa gente, pero no podemos descuidarnos.

—¿Cuál es el peligro?

Randolfo sonrió misteriosamente.

—Son muchos. Muchos.

El auto avanzaba por la orilla del río y los cerros parecían en llamas del otro lado.

—Sabes, querido mío, ese guardia que viste puede darte una impresión equivocada de mí. —Sacó un cigarrillo del paquete y se lo ofreció al detective. Cid no aceptó.— Yo en el fondo soy un progresista. Cuando era estudiante, y de eso no hace mucho tiempo, apenas tres años, muchos me tomaban por un sujeto con ideas izquierdistas. Claro que yo no llegaba a tanto. Soy un tipo muy abierto, eso sí.

Prendió el cigarrillo en el encendedor del panel. Cid estaba arrepentido de no haber aceptado. El cigarrillo tenía un nombre extraño, no había duda de que era extranjero.

—A propósito, continuó Randolfo—, ¿viste cómo traté a aquella chica que es mi secretaria? Como un compañero. Como un amigo. Como un hermano, en verdad. Y así es con todos. Mis obreros tienen una cantina donde les sirvo comidas a precios que no existen en el comercio. Eso es, mi querido, inteligencia. —Apretó con cierto énfasis el dedo índice en la cabeza: —Materia gris, encéfalo...

Ingresaban en las calles de tránsito más movido y fue obligado a disminuir la velocidad. Cid pensaba vagamente que era la primera vez que andaba en un coche sport. Circularon varios minutos sin hablarse. El detective volvió a la realidad.

—Usted dijo que Sérgio ya había usado antes un arma de fuego. ¿Cómo fue eso?

—Es una historia muy personal.

Frenó ante el semáforo en rojo. Se recostó en el asiento y encaró a Cid con expresión satisfecha. Cid no imaginaba el motivo de tamaña satisfacción.

—Es una historia que circuló en ámbitos muy limitados. Apenas voy a mencionarla. Es para tener idea del carácter del muchacho que andas buscando. También a mí me gusta. Nos gusta a todos. Y deseamos, deseamos realmente, que lo encuentres cuanto antes. Necesita un buen tratamiento.

—Sarita cree que es mejor dejarlo en paz.

El semáforo cambió y el autito arrancó.

—Sarita es una buena chica. Bien, ocurrió lo siguiente: el año pasado, el padre de Sérgio, coronel Luiz Arthur, tenía una amante. Nada raro, ¿no te parece? Ocurre que doña Lurdes, la madre de nuestro amigo, se enteró del caso del coronel y naturalmente no le gustó ser traicionada. Un problemita de familia, bastante vulgar. Daría cuando mucho para algunas discusiones a la hora de dormir. Daría apenas para eso si Sérgio no hubiese tomado partido en la discusión, defendiendo a la madre. Pero defendiéndola hasta un punto que nadie esperaba. Tomó un arma de cazar perdices de encima del hogar y si el coronel no fuera un hombre atlético, campeón de polo, se habría vuelto un colador. El arma estaba cargada con munición gruesa. Agujereó la pared. Yo lo vi, no me contaron.

—¿Lo vio hacer el disparo?

—Vi los agujeros en la pared.

—¿Y la segunda vez?

—¿La segunda? Creí que sabías. Fue en la fiesta.

—¿Fue él quien disparó?

—¿Y quién si no? —Sacudió la cabeza como si recordara algo desagradable.— Voy saliendo tranquilamente del baño cuando me llevo aquella sorpresa tremenda. Sérgio, a menos de diez metros, apuntándome con un revólver.

Consultó el reloj de pulsera con una mirada rápida.

—Estoy retrasado. Le prometí a Dóris estar en casa por lo menos a las dos y media. La pobrecita no lo está pasando muy bien. —Volvió a sacudir la cabeza:— Nervios.

—Sérgio le apuntaba con un revólver...

—Es verdad. A propósito... Digo esto sin querer lanzar acusación alguna. Pero los ojos del muchacho, su expresión... Estoy convencido de que estaba drogado. Y con algo fuerte.

—¿Cuál fue su reacción?

—No intenté ni hablar con él, es lógico, porque con la cara de tenía se sabía que iba a ser inútil. Me tiré al piso y salí rodando.

—¿Y él disparó?

—Disparó. Varias veces. Suerte que no es un gran tirador.

—¿Cuántas veces, usted lo recuerda?

—Es difícil. Unas tres o cuatro, algo así. Te imaginas, las balas cayendo encima de uno... No era para ponerse a contar, por mayor amor a la estadística que se tenga.

—Ajá. Es medio difícil, sí. ¿Y después?

—Después él salió corriendo. Posiblemente creyó que me había acertado.

—¿Usted no lo hirió con nada?

—Absolutamente. ¿Con qué hubiera podido herirlo? No tengo arma.

—¿Le comunicaron el asunto a la policía?

Una sonrisa sardónica se dibujó en los labios del empresario. Cid se estaba cansando de tanta sonrisa.

—Esos problemitas los resolvemos entre nosotros mismos, mi querido detective... —Señaló con el mentón: —Estamos llegando.

La casa —de la cual en ese momento atravesaban el amplio portón de hierro negro abierto con reverencias por un japonés— era un colosal desperdicio de dinero, información histórica mal asimilada y toneladas de pintura blanca.

Había una escalera de mármol, inevitablemente. Cuando escalaron sus doce escalones y estaban en la terraza a la sombra de las gigantescas columnas dóricas, la pesada puerta se abrió silenciosamente. Cid quedó petrificado.

Quien la abrió fue un solemne, genuino, inesperado mayordomo. El primero —en carne y hueso— que el detective contemplaba. Admiró con disimulado respeto el talle exacto del esmoquin, el brillo aristocrático del cuello duro y la excelencia de los guantes. ¡Santo Dios! Los guantes eran inmaculadamente blancos.

—Entra —dijo Randolfo.

Pisó con una misteriosa sensación de recelo la alfombra que se hundió suavemente bajo la presión de su pie. Miró con estupor los espejos de cristal y la inmensa araña centelleando como una constelación sobre su cabeza. Si éste era el hall de entrada (su oficina-vivienda cabía entera allí), ¿cómo no sería el resto?

Siguió a Randolfo a través de habitaciones frescas e iluminadas, cuyos pisos reflejaban su imagen con más nitidez que el empañado espejo de su baño. Finalmente, llegaron a una sala cuyas amplias puertas daban a una especie de patio con pileta.

—Vas a conocer a Dóris —avisó Randolfo.

Se acercaron al borde. La joven que nadaba se aproximó chorreando agua.

—Hola, ¿eres el detective?

Subió por la escalerilla y Cid casi les daba la razón a los desatinos de Sérgio.

—¿Andas buscando a Sérgio, entonces?

—Ando.

—¿Y él dónde está?

—La cosa más difícil que hay en el ramo de las investigaciones —y el detective adoptó un tono didáctico— es localizar a una persona que desaparece. Pero con una información de aquí, otra de allí, siempre se consigue algo. Todo el problema consiste en usar el Método de modo correcto.

—Qué método, ni qué ocho cuartos. Cuanto antes

encuentren a ese hijo de puta mejor. El sábado se pasó de los límites. ¿Estabas en la fiesta, no?

Cid aguantó el lenguaje de la dama con ejemplar elegancia.

—Estaba, señorita.

—¿Y cómo no pudiste impedir que hiciera lo que hizo? Randolfo está vivo por milagro.

—Milagro, no. Rapidez.

—Yo no me encontraba en condiciones de intervenir. Apenas oí los disparos y estaba muy lejos del lugar.

Dóris refunfuñó entre dientes "¡patrañas!" y sacudió la cabecita mojada con sarcasmo feroz. Para levantar la moral, Cid se dirigió al sereno y sonriente doctor.

—Hablo en serio, claro.

—El caso de él es un complejo de Edipo —intervino Dóris. —Y en último grado.

—Sérgio, desde mi punto de vista, siempre tuvo trastornos mentales —dijo Randolfo. —Es un buen muchacho, inteligente, cariñoso, pero cuando se emociona pierde la cabeza y pone en peligro a sí mismo y a los otros. Necesitaría pasar una buena temporada de reposo en una clínica.

—Lo que no tiene nada de malo —opinó Dóris. Yo misma salí de la Pinel no hace ni cuatro meses, ¿no es así, amor?

Randolfo la abrazó por el cuello y la besó en la cabeza.

—Bien —el detective se rascó la nuca, que sentía arder—, hablando claro: si el muchacho no tuviese dinero y no fuese hijo de una familia de buena posición social todo el mundo diría que es un loco peligroso que anda suelto. ¿Es eso?

Esta vez la sonrisa demoró en aparecer sobre los labios de Randolfo.

—Es más o menos eso.

—¿Y qué es lo que ustedes pueden decir o hacer para ayudarme a encontrarlo?

—Yo estuve haciendo una lista de los locales que él acostumbra frecuentar. Ven conmigo. Puedes ir a sondear a esos lugares. Y voy a darte mi teléfono particular. No está en la guía. Por cualquier cosa no tienes más que telefonear. Vamos hasta mi estudio.

Cuando se alejaban, la vocecita de Dóris hizo cosquillas en los oídos de Cid.

—Sabes, eres el primer detective privado que conozco.

Cid se detuvo en seco, esperando.

—Pensaba —no necesitó esperar mucho— que ese tipo de gente sólo existía en esas películas antiguas que dan en la televisión.

—Aquí está la lista.

Cid tomó el papel que Randolfo le extendía.

—El primer nombre es el más interesante. Es profesor en la Escuela de Educación Física. Dirigió a Sérgio en la selección de fútbol de la universidad. Puedes comenzar por él.

El detective sintió vagamente que aquel ciudadano bienhablado estaba queriendo enseñarle su trabajo.

—Otra cosa —exhalaba cierto enfado, entre cínico y frío—, ¿cuánto es lo que estás ganando?

—Estoy ganando, si eso tiene interés para el señor, conforme a la tabla que regula nuestra profesión. —Y destacando intencionadamente las palabras: —Acostumbramos seguir las tablas que establecemos.

—Muy bien. Una costumbre ejemplar. Dime cuánto es y yo te pagaré también.

—Estoy contratado por la señora Gunter. Y un contrato es suficiente. Recibir el doble no va a mejorar ni empeorar mi capacidad.

—No me estás entendiendo. No pienses que creo que con esa especie de estímulo vas a trabajar mejor. Nada de eso. —Abrió un cajón del escritorio y sacó un paquete de cigarrillos norteamericanos. —¿Aceptas uno?

Negó con la cabeza.

—Lo que yo quiero es contratarte realmente y no darte un dinero de más.

—Yo ya estoy contratado, doctor.

—Comprendo. Pero quiero que veas que yo tengo un interés mayor que puro humanitarismo en saber que Sérgio fue encontrado y va a recibir tratamiento médico. No olvides que soy el sujeto que él fue a liquidar en una fiesta donde había casi doscientas personas.

—Quédese tranquilo. Todo lo que yo descubra usted va a saberlo.

—Serás bien recompensado.

La mirada más gélida que pudo formar Cid arremetió contra el joven bronceado que le sonreía.

Capítulo VIII

El hombre era gordo y un aura casi material de gordura rodeaba el espacio majestuoso de sus untuosidades. Se movía rítmicamente, en pasos gordezuelos, y sus brazos cortos se balanceaban, cumpliendo sus funciones de brazos de gordo.

Se detuvo a algunos metros de Cid, con desconfianza.

—¿Y tú quieres hablar conmigo?

—Si usted es el profesor Alves dos Santos. Soy detective privado. Cid Espigão.

Extendió la mano. El gordo no se movió. Miraba a Cid con una intensidad que molestaba.

—¿No eres pederasta? —soltó abruptamente en una voz de gordura espesa...

Cid abrió lo más que pudo los ojos.

—¿Qué cosa?

—Te pregunté muy claramente si eres pederasta.

—¿Con quién cree estar hablando? ¿No me lo ve en la cara?

El gordo roncó con satisfacción, un ronquido oleoso.

—Está bien —dijo—. Odio a los pederastas. —Extendió la patita blanda hacia Cid: —No me tome por irracional o atrasado. Tengo motivos de sobra para odiarlos. De sobra.

Lanzó una miradita especulativa sobre los campos

de juego donde los atletas abandonaban lentamente las actividades. Acercó el rostro inmenso al oído de Cid.

—Yo sé cosas —susurró.

—Quien me envió aquí fue el doctor Agnadelli.

El gordo vestía un abrigo deportivo utilizado por los atletas antes de las competiciones para mantener el calor del cuerpo.

—¿Agnadelli? ¿Cómo está ese desvergonzado? Fue mi alumno. Se formó aquí dentro. Se formó también en Economía. Era brillante. Brillante. Campeón de natación. Podría haber sido un campeón. Podría haber sido de los grandes.

—¿No lo fue?

—No. —Sacudió la cabeza: —Mujeres. Una verdadera plaga. Se pegoteaban a él. Mujeres. —Escupió con desprecio: —Y además está podrido en plata. Un rico no puede ser un atleta.

—¿Por qué?

—Una teoría que tengo. —Señaló un banco de madera cerca de las canchas de vóleibol: —Vamos a sentarnos un poco. Me canso mucho de pie. Tengo los pies demasiado pequeños para soportar mi peso. La gente no comprende eso. O mejor, lo comprende muy bien y se divierte viéndome padecer.

Hizo un gesto amplio abarcando los campos de deportes y los pabellones.

—Tengo fama de reaccionario. Dime una cosa: ¿yo tengo cara de reaccionario? Dilo sinceramente.

Cid negó con la cabeza. No, de ningún modo. Imagínese.

El gordo gruñó como una familia entera de puercos. Todas sus untuosidades se sacudieron.

—Eso porque no eres mi alumno. Prueba a ser mi alumno por una semana y cambiarás de idea. —Encaró de repente a Cid con una expresión interrogativa en los ojos, como si sólo ahora se diera cuenta de su presencia.

—¿Al fin de cuentas, quién eres?

—Soy detective privado. El doctor Agnadelli me mandó a hablar con usted sobre Sérgio Gunter, un alumno suyo. Él desapareció. El doctor Agnadelli piensa que usted puede ayudarme.

Parecía no oír nada. Miraba a Cid con intensidad.

—Antes me vas a responder una cosa. ¿Tú eres pederasta?

Cid suspiró. Estaba acabando con su paciencia.

—Pero vea, profesor...

—Nada de rodeos. Contesta. Vamos.

Los ojos del gordo brillaban como gotas de grasa.

—Eso es una obsesión.

—Odio a los pederastas. Necesito tener mucho cuidado. Yo sé cosas. —Miró a los lados, apagó la voz: —Sé demasiadas cosas.

—Profesor, todo lo que me gustaría saber es...

Inmediatamente colocó el rechoncho índice sobre los labios silenciando a Cid.

—Aquí no, aquí no, allá adentro.

Se levantó y salió caminando rápido, con su paso de cría de elefante, sacudiendo los brazos como los paquidermos sacuden el rabo. Cid lo siguió. Entraron en un gimnasio cubierto. Algunos muchachos entrenaban la puntería en el basquet. El gordo les ordenó salir.

—Ya se pasó la hora. ¡Fuera! Tienen que aprender a tener disciplina. —Se volvió hacia Cid: —La disciplina es esencial en cualquier actividad, ¿no le parece?

Se sentó en la punta del banco. Los muchachos pasaron cerca de él, sudados, con miradas rencorosas. Cuando salían de la cancha el gordo blandió el puño cerrado en el aire y gritó dos veces:

—¡Disciplina! ¡Disciplina! —Volvió un rostro astuto hacia Cid: —Es una teoría que tengo. ¿Te parece que fui muy rudo con ellos? No. Nada de eso. ¿Cuál es la última cosa que oyeron cuando salieron de aquí? La palabra disciplina. Ahora se van con esa palabra en el oído. Suben al ómnibus con la palabra disciplina, comen con la palabra disciplina, duermen oyendo la palabra disciplina. Mañana estarán dóciles, más dispuestos, más disciplinados. Es científico. Estoy escribiendo un libro al respecto. —Suspiró, resignado: —Aquí nadie me da valor. ¿Sabe cómo me llaman? Reaccionario. A mí. Un sujeto abierto. Dímelo: ¿tengo cara de reaccionario? Dímelo sin miedo de ofenderme.

—Profesor...

—Dímelo, dímelo.

—El doctor Agnadelli me envió...

—¡Agnadelli! ¡No me hables de Agnadelli! Él me frustró. Me dio mil esperanzas. Yo era un hombre feliz cuando tenía a Agnadelli. Él podría haber sido de los grandes.

Se quedó con los ojos fijos en el aire que se ensombrecía lentamente. Cid no sabía qué pensar.

—Él no me avisó que venías —dijo de repente—. ¡Cada cosa! Imagínate, enviarme a un sujeto que nunca vi en mi vida. —De repente se volvió desconfiado y encaró al detective con una intensidad ya conocida. —Escúchame. Tú no eres...

—¡No! —Tronó Cid. —¡No soy pederasta!

El gordo mostró una sincera sorpresa en el rostro.

—Uy, ¿cómo adivinaste lo que te iba a preguntar?

—Soy detective.

Posiblemente Randolfo le estaba causando un buen lío. Se iba a ir sin siquiera despedirse de aquel loco.

—¿Eres detective? ¿Pero qué tipo de detective?

—Privado. Como esos de las películas antiguas que dan en la televisión.

—Nunca vi. No miro televisión. La televisión está dominada por pederastas. —Miró a los lados, cuchicheó: —Yo tengo una teoría al respecto.

—Ya me voy —dijo Cid con cansancio.

—Sérgio murió.

Una especie de nube en los ojos. Ya no oía bien.

—¿Cómo?

—Para mí que está muerto. No me gusta hablar de eso. —Le tembló el labio inferior como si fuera a llorar. —Podía haber sido uno de los grandes, uno de los mayores. Sólo el negro Salvador y Bauer eran iguales. Ni Zito ni Clodô ni el hijo del de la Guía. Cargadores de piano al lado de él. Era grande. Grande. Pero eso es una manera de decir. Pelé es grande. El mayor tal vez.

—¿Tal vez?

Sonrió complacido.

—Eres de esas personas superficiales que se espantan con el espectáculo. El fútbol esconde toda la verdad, entera, absoluta. Pero es preciso saber ver. Está escondida en pocos esa verdad. Pelé la tiene, en parte. Aquel loco, Garrincha, tenía una parte muy pequeña. Justamente porque era loco. ¿O será que es al contrario? ¿Será que es demasiado lúcido para nosotros? —Quedó súbitamente preocupado: —No, no puede ser... Él no tenía el aura, el toque del misterio. Bauer tenía. Bauer... El destino de los personajes él lo tenía. —Alzó una cara intrigada hacia Cid: —¿Qué quieres con él?

—Quiero saber donde está.

—Está muerto.

—¿Desde cuándo?

Suspiró. Miró el techo del gimnasio, completamente oscurecido. Una mancha rosada del crepúsculo persistía, arbitrariamente, sobre los bancos desiertos.

—¿Qué quieres con él?

—Saber donde está.

—Puede ser peligroso.

Sería excelente llenarse el pecho y contestar el-peligro-forma-parte-de-mi-profesión, pero ese gordo maníaco no merecía que se gastara esa belleza con él.

—¿Usted sabe dónde está?

La mano pegajosa del gordo se paseó por la cara del detective distribuyendo caricias.

—¿No quieres saber nada más que eso? ¿Nada más? ¿No quieres que te diga quién va a ser el próximo presidente del país, no?

—Profesor, por el amor de Dios...

—Ven hasta la luz.

Tomó a Cid por el brazo. La luna estaba en el cielo. Los campos de juego sombríos y desiertos.

—Te voy a dar una dirección.

—¿De Sérgio?

—Eres realmente un caso único. Agnadelli me envía cada uno. Piensan que soy una persona desocupada. ¿O será que piensa que no tengo importancia en toda esa mierda? ¿Qué te parece? ¿Qué opinan de mí?

Cid se pasó la mano por la cabeza. Mi Dios...

—Pareces un duro. Ellos saben reclutar. No eres de los que dan el servicio con facilidad. No me importa qué piensan de mí. Te voy a dar la dirección. La anotas y después la destruyes. Lo mejor es saberla de memoria. Nada de archivos. ¿Tienes papel y lápiz?

Tomó la libretita de Cid y garabateó algo mirando en otra dirección. La entregó.

—La dirección de encima es la mía. La de abajo es la que quieres.

Se alejó un poco, se detuvo, examinó a Cid de arriba abajo.

—No. Tú no eres. Estoy seguro que no eres.

Fue tragado por las sombras.

La ciudad se iluminaba. Las palmeras de la Avenida Getúlio Vargas se impusieron de súbito. A la altura del número 2000, Cid avisó al chofer.

—Puede parar. Me bajo aquí.

Caminó hasta el 2344. Era un gran edificio de cuatro pisos y centenares de ventanas iluminadas, al fondo de un solitario patio de cemento. Había un guardia dentro de una garita enrejada al lado del portón. Cid encendió un cigarrillo y leyó la placa del portón a través de los dedos de la mano que protegía la llama del fósforo. Hospital Psiquiátrico Getúlio Vargas.

Continuó con paso despreocupado hasta la esquina. El guardia aparentemente se desinteresó de él. Hospital Psiquiátrico. ¿Qué era eso, finalmente? ¿Se estarían divirtiendo a costa suya?

Tomó una decisión. Iría a verificar la segunda dirección, la del gordo. Tomó otro taxi. El gordo vivía cerca del río.

Bajó del taxi y caminó por la callecita de paralelepípedos hasta el edificio cuyo nombre tenía anotado. Entró en el vestíbulo. En la lista de residentes localizó al profesor João Alves dos Santos. Nombre simplote. Parece falso, pensó Cid en ritmo de raciocinio metódico. Bien, el departamento coincidía con la anotación.

—¿Desea algo?

Era el sereno. Por lo menos tenía la cara gris, inquisidora de los serenos de los edificios.

—Busco al profesor Alves. ¿Él vive aquí?

—Tal vez sí, tal vez no.

—Un gordo, muy gordo, de la Escuela de Educación Física, Soy su primo.
—¿Tiene documentos?
—Tengo.
—Tercer piso.

Volvió al centro y pasó por el Bar y Café Dolor en el Corazón. Olga ya se había ido para casa. El café que el portugués le sirvió estaba frío. Fue a pie hasta el departamento sintiendo hambre. En el camino fue interpelado por una patrulla policial que le pidió documentos y le hizo una inspección. Lo dejaron seguir. Mierda. Mil veces mierda. Odiaba los lunes.

Capítulo IX

La mano levemente apoyada en la bola dorada que adornaba el comienzo del pasamanos de la escalera era un gesto de pura afectación. La mirada ocultando la curiosidad también era visiblemente forzada. Y los pasos que lo acercaron a Cid eran lentos, medidos y parecían querer mostrar serenidad. Pero lo que impresionó al detective fue la excesiva palidez del hombre, tomando en consideración el verano caluroso que atravesaban.

El hombre hizo un gesto a las dos enfermeras y ellas se alejaron.

—¿Es usted quien me busca?

El reloj circular en la pared de enfrente marcaba exactamente las diez de la mañana, martes. El detective privado Cid Espigão reanudaba sus actividades después de una noche mal dormida.

—Busco a un señor llamado Aldo —respondió.

—Eso es muy relativo. ¿De parte de quién viene usted?

—El profesor Alves me manda.

El hombre no alteró en nada su semblante.

—Vamos a ver. Tenga la bondad de sentarse.

Se acomodaron en poltronas de cuero, a un costado de la amplia sala de visitas. Quedaron medio ocultos por inmensas hojas de begonias. Aldo retiró del gabán de casimir a cuadros una vistosa cigarrera dorada y la ofreció al detective con un gesto refinado. Cid no aceptó.

El hombre que estaba visitando era minuciosa y detalladamente elegante. Las uñas brillaban, fruto de un tratamiento experimentado; las piernas estaban cruzadas con discreción y no mostraban ningún agresivo montón de vello entre el espacio de la media y el borde del pantalón; bufanda de seda color gris-perla; anillo de piedra no identificada en el dedo meñique. Pero el conjunto estaba lejos de convencer. No producía la impresión de un caballero británico —la que deseaba causar, sin duda—, sino la de un cantor de tangos extraviado, por secretos designios —expresión a veces utilizada por Cid— en esa ciudad en el sur del Brasil.

El cantor de tangos dio un suspiro y encendió una sonrisa de aviso de dentífrico.

—¿Tuvo dificultades para entrar?

—Le dejé mis documentos al guardia. No sabía que tenían esa costumbre en los hospitales.

—Es desagradable pero necesaria... Pero... ¿usted mencionó en la entrada a quién quería visitar?

—Dije que tenía un hermano internado aquí.

—Y entró. Mal, muy mal. Ese guardia es de una ineficiencia de terror. —Y cambiando de expresión: —¿A qué propósito viene su visita?

—Como dije, vengo de parte del profesor Alves. Se trata de una desaparición.

Aldo agitó la cabeza.

—¿Una desaparición? Notable. —Miró la punta del cigarrillo: —¿Sabe una cosa? —Adoptó súbita impetuosidad: —Pensé que se habían olvidado de mí. —Miró el reloj de pulsera y habló señalando con el dedo hacia el mostrador. —Hoy hace exactamente cuatro meses, diecinueve días, ocho horas y treinta y seis minutos que estoy encerrado en este hospicio y ni siquiera buen día me mandaron decir durante todo ese tiempo. Y me habla cínicamente de desapariciones. ¿Y yo qué soy? ¿Se puede saber?

Cid estaba desorientado.

—¿Usted no es médico aquí?

Esa pregunta fue como el violento resbalón del equilibrista en el punto más crucial de la travesía.

—¿Si yo soy médico?

—Bueno. Es decir. Yo no estoy debidamente...

—¿Cuándo hablaste con Alves?

—Ayer a la nochecita.

Miró el cigarrillo del hombre, que ardía solo. Aldo acompañó la mirada de Cid, observó el cigarrillo y sacudió la ceniza. Cruzó las piernas en el otro sentido.

—¿Cuánto tiempo hace que estás con nosotros?

Había pasado del usted al tuteo con una rapidez que no agradaba al detective.

—Bien. Yo...

—Sólo dices bueno, bien, yo. Pero está bien. Está bueno. No digas nada.

Aplastó el cigarrillo en el cenicero con aire de enfado. Esperó que la enfermera atravesara la sala con paso angelical.

Aproximó el rostro recién afeitado al rostro mal dormido del detective.

—Yo soy el maldito —susurró.

—¿Quién?

—El escondido. El que vio y no puede hablar. El apestado.

Sonrió, volvió a tomar la cigarrera dorada y eligió el cigarrillo. Esta vez no ofreció.

—Me preguntas si soy médico en esta respetable casa de salud. ¿No es así?

—Sí.
Se recostó sofisticadamente en la poltrona.
—Soy paciente, mi querido.
Encendió el cigarrillo, sopló el humo y miró al afligido detective con los ojos limpios, sinceros y claros.
—Sucede que estoy loco. Absolutamente loco. Loco incurable. —Sonrió modestamente. —No creas en nada de lo que digo. Sabes, ellos no necesitaban haberte enviado. —Pensó un poco, mirando el piso de grandes lajas. —No pienses que me estoy justificando. Un soldado nunca se justifica. Pero yo percibí quién eras desde que llegaste. En el momento en que te vi, en lo alto de la escalera, de pie, inmóvil, con las manos a los costados, adiviné que mi hora había llegado. Lo adiviné.
—Sonrió tristemente, repitió: —Ellos no necesitaban haberte enviado. Yo soy inofensivo. No hago mal a nadie. Estoy encerrado hace cuatro meses, diecinueve días, ocho horas, casi nueve ya, y nunca reclamé ni discutí. Obedecí, Obedecí ciegamente como soldado que soy. ¿Por qué eso entonces? ¿Por qué me aislaron? ¿Yo represento una amenaza para la seguridad? ¿Acaso soy un traidor? ¿Mi ficha no está limpia?
De repente pareció cansado o muy triste. Cerró los ojos.
—Yo no pido piedad.
Se pasó las manos por el rostro como para arrancar algo que lo afligía. Abrió los ojos. Encaró a Cid, preguntó muy suavemente:
—¿Cómo harás la ejecución?

Capítulo X

Levantó la media copa de *cachaça* y se la bebió de un trago, el dedo meñique vertical, traspasando el aire. El calor entró corriendo por todos los corredores de su cuerpo y salió por los ojos, haciéndolo lagrimear. Encontró el rostro de bigotito negro en el espejo detrás del mostrador y le guiñó el ojo. ¿Buena vida, eh, profesor? La mano apretó la culata poderosa del .38. Las diez de la noche. Pidió otra copa.

—Necesitas coraje —había dicho el teniente.

Le preguntó mentalmente al sujeto de bigotito negro del espejo si él tenía coraje. No esperó la respuesta y tomó un trago hondo, demorado, quemante. Sólo después de eso el espejo respondió, tienes coraje, sí, ¿por qué?

—Porque está llegando la hora, imbécil.

Pagó la cuenta y salió.

La puerta del edificio estaba abierta y no apareció ningún portero o sereno para hacer preguntas. El ascensor rechinaba. No le gustó. Podía ser un presagio. Podía ser un montón de cosas. Podía ser también que hubiera tomado unos tragos de más. El duodécimo piso lo recibió en la oscuridad.

—Soy un hombre acorralado —había dicho el teniente.

La llave encajó con perfección en la cerradura. El detective Cid Espigão entró tanteando en busca del interruptor de la luz del cuarto, no lo encontró, cerró la puerta y entonces aspiró el polvo acumulado en cuatro meses, diecinueve días y no sabía cuantas horas más.

—No conviene encender la luz —había dicho el teniente.

La cajita de música debía estar detrás del busto de Camõens, en el estante de los libros, y estaba. Dentro de ella debía estar una casete envuelta en plástico, y estaba. (Los acordes iniciales del *Vals del Emperador* y la rígida bailarina de porcelana transportaron al detective a un valle de sentimientos confusos, silla mecedora vacía, películas de horror vistas en la infancia.) Cerró la cajita de música y experimentó un alivio inexplicable. El grabador debía estar en el dormitorio, en el segundo cajón del guardarropa, y estaba. Perfecto. Ahora, acomodarse que va a empezar la función.

—En la heladera hay una caja de cervezas —había dicho el teniente. Pero caliente. La heladera estaba desenchufada. Paciencia. Eligió el sofá de la sala que tenía el forro más bonito. Abrió la ventana para ventilar. Un gigantesco anuncio de Coca-Cola se inmiscuyó en la habitación con su luz intermitente. Se desabotonó la camisa. Se descalzó los mocasines. Apretó el botón del grabador:

"Mi nombre es Aldo dos Santos Martins. Soy teniente del ejército brasileño."

Lo apagó. Sacó un cigarrillo. La voz era lenta, lejana, gangosa, desagradable. Encendió el cigarrillo, dio una pitada, localizó el cenicero y encendió otra vez el grabador.

"Cuando ocurrieron los acontecimientos que voy a narrar servía en la ciudad de Iguatu, en el estado de Ceará. Este mensaje está siendo grabado el día 11 de diciembre de 19..., en mi residencia particular, en la ciudad de Porto Alegre, Rio Grande do Sul, adonde fui transferido después de los hechos que aquí serán debidamente narrados. Aclaro que en el actual momento estoy en plena y total posesión de mis facultades mentales y me encuentro absolutamente solo, pues mi ordenanza, el soldado Moacir, fue impedido de venir a mi residencia y hacer sus tareas cotidianas por mi comandante, el coronel Bermudez. Quiero aclarar que esto no es una confesión ni una defensa, porque no me siento culpado de nada. Es, como dije antes, un documento que un día tendrá gran importancia en mi vida privada, en mi carrera militar y, oso afirmar sin el menor miedo de parecer exagerado, en la historia de mi patria. Este documento servirá, también, para el futuro, en el caso de que me sea imposible hacer la defensa de alguna acusación que contra mí se impute, aquí está contada la historia verdadera y así queda salvaguardada mi honra de ciudadano y de militar. En el día 1º de julio de 19..., la nación, los militares y el pueblo quedaron consternados con el trágico accidente en que perdió la vida el general Humberto I, impoluto líder de la Revolución Redentora que arrancó al Brasil de las garras asesinas del Comunismo Ateo y Materialista y honestísimo ex presidente del país. El infortunado acontecimiento se dio en área de nuestra competencia militar y así me vi a cargo de la noble pero infausta tarea de rescatar los cuerpos que perecieron en la caída del avión, entre ellos el del gran camarada de armas y jefe indiscutido. Iban conmigo, al frente, como batidores, un cabo y cuatro soldados de elite, entrenados en la ardua y espinosa tarea de caminar en la selva. Como es de conocimiento general, el avión se precipitó en plena

Zona da Mata, la mayor del mundo, orgullo y gloria de nuestra gente, pero no muy buena para hacer paseos a pie. Detrás, en nuestra huella, iban enfermeros, médicos, mecánicos, sacerdotes y un norteamericano que decían que era periodista, cosa que hasta hoy no entendí muy bien cómo fue permitida su presencia ya que la orden era no dejar pasar a ningún periodista. Bien, como soy soldado no busqué explicaciones para la presencia allí de aquel hombre de prensa de la gran nación hermana. El avión había caído fatalmente en región de difícil acceso, apropiada apenas para la travesía de hombres duros y habituados a privaciones, hombres acostumbrados a los más variados rigores de la vida, como los militares brasileños. Llegamos al lugar del infausto suceso cuando el astro rey perezosamente se recogía en el horizonte. El avión estaba en pedazos —una escena desoladora— y una manada de monos salió corriendo de su interior con grandes alaridos cuando nos acercamos. Dentro del avión debía haber solamente tres cuerpos. El del lamentado líder, de su secretario particular y del piloto. Y había apenas tres cuerpos. Y sangre. Y la maleta del general despedazada contra el tronco de un árbol. Y papeles volando. Confieso que no me acerqué al avión en ese primer momento. Es que a pesar de ser soldado y oficial no estoy exento de sensibilidad, y ella, mi sensibilidad, en ese momento se rehusaba a ver tan dantesca escena. El cabo Edelfo, un morenazo apolíneo, salió de entre los restos tan pálido y nervioso que me aguzó la curiosidad. Señaló hacia adentro y no consiguió hablar con sentido. Los otros cuatro me miraron con legítimo pavor y me llamaron con voz extraña. Me aproximé, sintiendo no sé por qué la expectativa de una visión trágica y terrible y ahora afirmo, aquí en esta declaración, con un estremecimiento que no puedo evitar, que la visión estaba más allá de la tragedia y de lo terrible, era algo que no debía ser visto ni pensado, ni recordado ni imaginado y a medida que me aproximaba al avión era como si me aproximase a mi destino, a algo que ya hacía mucho tiempo estaba determinado, de algo que nada podría impedirme alcanzar. Subí a los restos. El cuerpo del piloto estaba abierto al medio y su sangre coagulada parecía un manto real desplegado sobre el asiento. El cuerpo del secretario se había doblado en dos y su rostro reflejaba el horror vivido en sus últimos momentos. El general estaba tendido a lo largo del corredor, intacto. Extrañamente intacto. Apenas la cabeza se había desprendido del cuello y rodado unos dos metros por el corredor. Me acerqué, trémulo y emocionado. Me arrodillé junto al cuerpo decapitado de aquel que había salvado a nuestra patria de las garras del Oso Moscovita. Me arrodillé impulsado por el mismo espíritu de cristianismo que aquel allí caído había ayudado a defender. Me arrodillé para, en un sincero homenaje, alisar cariñosamente los cabellos de aquel que en vida fuera tan varonil, tan valiente y tan santo. Sí, santo, ¿por qué no? Y he aquí que mi sentimiento cristiano se mezcló de pronto con el sentimiento, *primus*, de la más absoluta sorpresa y, *secundus*, del terror. Terror que los minutos, las horas, los días y los meses sólo han servido para aumentar, para construir una cadena de sombras y susurros a mi alrededor, para acorralarme. ¿Qué cosa vieron mis ojos? Algo que, a medida que la sorpresa era lenta e inexorablemente sustituida por el terror, descubría que no debería haber visto, que estaba cometiendo una indiscreción, que mi comandante no me podía haber mandado, que era demasiado para un pobre teniente con sueños de llegar a ser algun día un viejo general rodeado de cadetes apolíneos. El cuerpo del general Humberto I no había derramado una sola gota de sangre. Y de la cabeza separada del tronco y viceversa, de donde se esperaba que chorrease sangre y apareciese la carne y tal vez la columna vertebral y nervios y quien sabe qué más, porque la anatomía no es mi fuerte, salían hilos, cristales, transistores, acumuladores, cables, tuercas, alambres y pedazos de metales aplastados y bruscamente rotos. Cuando me levanté, atontado, idiotizado por el descubrimiento, mi pie pisó un tornillo que rechinó y juro que si hubiera pisado un pedazo de carne todavía palpitante no habría sentido la horrenda impresión que sentí. A mi alrededor la selva. Los ruidos de la selva. Miles de aves, de insectos, de mamíferos. En una rama vecina un monito me hacía muecas. Los soldados me miraban pálidos, sabiendo que también habían visto lo que no debían haber visto. Allí en las ruinas el cuerpo del piloto y del secretario. Y aquello. Que no sé lo que era. Mucho después, bastante después, miré el cuerpo del general, pausadamente. Examiné las uñas, los cabellos, los ojos, toqué la piel y acerqué la mirada a las puntas de los dedos para ver las impresiones digitales. Miré los vellos de las orejas y los pelitos de la nariz. En todo era un hombre. Menos por dentro, donde espié y vi un oscuro laberinto de hilos, placas con números, transformadores, qué sé yo cuantas cosas más. Estaba en eso cuando el norteamericano llegó. Solo. Dijo que se había perdido del resto de la expedición, que había tenido una suerte loca en encontrarnos, etcétera. No permití que se acercara al avión y no pareció extrañarle. Y también le arranqué la cámara fotográfica. Enrollamos los cuerpos en las mantas que llevábamos, los colocamos en parihuelas y comenzamos el regreso. Como éramos seis soldados además del norteamericano y como necesitábamos justamente seis personas para cargar tres camillas, incorporé al norteamericano a la patrulla con la autoridad de comandante que mi puesto me confería. Pero la fatalidad estaba como una fiera al acecho en aquel día. Al cruzar un estrecho puente formado por un tronco de árbol, el norteamericano, que cargaba la parte trasera de la parihuela con el cuerpo (o lo que sea) del general, tropezó y arrojó a las aguas barrosas y llenas de pirañas al pobre del cabo Edelfo, un morenazo tan derecho, y lógicamente a la parihuela con su contenido. Que nunca más fue hallado. Porque todo el mundo sabe como es la piraña. Hasta hoy me estremezco con los gritos que dio el finado cabo. El norteamericano pareció sumamente conmovido con el accidente, pero cuando llegamos a la ciudad ya debía de haberse repuesto, porque lo encontré muy sonriente en el casino del cuartel bebiendo whisky con un general que había venido de Brasilia. El hecho de la pérdida del cuerpo del general fue ocultado sin mucha discusión y en las ceremonias que se efectuaron por el alma del gran hombre y soldado nunca se descubrió el cadáver, que permaneció envuelto en el pabellón nacional. Yo nunca dije a nadie una sola palabra sobre lo que vi en el interior del cuerpo del ex presidente, incluso porque no soy muy entendido en anatomía y nunca se sabe de lo que es capaz la naturaleza. Un agotamiento nervioso que tuve días después fue, parece, el motivo por el cual me transfirieron aquí a Porto Alegre, en el otro extremo del país. Quiero que quede suficientemente claro en este documento oral —posible gracias al milagro de la técnica— que mi agotamiento nervioso no tuvo origen en el hecho de que los cuatro soldados que bajo mi mando encontraron el avión accidentado tuvieran una muerte trágica e inesperada, días después, cuando el jeep en el cual se dirigían a una misión que desconozco cayó del puente que atravesaba dentro de un río también casualmente invadido por pirañas. Clic".

La luz roja del anuncio de Coca-Cola comenzó a parecerle a Cid la manifestación viva de un corazón palpitando. Cerró la ventana del cuarto y apagó cuidadosamente todas las marcas de huellas digitales que podría haber dejado. Salió cauteloso y en el ascensor se prometió solemnemente un trago en el primer bar.

El grabador debajo del brazo parecía un peso difícil de soportar.

Le pidió al taxi que se detuviera dos cuadras antes del departamento del profesor Alves. Mientras veía las palmeras de la Avenida Getúlio Vargas ir pasando erectas como soldados en fila para una revista de tropas, comenzó a pensar que así como el teniente Aldo había visto, él ahora había oído algo que no debía haber oído ni saber y ni siquiera imaginar. Pero el teniente estaba loco. Tenía que estar loco. El gordo tampoco parecía en mejores condiciones con su caja pensante. Pero el doctor Randolfo —sobre ése no tenía dudas— estaba perfectamente bien de salud mental, si es que existe un tipo de salud que no sea mental. ¡Vamos! Necesitaba detenerse, sentarse ante el escritorio, poner las piernas sobre la mesa, encender la pipa y tratar de ordenar los acontecimientos que desgraciadamente parecían estar escapando de sus astutas manos. El problema es que aún no había tenido oportunidad de poner en funcionamiento su infalible Método. Su deber era encontrar a Sérgio y hasta ahora las pistas no conducían a nada en concreto. Se diluían como humo o como duendes. Pensó un poquito y eligió duendes. Duendes... sonaba lindo. Cuando luego pasara por el Dolor en el Corazón le diría a Olga que las pistas se habían diluido como duendes. Olga iba a quedar impresionada. Olga adoraba esas cosas.

¡Duendes! La historia del teniente era como esas viejas historias. Imaginación de loco es fuego. ¿Quién podía inventar que el ex Presidente era un robot? Sólo un loco, evidentemente. Si bien el general Humberto I, bajito y desprovisto de cuello, no estaba muy lejos de ser confundido con uno. De política no entendía nada, pero no simpatizaba en absoluto con aquel general de aire feroz y resentido, incapaz de sonreír hasta para una foto de propaganda.

Distraído con sus reflexiones, ya estaba pasándose del edificio del gordo. Volvió algunos pasos y tanteó la puerta. Abierta. Aparentaba ser su día de suerte. Ya eran las once de la noche pasadas y todos los edificios cerraban temerosamente sus puertas a las diez en punto.

El gordo vivía en el tercer piso. Subiría por la escalera para no encontrar vecinos en el ascensor. Tendría una buena conversación con ese profesor Alves. Le había pedido una información simple y necesaria sobre un alumno suyo que desaparece y él venía con la broma de pésimo gusto de enviarlo a un lunático. ¡Era un hombre serio, diablos! Con una profesión seria. Y se ocupaba de asuntos serios. No podía perder tiempo. Si el gordo estaba escondiendo el juego sería bueno aclarar ahora la cosa. Esconder a personas desaparecidas es un delito. O debe serlo. ¿O un escondido no es un desaparecido? Mejor reflexionar otra hora... ¡uf! Tercer piso. Corredor iluminado. Puerta del 316 un poquito entreabierta. Sonido de la ducha allá adentro. Empujó la puerta pero no fue necesario abrirla del todo.

El profesor estaba sentado inmóvil en el sofá de girasoles amarillos, completamente desnudo. Parecía esperar que el agua se calentase para entrar en el baño. La cabeza del profesor estaba depositada en una bandeja sobre la mesa del centro del cuarto. Y la sangre que empapaba la alfombra y salpicaba los muebles había sido utilizada para escribir una palabra en la pared blanca: traidor.

Capítulo XI

Pedí una copa de *cachaça* y una botella de Brahma estúpidamente helada. Estaba pálido. De una palidez tan intensa que mereció una rápida mirada de Olga, que finalmente despegó los ojos del libro sobre el mostrador.

—¿Te estás sintiendo mal?

El detective sonrió con valentía. Por el espejo del bar se podía ver que no estaba con un aspecto muy saludable. Pero para eso ahí estaban la *cachaça* y la cerveza. Pronto le devolverían sus colores naturales. Y además era un hombre importante. Ahora que el susto estaba pasando, ahora que ya había bajado las escaleras del edificio del profesor sintiendo que si no refrenaba las ganas de expedir por vía oral el almuerzo haría un papelón histórico, que ya había caminado cuadras y cuadras mirando para atrás en la absurda certeza de que lo seguían, que ya podía mirar a los desconocidos sin ver en cada uno al potencial degollador del infeliz Alves, ahora sentía una mezcla de orgullo y horror y podía alzar silenciosamente un brindis al primer cadáver de su carrera de doce años de detective privado.

Olga lo miró levantar la copa en el aire ceremoniosamente y puso cara fea. El Docinho no puede beber que ya comienza a dar vergüenza. Y hacerse encima.

—Ya dije que no. Hoy no puedo.

—¿No puedes o no quieres?

—Para mí es la misma cosa.

Volvió a enterrar los ojos en el misterioso libro sobre el mostrador. Cid suspiró exageradamente. El portugués dueño del bar lo encaraba con expresión homicida.

—¿Qué hay, portuga? ¿Se te perdió algo para estar mirándome de ese modo? ¿Te debo algo?

Cautelosamente, el portugués fue a buscar algo allá en el fondo y Cid desplegó una mirada triunfadora a su alrededor. Recogió sobria solidaridad de los parroquianos. Mejor. Estaba a punto de dar qué hacer si alguien no se sentía a gusto. Entonces percibió que el suelo venía aproximándose a su rostro. Después percibió que lo sentaban en una silla. Y que la voz de Olga decía él no sabe beber, es muy débil para la bebida. Que le colocaron algo frío en el rostro. Que se reían. Y sintió que el objeto en sus manos era un grabador. Dio un salto y corrió hasta la esquina. Vomitó agarrado al poste. Fue andando hasta la oficina con pasos torpes. Subió los escalones apoyándose en las paredes, abrió la puerta y se zambulló en la oscuridad oliendo a moho. Se durmió sobre el escritorio.

Pensó que era Olga: los llamados insistentes a la puerta y los pies arrastrándose en el corredor. Se desplazó medio dormido hacia la puerta, la abrió y aspiró un olor húmedo de selva, de pantanos brumosos, de troncos deshaciéndose podridos, de orquídeas. Algo se movió a sus pies emitiendo pequeños brillos de luciérnaga, de follaje, tal vez de gota de agua.

Cid Espigão encendió la luz y se tragó un grito de horror.

No podía, no quería creer que allí junto a su puerta —¡en el corredor de su edificio y junto a su puerta!— había un yacaré inmenso e inexplicable —verdoso, palpitante, siniestro— que le ondulaba la cola de dragón, que le clavaba los dos ojitos perversos, que le alzaba la cabezota ornada de líquenes y que le abría desmesuradamente la espantosa boca dentada.

Capítulo XII

Sensación de tener que lavar los platos solo después de una inmensa *feijoada*.
La silla era incómoda. Por lo menos, era la impresión que tenía. Y todas las impresiones que había tenido hasta ahora no habían sido favorables. Volvió a mover los ojos alrededor y fue detestando separadamente a los mozos de chaqueta lila, a los clientes de aspecto próspero, a los manteles a cuadros rojo y blanco, al jarrón de flores artificiales. Decididamente, no era lugar para él, un hombre pobre. Ya había percibido (¿o imaginado?) que los mozos le lanzaban miradas hostiles, los clientes fría indiferencia y las flores en el jarrón absoluto desdén. No era lugar para él. Un simple café debía costar un ojo de la cara. Ya estaba gastando como loco en taxis. ¡Qué idea elegir el restaurante de Televisión para un encuentro! Seguramente, no lo habían elegido para contemplar el paisaje del morro Santa Teresa ni para encontrar a algún artista famoso. ¿Sería porque el restaurante estaba siempre lleno y era casi imposible intentar una violencia dentro de él? ¿Pero quién? ¿Contra quién? ¿Y por qué? Sacó la carta de Sérgio del bolsillo. Papel azul, escrito a máquina. No consiguió leer el primer parágrafo. Estava nervioso. Consultó el reloj. Si la persona que lo había invitado al encuentro fuese puntual, dentro de un minuto se asomaría a la puerta de vidrio con una rosa roja en la mano.

Ridículo. Casi se había reído en el teléfono. Pero, poco a poco, se fue dejando envolver. En el ómnibus fue soñando, viendo rosas rojas y secretas mujeres de vestido negro, largas borracheras, perfumes peligrosos. Al terminar el viaje estaba entusiasmado, aunque se rehusara hipócritamente a aceptarlo. Era una situación típica de la noble profesión de detective privado: un encuentro clandestino en un lugar sofisticado con una persona desconocida. Seguramente, uno de los ápices de su carrera. Lástima, esa sensación vaga de la infancia: pilas de platos, domingo bochornoso, fútbol. Y su estado físico contribuía en mucho para disminuir la euforia y aumentar esa cosa húmeda que gotea por dentro.

Cuando Lolo comenzaba a despertarlo oyó el reloj de la torre de la aldea tocando al mediodía. Y después el reloj, la torre, la aldea se transformaron en un tumulto de gritos dolorosos porque Lolo los destruía como si fuesen cacharros de arcilla con un palo, después con un hacha, después con una cobra viva, después con un yacaré.

Se sentó en la cama con los puños cerrados y un grito.

Lolo estaba muy cerca y lucía su peor sonrisa.

—Qué sueño horrible, Docinho. ¿Con qué soñabas? ¿Con el fin del mundo?

Se pasó las manos por el rostro. Necesitaba arrancar los restos de la pesadilla. Lolo mostró los destrozos en el cuarto.

—¿Qué fue lo que pasó aquí? ¿Un huracán?

—Un yacaré.

—*Cachaça* marca Yacaré no conozco.

—No estás obligado a creer. ¿Qué es lo que quieres a esta hora de la mañana?

—Yo, personalmente, nada, *darling*. Pero hay una voz femenina que clama por ti en el teléfono de mi propiedad particular. ¿Te dignarás atenderla?

—¿El detective Espigão? ¿Que se ocupa del caso de Sérgio?

Era. ¿A las tres de la tarde en el restaurante de la televisión? OK. Tres de la tarde en punto. Ya.

Depositó la rosa en la mesa y el detective no evitó el gesto de sorpresa. Un mal comienzo.

—¿Usted es el detective Espigão, no es cierto?

Los cabellos eran como el brillo del sol al mediodía en las piedras de la playa de Itaguaçu. Los ojos estaban habitados por sombras curvas. Dijo:

—Soy Mariana.

Pequeño recordatorio de los sentimientos del detective privado Cid Espigão en ese momento (el orden no altera necesariamente el producto de la suma de los sentimientos): *a)* ganas de arrodillarse y adorarla; *b)* ganas de bailar un *frevo* aun sin sombrilla; *c)* ganas de tomar el lápiz y escribir un poema de amor vehemente; *d)* ganas de dar un beso en la calva reluciente del sesudo señor sentado en la mesa de al lado.

Lo que el detective Cid Espigão hizo realmente: *a)* mirada dura de detective; *b)* apretón de manos distante; *c)* gesto cortés pero militarizado invitándola a sentarse.

—Extraño: no vi entrar a la señorita.

—Entré por la puerta del costado.

Tenía una voz salada, que obligaba a recordar algo oscuro en el pasado... o que tal vez todavía no hubiese ocurrido.

—¿Quiere beber algo?

—Un guaraná.

El mozo se acercó, dos guaranás, profesor.

—¿Calor, no le parece a la señorita?

—Treinta y siete grados. Pero no necesita llamarme señorita.

—¡Oh! perdón. Creo que estoy siendo demasiado ceremonioso. La juventud de hoy es menos formal, más libre. Lo que me parece muy bien. Muy bien.

Era difícil mirar ese rostro resbaladizo, dueño de peso, espacio, movimientos propios.

—Si fuera un calor seco no sería nada.

—Realmente.

—Cada vez que termina una estación me resfrío por culpa de la humedad.

Ella sonrió. La sonrisa se le escapó. ¿Cómo fue? ¿Por qué ese trastorno con las palabras, los gestos? ¿Por qué era tan difícil mirarla?

El mozo depositó las botellas en la mesa.

—Me pareció excelente que haya pedido guaraná.

—¿Sí?

—Normalmente, las jovencitas piden Coca-Cola, o Fanta u otra porquería cualquiera. A mí me parece bárbaro cuando piden guaraná, una bebida auténticamente brasileña, nacional en serio y no esas porquerías extranjeras que andan por ahí.

—Sérgio manda decir que dejes de andar detrás de él.

Imaginó su boca abierta, sus ojos desencajados, su definitivo aire de tonto.

—¿Quién?

—Sérgio.

Sérgio. Simplemente. Qué simpático, Sérgio. No quiere que ande detrás de él. Muy bien.

—Jovencita. —Adoptó una pose doctoral. —Temo que ese recado me parezca insuficiente. Están ocurriendo cosas muy extrañas y...

—Por eso mismo. Él dice que no sabes adonde te vas a meter, que estás entrando en una cosa muy pesada con la mayor inocencia, que no te quiere ver herido por su causa. Además, andando todo el día preguntando por él, hasta puedes llegar a encontrarlo de repente. Eso no va a ser bueno para ninguno de los dos. No va a arreglar nada. Él no va a volver nunca más a casa. Es necesario entender eso.

—Señorita Mariana. —Sabía que había sido herido en el orgullo y también sabía que era bobería prestar atención a ese hecho. Pero no podía evitarlo. —En primer lugar, no es mi costumbre aceptar consejos de muchachitas sobre lo que es bueno o no para mí. Sé cuidar perfectamente de mi seguridad, tengo diez años de profesión y esta no es una profesión donde la experiencia sea para desechar. En segundo lugar, tengo un compromiso moral con la señora Gunter, madre de ese muchacho imprudente, y no acostumbro romper mis compromisos con tanta facilidad. En tercer lugar, con esto me gano el pan. No estoy buscando a Sérgio por placer. Lo estoy buscando porque me pagan para eso. Y respeto el dinero que mi cliente está gastando. Es el primer deber del profesional.

—Sérgio dice que comprende perfectamente que estás recibiendo dinero y le parece que no es justo que dejes de recibir lo que debes porque él lo pide. Me encargó llegar a un acuerdo contigo.

Cid intentó hablar. Un pequeño gesto de ella se lo impidió.

—¿Cobras por semana, no es cierto? Él te ofrece una semana más de lo que acordaste con su madre para que detengas la investigación. Son todas ventajas a tu favor. No necesitas trabajar y todavía ganas más de lo que esperabas. Y recibes todo de una sola vez. Por adelantado.

El riguroso Código de Honor del detective Cid Espigão fue tocado. Calmosamente, apartó la copa y las dos botellas de guaraná de frente a él como si preparara la mesa para un juego de damas. Encaró los dos ojos indescifrables.

—Señorita. —Pausa para llenar los pulmones. —Yo respeto muchísimo la condición femenina. —Pausa para efecto. —Para mí la mujer es la obra más perfecta de la naturaleza. —Pausa para observación: ella sonrió, él permaneció inflexible. Pero, a riesgo de parecer bruto, le aseguro que, si en este momento la señorita fuese hombre, y me hubiera hecho esta propuesta, que considero deshonesta y que me falta el respeto porque me trata como un vulgar estafador, yo le daría una merecida lección. Que fatalmente no sería apenas con palabras.

Expiró el aire de los pulmones y volvió a sus lugares la copa y las dos botellas. Ella miraba el mantel.

—Comprendo tu posición.

Levantó los ojos.

—Creo que planteamos mal nuestra proposición. Es un defecto que todavía no corregimos. Plantear mal las cosas. De cualquier manera hubo en eso un error grave. Nunca nos pasó por la cabeza, por la cabeza de Sérgio, que fueras un estafador. Nunca. Y la proposición no se resumía en lo que escuchaste. Serías el encargado de llevarle a su madre una cinta grabada, bastante más explicativa que la carta que él le dejó. Y el dinero que recibirías sería por eso. No veo nada de deshonesto.

—En mi opinión, a mi modo de entender, la señorita acaba de decir algo completamente diferente de lo de hace un minuto. —Jugueteó con la copa de guaraná en la mano. —No sé. Yo no puedo obligar al muchacho a volver a casa. Él sabe lo que hace. Pero yo debo hablar con mi clienta. Si ella quiere una cinta grabada, bueno... —se encogió de hombros —yo puedo llevarle a ella una cinta grabada. Pero que quede bien claro, jovencita: no voy a aceptar ni un centavo de él ni de quienquiera que sea. Estoy comenzando a cansarme de ver que la gente me ofrece dinero como si yo estuviese muriendo de hambre y fuera a arrodillarme y comenzar a lamer sus zapatos.

—En ningún momento yo pensé eso de ti.

—Está bien, está bien, vamos a olvidar ese punto. Pero quiero saber una cosa. Conoces a Sérgio, pareces ser amiga de él. ¿Me puedes explicar lo que está ocurriendo? ¿En qué problemas anda ese muchacho?

Ella desvió la mirada.

—¿Por qué escribió aquella carta? —insistió Cid.

—Si no lo comprendes, no soy quien para enseñártelo. Es una cosa muy personal.

—Una cosa muy personal. Cierto. ¿Conoces al profesor Alves? ¿De la Escuela de Educación Física?

—No. ¿Por qué?

Parecía sincera. Su rostro de somnolienta no se alteró en nada.

—Porque Sérgio lo conoce. No sé qué tipo de relaciones tienen. Pero sobre el profesor yo sé algo interesante. Muy interesante. Y me parece que lo que sé le va a interesar también a Sérgio.

—Quieres un contacto personal con él.

—Acertaste.

—Imposible.

—No quiero forzar nada. No es mi Método. Pero dile que yo temo que algo grave está por ocurrir. Y todavía no sé cómo eso involucra a Sérgio. Pero tal vez no cueste mucho saberlo.

—Tal vez. Tal vez no haya ningún misterio en todo eso.

—Tal vez. Dices que comprender la desaparición o fuga o el nombre que tenga la desaparición de Sérgio es un problema personal. En tu opinión, ¿por qué la gente se está matando?

—¿En mi opinión? —Ella sonrió fugazmente y luego volvió a su equilibrio sobrio—. Como dije, tal vez no haya ningún misterio en eso.

—Pues para mí existe. La gente está desapareciendo, huyendo, drogándose, enloqueciendo. Fui a una fiesta hace pocos días. Fiesta de gente fina, como la señorita.

—¡Un momento!

—No te alteres. Fiesta de gente joven, quiero decir. Había decenas, ¿o centenas?, de jóvenes tomando drogas, bebiendo, practicando excesos, simplemente cansándose. Tal vez esté siendo moralista. Es una discusión complicada. Pero lo que quiero decir es la impresión que me causó ver tantos jóvenes con aquel aire de prisa, de miedo, queriendo agarrar todo, consumir todo, haciendo el amor por los rincones. No digo que no sintiesen placer en eso. Pero lo que percibía principalmente era una especie de... de, eso es...

—¿Ansiedad?

—Eso. Exactamente. Y yo me pregunto: ¿qué es lo que está pasando? ¿Por qué las personas está actuando así como si fuesen tan infelices?

—Porque son infelices.

Cid miró en el centro de aquellos ojos, que le recordaban fondo de océano, movimiento lento, sombras.

—Eso tampoco explica nada.

—No, no explica nada. ¿Entiendes de política?

—Soy apolítico. Odio a los políticos.

Ella sonrió sin ironía.

—Hoy en día todo el mundo es apolítico.

—Eso tampoco explica nada.

—Como ya dije: es una cuestión muy personal. Quien quiere entender entiende. Y toma una decisión. Quien no quiere entender se pudre.

Se alzó ágilmente de la silla.

—Entonces quedamos en eso. Hablas con la madre de Sérgio y le explicas la situación. Después nosotros te llamamos.

—Un momento. No me voy a quedar la vida entera esperando un llamado de ustedes. Si no me llaman hasta mañana a las seis de la tarde yo vuelvo a buscar a Sérgio. Mientras tanto hacemos una tregua, ¿de acuerdo?

—De acuerdo. Y no intentes seguirme. Yo elegí este restaurante porque sólo tiene un camino de acceso. Hasta que llegue allá abajo al final del morro yo veo si hay alguien detrás de mí o no.

—No te preocupes. Me voy a quedar aquí sentado mirando estas flores de plástico y pensando en qué pasa conmigo para que la gente piense que puede comprarme con tanta facilidad.

Ella se quedó un instante admirada y pensativa, pero luego le dio la espalda y el detective Cid Espigão pudo sentir con intensidad la cálida emoción de verla caminar entre las mesas, abrir la puerta de vidrio y ser súbitamente iluminada por el sol.

Usaba jeans descoloridos y amoldados a sus piernas largas y una camisa muy amplia de lino blanco. Sus cabellos deslumbraban. Volvió a pensar en la playa de Itaguaçu.

Le telefoneó a la señora Gunter pero no estaba. Se lustró los zapatos sentado en un banco de la Plaza da Alfândega mientras leía la *Folha da Tarde*. Ni una línea sobre el asesinato del profesor Alves. Se estaba poniendo monótono leer el diario. Pagó al muchacho y paseó un poco por la Rua da Praia mirando las carteleras de los cines. Eran las seis cuando entró en el Giovani y pidió una cerveza. Era hora de comenzar a pensar. ¿Pero pensar qué? Estudiantes desaparecidos, profesores degollados, oficiales enloquecidos.

Necesitaba buscar la pipa. Necesitaba poner el cerebro a funcionar. Le pagaban para eso. No para andar vagando como un pícaro y con el corazón golpeando como un idiota sólo porque aparece una chica con cabellos de sol y ojos de sonámbula con una rosa roja en la mano. La rosa roja. La depositó en la fórmica con marcas de copas y la miró cautivado. No demoró mucho en esa ocupación. El rostro de Giovani parecía pronto a saltar de detrás del mostrador y sus ojos no podían evitar la burla. Guardó la rosa rápidamente en el bolsillo y empujó la pipa y el saquito de cuero con tabaco. Comenzó a llenar su magnífico instrumento profesional. Pensar, detective, pensar. Pero era imposible. Los afiches de conjuntos carnavalescos en las paredes parecían moverse. Dejó el dinero sobre la mesa y salió. Estaba caluroso, oscuro, y la gente tenía un aire tenso... Entonces, percibió que se preparaba una tempestad. Los árboles de la plaza agitaban sus copas y pedazos de papeles se enroscaban en las piernas de la gente.

Subió a la oficina. Espió en el Salón de Belleza Inmortal Afrodita, certificó que Lolo daba los retoques finales a una obra de arte más. Se sentó en la silla giratoria, puso los pies sobre la mesa, echó una bocanada inteligente. No progresó. "Quien quiere entender entiende". Quería entender. Lo necesitaba. Pero aún no disponía de elementos para poder utilizar el Método. Andaba distraído, descuidando la seguridad. La noche anterior había hecho la locura de volver al departamento después de descubrir el cadáver del profesor. Es verdad que estaba un poco ebrio, muy confundido y sin condiciones de poner en funcionamiento su agudo cerebro. Por eso incurrió en un error primarísimo. Y no había dejado de pagar por él: el yacaré no había invadido su departamento por pura casualidad. No le gustaba fantasear ni hacerse el ridículo, pero un monstruo de dos metros y medio de largo no surge sin más ni más en un cuarto piso del centro de una ciudad en plena madrugada y se pone a destrozar el departamento de un ciudadano honesto y trabajador sin que por detrás de eso no se escondan intereses inconfesables. Bueno. Tal vez nadie sepa. Tal vez por eso mismo. Por ser inconfesables. Después de esa brillante especulación filosófico-metafísica el detective se cansó y sintió que debía entrar en acción. Entrar en acción consistía en bajar los cuatro pisos e ir a telefonear a la farmacia de la esquina. Cuando había clientes en el salón de Lolo no le gustaba molestar.

Entró en la farmacia y la tempestad se desató. Sintió una especie de regocijo: la corrida de la gente, el ruido del agua, los truenos. Gente mojada y risueña llegando. Telefoneó. La señora Gunter todavía no había regresado. Malo. Sólo tenía media hora para comunicarse con ella. Después de las ocho estaba el marido. Esperó que la lluvia disminuyese y corrió hasta lo de Giovani. Ya había oscurecido. Todavía no era de noche pero había una oscuridad oprimiendo los edificios, haciendo que las luces se encendieran antes de hora y que las personas pensaran en irse a casa. El detective no piensa en irse a casa.

El café que Giovani le trae está frío, señal de que la correlación de fuerzas del mundo continúa inalterada. Cid suspira. Algo vago ronda cerca de él —¿pilas de platos, tardes de domingo? Algo vago. Saca la rosa del bolsillo y la deposita sobre la mesa. Que se joda Giovani. Que se joda todo el mundo. Hay una llovizna fría allá afuera y el detective no piensa en irse a casa. Piensa con sorpresa por qué es que el bar de Giovani parece hoy tan poco acogedor. ¿Por qué es que las mesas son de fórmica gris en lugar de tener manteles y velas en candelabros? ¿Por qué las ventanas están abiertas (la brisa carga restos de lluvia hasta adentro del bar y humedece suavemente el rostro del detective) en lugar de bien cerradas y protegidas con reconfortantes cortinas? No sabe responder. Hoy es un día en que no encuentra respuestas para absolutamente nada. Está anocheciendo en Porto Alegre. Está cayendo una fina llovizna. Las personas corren y son fugazmente solidarias bajo las marquesinas de los edificios. Ver una película tal vez. Hay una con Paul Newman. Policial. No se pierde una película policial. Mira la calle. Reflejos en la calzada. Súbitas ganas de estrellar la taza de café en la calzada.

—Eh profesor; ¿se puede tomar un café decente o voy a tener que buscarme otro barcito?

Giovani rezonga algo: la máquina está arruinada, el calentador no funciona, a embromar a otro, cualquier delicadeza semejante. Cid se levanta y una articulación estalla. Entra en el baño. Contiene la respiración pero es inútil. El olor que reina soberano hace siglos en el sórdido cubículo es invencible. La sombra a su lado es un jovencito esquelético y con aspecto enfermizo. Se masturba de pie, indiferente, rígido, un poco jadeante. El detective sale y choca con la puerta del baño.

—¡Cerdo!

Atraviesa el salón del bar y sale deliberadamente sin pagar. Giovani en el mostrador sacude la cabeza y se pone el dedo índice en la sien, está loco. El negro de camisa a cuadros traga la *cachaça* y ríe suavemente.

Se había olvidado la rosa encima de la mesa. Volver, tomarla y volver a salir está por encima de sus fuerzas. Todos iban a verlo y seguramente Giovani sería incapaz de reprimir un comentario. Iba a haber pelea. Lo sabía.

Y no tenía por qué pelear con el gringo. Cuando estaba mal de finanzas él siempre le daba un apoyo con su crédito. Pero la rosa estaba allá adentro, sobre la mesa, solitaria e inútil al lado de la taza de café, y dentro de poco la mano insensible del gringo la estaría arrojando sin un pensamiento en la lata de basura.

La lluvia lo moja lentamente. Recuerda al muchachito masturbándose en el baño y siente una puntada en el corazón. Había sido estúpido, represivo, moralista. Un estremecimiento en el cuerpo. Frío. ¿Estaría terminando el verano? Imposible. Es diciembre. Quedan dos meses de sol, calor, cielo azul. Sí. Terminaría el caso, prepararía las valijas, descendería en Torres. Se echaría en la arena...

De pronto, comenzó a caminar resueltamente hacia su oficina. Tomar la pipa. Pensar. Telefonear. Tomar providencias. Está lloviendo en Porto Alegre, señores. Una lluvia fría, gris, fina, en pleno mes de diciembre, que moja hasta los huesos al detective privado Cid Espigão, moja tal vez mucho más que los huesos del detective.

Convengamos: Cid Espigão no está en una buena. No encuentra al hijo de su clienta. Uno de sus posibles informantes fue degollado. Otro está en el hospicio. Los demás, ¡ah, con esos ahora hay que andar con cautela que no soy bobo ni mucho menos! Un yacaré no identificado casi destroza toda su oficina en plena madrugada. (Lo peor que hizo fue devorar la pata de la mejor silla, la tapizada, en la cual se sentaban los clientes). No, no está atravesando una buena. Caso muy serio. Muy complicado. "Quien quiere entender entiende". Quería, pero...

Se detuvo bruscamente. Su infalible sexto sentido le susurró que lo seguían. La mano apretó en el bolsillo del gabán la culata del .38. Rozando el cordón, un Corcel rojo. En la ventana, la cabeza épica de CG.

—¿Cómo te fue, detective?

Capítulo XIII

—Me lo decía a mí mismo: ¿dónde andará ese sinvergüenza de detective? Aparece en mi casa un día, después desaparece y adiós, eso es todo. Me parece una tremenda ingratitud. Pero todo se resuelve con el tiempo, digo yo, el tiempo es el remedio para todo. Además, eso ya no lo digo yo, es mi padre. Él se pasa todo el tiempo repitiendo que el tiempo es remedio para todo. ¿Qué te parece, detective, el tiempo es o no es remedio para todo? Sabes, a veces se me da por ponerme así pensativo, se me da por filosofar, por rumiar cosas, especialmente cuando el tiempo está así, garuando finito. ¿Lo toca a uno, no es verdad, detective? ¿Pero y la fiesta, qué me dices? ¿Te gustó?

La ciudad de Porto Alegre: edificios feos, súbitas avenidas iluminadas, árboles inmóviles.

Claro que le había gustado. Le había parecido una fiesta muy lograda.

—¿De verdad? Me alegra, me alegra. Estaba ansioso por saber tu opinión. Me alegra. Voy a invitarte, detective, cuando haya otra. Fue un inmenso placer tener al detective entre los invitados. Inmenso. Especialmente porque hoy en día uno sólo encuentra personas condicionadas por la sociedad en que viven, ¿comprendes? Personas que viven según los moldes que fabrican para que vivan. Conformistas. Tú me entiendes, ¿no es así? Claro que me entiendes, un hombre de mundo. Voy a encender la radio, detective. ¿No te importa? Tengo ganas de escuchar algo diferente, un poco de clásica, música de los grandes maestros, como dice mi viejo padre. Un tipo formidable, mi viejo padre. Gustarías mucho de él, un profesional de las armas como tú, sí, no seas modesto, estoy seguro de que eres un profesional de primera, conozco tu actividad en el caso de Sérgio. Perfecto. Un profesional de primera, de primerísima. Tal vez un poco sin suerte. Un día vamos a hablar de eso. Tal vez necesites una oficina mejor montada, un auto. ¿Tienes auto, no?

Árboles inmóviles. Súbitas avenidas iluminadas. Eso que se infiltra mansamente entre los espacios del auto y parece tocar los objetos con dedos transparentes de luz es la música de Mozart que emana de la radio.

—Mozart, detective. Todo lo que odio y desprecio. Todo lo que significa debilidad lo odio y desprecio. ¿Parezco demasiado duro, detective? Fui criado así.

Cambia bruscamente de dirección y entra en la Avenida Independência, que desfila hecha de vidrieras deslumbrantes, patrulleros en las esquinas, reflejos de paraguas.

—Poco te importa Mozart o Wagner, ¿no es verdad, detective?

—No tengo muy buen oído.

La carcajada de CG fabricó una pequeña burbuja de espuma en sus labios. Estacionó junto al cordón frente a una boutique. En la vidriera, maniquíes en tanga y quitasoles coloridos, arena, palmeras de cartón, un sol anaranjado.

—¿Y Chico Buarque? ¿Gilberto Gil? ¿Esa gente? Los Mutantes, Gal... ¿A cuál prefieres? ¿Ninguno?

Cid miró el ombligo del maniquí. ¿Adónde quiere llegar este sujeto? El maniquí le guiñó un ojo.

—Con lo que tiras bien es con el .38, ¿no es así, detective?

Ya estaba llegando. Mejor dejar de enamorarse, mejor oír con más atención a este sujeto. Dedos cortos y macizos asegurando el volante, uñas roídas con voracidad. No es de extrañar. Busca un cigarrillo. No encuentra. Gesto nervioso. Cid ofrece silenciosamente un Minister.

Iba a hablar pero primero encendió y tragó con una especie de alivio. Desvió los ojos de la calle mojada hacia el rostro de Cid Espigão. Parecían vacíos, sin el acostumbrado brillo.

—¿Estás armado, detective?

La lluvia caía correcta y sin inventiva sobre el auto, sobre la avenida, sobre las verdes paredes del edificio Esplanada.

—No acostumbro andar armado.

Sonrisa. Dedo índice rascando la barba amarilla. Centelleo de astucia en el fondo de los ojos. Nueva sonrisa.

—¿Es decir que el Smith and Wesson .38 quedó en la oficina de Rua da Praia?

—¿Quién dijo que yo tengo un Smith and Wesson .38?

—Todo detective lo tiene.

—Vas mucho al cine.

—Me parece que no me entendiste. ¿O me entendiste? Parece que eres más experto de lo que esperábamos.

—¿Esperábamos? ¿Quiénes?

CG apagó el cigarrillo en el cenicero niquelado del tablero.

—No hablé de nosotros, hablé de mí.

—Pensé que dijiste nosotros.

—Eres un experto, detective. Usas un .38 en el bolsillo y dices que estás desarmado. No hablas, sólo escuchas. Y cuando abres la boca es con esa inocencia, con ese airecito mañoso.

—¿Por qué tanto interés en saber si estoy o no armado? Eso es un poco irritante.

—No tengo interés en saber. Yo sé. Tengo interés en oír lo que dices. Pero hablas tan poco.

—Pues no vas a oír nada más.

Extendió un brazo para abrir la puerta y salir pero detuvo el gesto a la mitad. Alguien se apoyaba en la puerta por el lado de afuera.

—Calma, detective. —CG sonreía con la alegría de un muchacho que le juega una broma a una persona mayor. —Te invité a un paseo por la ciudad. Aceptaste. Ahora no puedes irte así en medio de la convesación como un grosero cualquiera. Nosotros, hombres de armas, tenemos preceptos de caballeros que nos obligamos a cumplir.

La puerta trasera del auto se abrió, y la cabeza chorreando agua que entró traía una sonrisa inevitable y, en las manos morenas, un impermeable blanco.

—Vean, vean, vean, qué bella sorpresa. Quien iba a decirlo. Mi excelente amigo Ciro Espigão.

—Cid, doctor.

—¡Cid! Claro, claro: Cid. Qué memoria la mía.

Y el doctor Randolfo Agnadelli hizo lugar en el asiento a otro personaje que entraba: un joven pálido, sombrío, de infelices barritos en el rostro.

—¿Conoces a Félix, detective? Posiblemente, no. Excelente amigo nuestro. Gran alma. También te va a gustar.

Félix, abotonado en su gabardina como un gángster, era el mismo que en la fiesta había llamado a Sarita para el subsuelo de los disfrazados.

—¿Cómo te fue, detective?

—Más o menos...

—¿Algo nuevo sobre Sérgio?

—Nada todavía.

—¿Nada? ¿Hablaste con el profesor Alves?

—Hablé. No sirvió de mucho, no.

CG sopló el humo que todavía quedaba y apagó la radio, con eso encendió el repiquetear de la lluvia en el capó.

—Así que no sirvió de nada —insistió Randolfo—. ¿Qué te informó?

—Me dijo que no veía a Sérgio desde hace mucho tiempo. En verdad no me dio mucha bola.

—¿Qué más?

—Dijo que Sérgio había sido una decepción. Que podía haber sido grande o algo parecido. Habló también de usted.

—Eso no viene al caso. ¿Qué más?

—Bueno. Dijo que Pelé no es el genio que dicen. Para él el verdadero genio es un tal Bauer, pero a ése nunca lo vi jugar, no es de mi época.

—Bueno, no interesa. ¿Te dio alguna dirección?

—Eso me lo dijo sólo a mí, doctor.

Randolfo meditó por un segundo, mirando la Plaza Julio de Castilhos bajo la lluvia.

—Yo le indiqué al profesor —recordó, conciliador.

—Eso no le da derecho a entrometerse y querer saber cosas. En todo caso, él no me dio la dirección de nadie. La entrevista fue un fracaso. Me parece que no anda muy bien del coco.

—Hablando de cocos fundidos. —La voz gangosa era de Félix, y Cid se dio vuelta para verlo hablar.— ¿Qué es lo que hacías en el Hospital Getúlio Vargas?

—¿Hospital Getúlio Vargas? ¿Cuándo fue eso?

—Ayer a la mañana.

—Ni pasé cerca del Getúlio Vargas esta semana.

Podía haber sido su paso en falso. Vio que CG tamborileaba con sus dedos de uñas atrofiadas en el volante del auto. Randolfo le ofreció un cigarrillo y esta vez aceptó de inmediato. Marca norteamericana.

—Vamos a continuar el paseo —dijo suavemente CG.

El encendedor de Randolfo crepitó un momento dentro del auto, proyectando sombras contra las paredes.

—Yo me bajo aquí —avisó Cid.

—Calma, detective.

La mano de Randolfo pasó sobre su hombro y se adueñó de la manija de la puerta.

—Vamos a ver, señores, la charla estuvo bien, pero ahora tengo ganas de estar solo.

La voz de CG salió bonachona y clara.

—¿Qué es eso, detective? Nos estás entendiendo mal. Nadie quiere crear problemas para nadie aquí. Pero tenemos algunos asuntitos que tratar y no puedes negar que los tenemos.

—Yo no tengo ningún asunto contigo.

—¿No quieres encontrar a Sérgio? ¿Quieres o no quieres?

Era difícil negar ese punto.

—Ése es el asunto que tenemos en común —concluyó CG.

El auto comenzó a moverse. Calles mojadas y oscuras, edificios con raras luces encendidas, autos con exceso de velocidad, fragmentos de risas. El detective veía pocos motivos para reír, ni siquiera para fragmentos de risas. Se acomodó como para poder usar el .38. No fue muy discreto. CG y Randolfo percibieron su movimiento.

—Siempre quise saber cómo eres realmente —dijo CG.

No merecía respuesta del bravo detective. También empleaba lugares comunes, pero (creía) sólo en momentos de conmoción.

—Si tenemos algún asunto para resolver, que sea después.

CG sonrió de perfil.

—¿Nervioso, detective?

—No, pero puedo estarlo.

Aceleraron la marcha en dirección a la Floresta. El barrio estaba iluminado, centelleando de bares y boîtes, restaurantes y pizzerías.

—¿Cuándo viste al profesor?

—El lunes. ¿Por qué?

—Yo hago las preguntas.

—Escucha, muchachito —se volvió tenso de repente—, una cosa va a quedar en claro ya, nadie me va a hacer preguntas ni a llevarme de un lado para otro. Si tienen algo que decir díganlo de una vez o no digan nada más. Y no me pregunten. —Le ordenó a CG: —Estaciona frente a aquel bar.

—Escucha, detective...

—Ni escucha ni medio escucha. La próxima palabra que sea para presionarme tendrá una respuesta que ustedes ni se esperan. Prueben y van a ver.

Cuatro rostros duros, atentos.

—Vamos a hablar con calma, señores. —La voz de Randolfo rozó la superficie y creó un pequeño deshielo. —Nosotros no tenemos nada unos contra los otros. Ni nosotros contra ti ni tú contra nosotros. ¿Por qué entonces este ambiente de... de agresividad? Vamos a calmarnos.

Cid apretó con más fuerza la culata del .38.

—Te quieres ir ya mismo. Está bien. Pero antes aclaremos un punto y adiós. ¿OK?

—Aclara pues.

—¿Cuándo viste al profesor Alves la última vez?

—¿La última vez? —Estaba degollado, imbécil. La cabeza en una bandeja. La palabra traidor escrita en la pared, con sangre. —Yo sólo hablé con él una vez en mi vida y fue el lunes. Después nunca más lo vi. ¿Qué hay de tan importante con él?

El doctor Randolfo Agnadelli posó sus ojos mansos y envenenados en el rostro del detective.

—Desapareció.

—Eso se está volviendo manía.

—Realmente. Menos mal que tenemos excelentes profesionales para contratar. Esa manía va a terminar en seguida. Esperamos mucho de ti. No nos vas a decepcionar.

—¿Qué hacías en el Getúlio Vargas? —preguntó abruptamente Félix.

—Mira, muchachito... —Cid parecía una cobra desenroscándose. —Lo voy a repetir por última vez, y agradece a Dios que naciste con cara de Juan Bobo, hace más de un año que no voy a ese hospicio. La última vez que puse los pies allí fue para visitar a un hermano mío que andaba mal del coco y ya está en la ciudad de los pies juntos, ¿oíste?

—¿Eso es todo?

—Eso es todo.

La mano de Randolfo pasó por sobre el hombro de Cid y abrió la puerta.

—Buenas noches, detective.

El detective no dio las buenas noches. El detective ya tenía la noche arruinada. El detective bajó cautelosamente, de espaldas. El Corcel arrancó. Los bultos dentro de él se diluyeron como sombras. Despacio, muy despacio, el detective fue aflojando los dedos alrededor de la culata del revólver.

En los brazos de Olga todo fue volviendo a un tiempo primitivo, a un origen inmemorial, al perezoso desaparecer de todo... Antes de que todo desapareciese, recordó que había esperado sentado en los escalones de madera, la cabeza ensartada entre las rodillas, y que había dormitado, y que el roce de los pasos en la escalera lo despertó, y que no admitió que esos pasos le traían seguridad, y que la sorpresa en los ojos de ella era también un brillo alegre, y que ninguno de los dos pudo disfrazar el alborozo, y que intentaron ser irónicos, y que suspiró tan hondo que abrió un vacío luminoso en la oscuridad cuando hundió el rostro en la tibieza de los senos de Olga.

Antes de que todo desapareciese, recordó por última vez como había escondido la casete —sin que ella se diese cuenta— detrás de los gruesos libros de tapa verde.

Capítulo XIV

La pipa en el bolsillo lista para brillar, espera a Mariana en la terminal. La voz de la señora Gunter —siento que algo terrible está ocurriendo— todavía está pegada a sus oídos. Había colgado el teléfono en la horquilla y se había quedado mirando un punto blanco de la pared y pegado en su oído: me parece que fue secuestrado. Pasó del punto blanco a Lolo —algo terrible está aconteciendo— y Lolo preguntó ¿embarazaste a alguien? Y Cid ni se sonrió ni nada, se quedó mirando el punto blanco y repitió —algo terrible— y siguió andando.

La *Folha da Manhã* anunciaba el clásico Grenal como quien anuncia el apocalipsis, pero la terminal era un lugar agradable, había brisa. Seis de la tarde, un calor terrible, un día terrible, el diario decía una guerra de noventa minutos, terrible, en su oído, pegado. Me parece que fue secuestrado —el punto blanco no servía para nada—, Lolo invadió su oficina: ¿qué pasa de tan terrible? Había mirado con hastío los tejados sucios, el vuelo de las palomas, la danza de los alambres, había hecho un gesto amplio y una expresión de cansancio y todo es terrible había dicho y el semblante de Lolo —le parece, ahora, esperando a Mariana— fue razonable porque, a veces, abusaba un poco de las tiradas, pero no era culpa suya, simplemente cultivaba el gusto de decir cosas grandiosas. Lolo sentado en la cama miraba con disgusto uy qué odio a esa clienta nueva y Cid miraba otra vez la danza de los alambres —la palabra terrible—, imagina, quiere obligarme a hacer esos peinados del tiempo de Luis XV, yo soy una persona con imaginación, un artista, sentado en la cama porque el yacaré había destrozado la silla que tenía tapizado, imagina, la de los clientes, y Lolo esa no y Cid juro, eh, por el alma de mi madre, y Lolo se reía a las carcajadas *cachaça* marca Yacaré no conozco, para mí es una novedad en plaza, y Cid exasperado dejó un olor terrible aquí dentro tuve que abrir las ventanas para airear.

Ventilada, la terminal nueva, fresquita, moderna, le gustaban esos ambientes, personas apresuradas y con valijas, abrazándose y diciéndose adiós —aquí en la ventana panorámica del bar se pueden ver los navíos entrando en el puerto—, podrá ver a Mariana llegar, ella preguntará recibiste el mensaje y él, caballerescamente, se levantará, apartará la silla para que ella se siente, dirá (murmura, mal mueve los labios) sí y la mirará a través de los anteojos oscuros y detrás del bigotito recién-recortado y detrás del humo azul del cigarrillo y detrás de la sonrisa que deberá ser autosuficiente-paternal-misteriosa-tranquila-y-un-poquito-burlona. Antes de que ella abra la boca, ¿para ti un guaraná, no es cierto? Yo prefiero un aperitivo y pedirá un whisky con la cara más natural, como si estuviese acostumbrado a pedir un whisky de aperitivo todas las seis de la tarde. Demasiado tarde, confirmó Lolo.

Demasiado tarde para poder protestar con la malvada, ahora ya acepté, yo había creado un peinado que era una pirámide, Docinho, me había inspirado la noche pasada leyendo la vida de Cleopatra, uy qué furor uterino tenía esa puta mi Nuestra Señora de los Afligidos y fue ahí que la vieja dijo yo quiero un peinado así y asá como el que vi en *Manchete* en la cabeza de Doña Xoxota No Sé Qué porque tengo que ir al casamiento de mi hija y ese tal peinado era de la Edad de Piedra, Docinho, iba a pegar mal con la clientela, qué no iban a decir de mí especialmente los competidores, y ella quería porque quería y fue ahí cuando el teléfono sonó y Cid dijo me parece que es el tuyo y Lolo salió corriendo vas a ver es mi Príncipe Encantado y volvió mustio es para ti, ay qué día de decepciones mi San José y era la señora Gunter. Buenas tardes, señor Espigão, miró desconfiado (detectivescamente) hacia Lolo, todo lo quería escuchar. Buenas tardes, señora Gunter, ¿cómo le ha ido? Muy bien, señor Espigão, pero algo, Lolo de piernas cruzadas hojeando una revista, terrible, la rosa roja atravesada en los ojos, está ocurriendo. ¿Cómo, señora Gunter? Siento que algo terrible está ocurriendo. Lolo frente al espejo, sacando algo de adentro del ojo o apenas enderezando una ceja.

—Algo terrible está ocurriendo, Mariana.

El rostro de adormilada asumirá una nueva tensión y los ojos se volverán más densos y opacos. Pero él sonreirá. No es nada, estoy aquí justamente para eso, sólo la muerte no tiene solución. Aplastará la punta del cigarrillo en el cenicero, jugueteará con la copa de whisky, sentirá un placer semejante al confort, al baño tibio, los cubitos de hielo le conferirán por segundos una condición civilizada. Los ojos decían algo terrible.

¿Algo terrible?, preguntó, y la señora Gunter me parece que fue secuestrado y entonces el silencio, los dos silencios, el teléfono, el punto blanco.

¿Hola, señora Gunter? ¿Hola, está usted ahí? La voz vino vacilante a través de los cables. Sí, señor Espigão. Mantenga la calma, señora Gunter. Sí, señor Espigão. Voy a pensar en un lugar para que nos encontremos, señora Gunter. Sí, señor Espigão. Ella entrará junto con los navíos. (El navío entra lentamente en el puerto, desaparece detrás de los galpones.) Un momentito, señora Gunter. Ella entrará junto con los navíos: ¡una obra de arte perdida, Docinho! Y preguntará: ¿recibió mi recado? Observará que los ojos de ella se oscurecen como crepúsculos y observará que es un adulto pensando haciendo actuando como un adolescente y que tiene un caso para resolver diablos y que se tiene que concentrar diablos y que algo terrible está ocurriendo, algo terrible. ¿Terrible?, pregunta Lolo, ¿pero qué al final? Sin embargo el detective Cid Espigão se está poniendo el saco, está apretando el cinturón, está girando el tambor del .38 y algo centellea en los ojos de Lolo y él pone las manos en la boca mi Nuestra Señora vas a matar a alguien y Cid sonríe con importancia con misterio con charme con desdén —nunca se sabe, este oficio es fuego— y sale en un arrebato. Lolo sentado en la silla giratoria mirando incrédulo la silla tapizada totalmente destruida: fue un yacaré reveló Cid. Uy, ¿ya de vuelta? Me olvidé una cosa. Abre el cajón, retira la pipa, sopla el polvo, le da una lustrada en la manga del saco, le guiña el ojo a Lolo y vuelve a salir, corredor oscuro, escalera de madera. Rua da Praia hirviendo, sudando, tocando bocina, cinco horas, diciembre, verano, patrulleros detrás de anteojos oscuros, ¿estará marchita la rosa en el tacho de Giovani? Navíos.

Aquí desde la ventana panorámica del bar se pueden ver los navíos entrando en el puerto. Seis en punto. Diario abierto en la página de deportes. Ojo en la puerta. Dirá: ¿para ti un guaraná, no es cierto? Dirá: yo sé que puedo confiar en ti. Mirará por encima de los anteojos, dirá: nosotros, en esta profesión, somos tradicionalmente lobos solitarios.

Los ómnibus subían la rampa rugiendo como fieras cansadas. El rostro obsceno del diputado vociferaba en la televisión, ¡los comunistas están metidos en todas partes, aun en los lugares más inocentes! La mesa era de fórmica. El diario manchaba de negro los dedos. El niño en harapos arrastraba al ciego de mesa en mesa y fue ahuyentado por el mozo. Estás en una buena celada, profesor. Tanto querías ser héroe. Un punto blanco en la pared y la voz de la señora Gunter no es la misma a través del teléfono, curioso, estar hablando con ella y no imaginar la figura majestuosa sentada en la silla que el yacaré devoró, guantes elegantes virginalmente blancos, ojos inmensos, profundos, acuosos y verde verde y distancia... curioso, que no haya nada de eso en la conversación telefónica. Apenas una banal voz de mujer afligida. Imagen vaga disimulada asida a un teléfono. Piensa, detective. Te pagan para eso. Lolo se está riendo, Lolo está inquieto, Lolo casi no lo deja a Cid pensar, Lolo dice embarazaste a alguien y Cid no sonríe ni nada porque algo terrible está ocurriendo. Algo que se mueve lenta pero inexorablemente como los navíos entrando en el puerto se puede ver desde la ventana panorámica. Algo que está en el aire, detective. Algo terrible, Mariana, dirá. Y dirá me recuerdas a Itaguaçu. Bajará los ojos (es un ser ridículo), ella podrá reírse de él, podrá humillarlo, podrá enloquecerlo si quisiera (se quedará mirando el suelo), la voz de Lolo brotará, padeces de profunda inseguridad social, Docinho, y tú no es nada de eso, tú son apenas esas tardes de domingo, tú todas esas tardes de domingo. La escuela nocturna, Mariana. Álgebra hasta la madrugada. Inglés, francés, entradas y banderas. ¿Para qué? Para nada. Iba a estudiar Derecho, Mariana. Iba a ser el campeón de los débiles y de los oprimidos. Doctor Espigão, a sus órdenes. En absoluto, el amigo no me debe ni un centavo. Sacar a su hijo de las garras de la policía fue apenas mi deber: nunca les cobro a los pobres, mi amigo. Doctor, usted es un santo, es nuestro héroe, mi próximo hijo también se va a llamar Hermenegildo, perdón, doctor, Cid. Dirá: nunca aprobé el ingreso, Mariana. Su voz sonará fragmentada y triste, como cortinas de metal de los bares bajadas en los domingos de tarde. ¿Cómo? Estoy diciendo que tenemos que hacer algo antes que sea tarde, antes que sea demasiado tarde, y Cid: pero es claro señora Gunter, y la señora Gunter: tengo motivos más que suficientes para pensar que fue secuestrado, y la palabra terrible se pegó a su oído como una maldición.

—¿Recibiste mi mensaje sin problemas?
—Sí.
Se levantó con elegancia y apartó la silla para que ella se sentara. (Percibió con orgullo el pequeño relampagueo de sorpresa en los ojos).
—¿Para ti un guaraná, verdad?
Sonrió (el navío, lentamente) autosuficiente-paternal-misterioso-tranquilo-y-un-poquito-burlón.
—Voy a tomar un aperitivo.
El mozo llegó, a sus órdenes, doctor.
—Un guaraná y un whisky con hielo.
—Perfecto, doctor.
—¿Entonces recibiste mi mensaje sin problemas?
—Sí. El chico me entregó la nota directamente.
—Yo estaba afligida imaginando mil cosas. Fue la única manera. Dar unos billetitos para que el lustrabotas te llevara la nota.
—Fue una operación perfecta, tranquila, querida.
—¿A doña Leonor le sirvió de algo?
—¿Quién?

—La madre de Sérgio.

—¡Ah! La señora Gunter. No. Para decir la verdad, ella no explicó nada, sólo me hizo confundir. Estaba muy nerviosa. Ella cree que Sérgio fue secuestrado, pero parece que no está segura. No consigo entender por qué harían eso. ¿Ella recibió algún pedido de rescate o algo parecido?

—Mucho peor.

—¿Mucho peor? ¿Pero por qué mucho peor?

—Porque él fue secuestrado, justamente.

—¿Justamente? ¿Y qué es lo que piden? ¿Dinero?

—Eso es lo peor. No piden nada.

—No entiendo. Por que...

—Para ser interrogado.

—¿Interrogado? ¿Y por quién?

—Por los amigos de él.

—¿Amigos, eh? ¿Y puedo saber sobre qué asunto va a ser interrogado, ya que la señorita está tan bien informada?

—Va a ser interrogado sobre el profesor Alves.

Una botella de guaraná, una copa vacía, una copa con hielo, algo cayendo dentro, plic, listo, doctor.

—¿Cómo entra en este asunto el profesor Alves?

—Eso es lo que no sé. No conozco al profesor. Sólo sé que es amigo de Sérgio y amigo de los amigos de Sérgio.

—Tiene amigos por demás en este asunto. ¿Y qué pasó con el tal profesor Alves, la señorita tiene idea?

—No, pero doña Leonor...

—La madre de Sérgio.

—Sí. Ella descubrió...

—Unos papeles, ya sé.

—Exacto. Que decían que Sérgio...

—Sería secuestrado.

—¡No! Lo contrario.

—¿Cómo lo contrario?
—Es el profesor Alves quien sería secuestrado.
—Entonces, los papeles no avisaban que Sérgio sería...
—No. El profesor Alves.
—¿En ese caso, para qué meter a Sérgio en el asunto?
—Porque los papeles decían que Sérgio planeaba secuestrar al profesor.

El navío desaparece lentamente detrás de los galpones. Cid Espigão retira del bolsillo interior del gabán su pipa. La lustra, pensativo, en la manga.

—Un momentito, deja que me sitúe en el problema.

(El cuerpo en la poltrona, blanco, inmenso, inmóvil, fofo... sin cabeza.)

—¿Quiere decir que Sérgio planeaba secuestrar al profesor? ¿Y lo secuestró?
—No sabemos.
—¿Y del profesor? ¿Saben algo?
—Nada.
—¿Y de esos amigos del profesor?
—Nada.
—La señora Gunter afirma que Sérgio fue secuestrado. Muy bien. ¿Ella cómo lo supo?

Mariana se recostó en la silla. Sus ojos estaban helados.

—Ella no sabe. Soy yo la que sabe.

Capítulo XV

—¿Te parece que es locura?

Estudió el perfil —atento, serio, concentrado en el tránsito— y no respondió. Pensaba en lo que ella había contado: tres hombres, un Fiat nuevo, sin chapa, Sérgio con una capucha oscura y brazos esposados a la espalda.

—¿Te parece? —insistió ella.

—Si fuese locura no habría venido y tampoco permitiría que tú vinieses. No, no es locura. Es lo menos que podemos hacer.

—A mí también me parece.

El fitito comenzó la difícil subida por el camino empedrado y los tejados rojizos de las casas del barrio se asomaron ante sus ojos. Subieron más y vino el reflejo del Guaíba, morado por el sol que se pone del otro lado de la suave ondulación de los cerros.

—Pronto va a oscurecer.

—No está mal. Tal vez sea mejor.

Cid contempló la aglomeración de rascacielos del centro de la ciudad sofocados en una nube densa. Sacó la cabeza afuera y respiró el aire puro.

—Es ahí.

No quería, pero el corazón se disparó. La casa estaba empinada en una curva del morro, grande como una fortaleza y gris y compacta y cerrada: enemiga. La culata porosa del .38. La mano sudorosa. Esa leve picazón irritante dentro de la nariz.

—Estaciona aquí, debajo de estos árboles.

Cerraron las puertas con cautela. Cid extendió los brazos y piernas adormecidos. Olor de selva, grillos.

—¿Nos habrán visto llegar?

—No sé. Tú eres el detective y el que tiene diez años de experiencia en estas cosas.

Ella había dicho tres hombres. Había vigilado la casa durante horas. Había visto al auto volver a salir con Sérgio y lo había perdido en el tránsito.

—¿En qué estás pensando?

Absolutamente en nada. Absolutamente en nada.

—Voy a entrar ahí.

Entrar ahí. ¿Pero qué hay ahí adentro? ¿Qué se debe hacer? ¿Cómo hacerlo? El detective Cid Espigão súbitamente perdió toda capacidad de formular un pensamiento.

—Entonces vamos.

—Vamos, coma. Yo voy.

Los cabellos hicieron un movimiento de ola.

—¡Eso no!

—Sin discusión, jovencita. Éste no es un asunto para mujeres. De ninguna manera.

—Ahora tenemos machismo. Yo tengo tanto coraje como tú y voy a entrar ahí.

—No es un problema de coraje ni de machismo: es de táctica. Si entramos los dos, ¿quién se ocupa de la seguridad aquí afuera? ¿Y si fuera una celada? Caemos los dos. Es más inteligente que caiga uno solo y que el otro vaya a buscar ayuda.

Ella tenía el rostro pensativo.

—Además, yo tengo un arma. ¿Y tú?

—Está bien, yo espero.

—Dentro del auto y con el motor encendido. Cuenta cinco minutos a partir del momento que yo atraviese el portón. Si no te llamo es porque estoy frito. Trata de avisar a la policía.
—¿La policía? ¿Estás seguro?
Pero el detective ya era casi una sombra entre los naranjos. Ella lo alcanzó. La mano en el brazo.
—Ten cuidado.
El detective privado Cid Espigão —diez años de actividad— tuvo el brusco presentimiento de que el cielo se abriría y dejaría caer una lenta garúa de salmos, sonetos, poemas.
—Vamos, muchacha, eso es un juego para mí. Entonces, de regreso. Y no te olvides: cinco minutos.
—¿Por qué no me llamas por mi nombre?
El detective privado Cid Espigão sonrió y caminó firme en dirección de la casa. El portón era de hierro negro, herrumbrado, y una trepadora muerta se agarraba a él con vástagos secos y torcidos. El portón debería rechinar. Cid lo empujó lentamente. Rechinó. Debería haber un camino de ladrillos, una escalera de piedra con cuatro escalones y una puerta de madera, hostil. Estaban.
Cuando su mano tocó la aldaba oyó el ruido semejante al crujido de una cucaracha al ser pisoteada. Se volvió con el corazón en la boca.
La vieja miraba fijamente hacia el frente, el cigarrillo apagado parecía pegado a su labior inferior, un hilo de baba pringaba los grisáceos hilos de barba de chivo que crecían en su mentón.
Cid bajó los cuatro escalones y se acercó a la mecedora. Conocía a la vieja.
—Buenas noches, señora.
—¿Ya es de noche?

La vieja comenzó una risita que poco a poco se fue transformando en un acceso de tos. Las medallas brillaban en el vestido de terciopelo negro.

—¿Están los muchachos, señora?

—Aquí no hay ningún muchacho.

—¿Entonces ya se fueron?

—Aquí no hay ningún muchacho.

Veamos. ¿Qué hacer? ¿Pasar por encima de la vieja? ¿Apretar su pescuezo flaco como el de un pavo?

—¿Usted está sola en casa?

—Aquí no hay ningún muchacho.

—Lo sé, usted ya lo dijo. ¿No se acuerda de mí? Soy amigo de CG. Nos conocemos de la fiesta en su casa, el sábado. Usted baila muy bien.

—¿Por qué no enciende mi cigarrillo?

La llama iluminó un rostro frío de momia. Ella exhaló el humo en el rostro del detective. Cid se apartó con desagrado y se quedó mirando a la vieja aspirar melancólicamente. Y entonces supo que había alguien a su espalda.

Se dio vuelta y dio con la imperceptible sonrisa del teniente Aldo dos Santos Martins.

—Mi querido detective, lo pesco in fraganti haciendo su buena acción del día. ¿Buscando a alguien?

—Apenas de paso.

—Oh, apenas de paso. Excelente. Yo también.

Hizo un gesto elegante en dirección de la puerta.

—Me parece más conveniente que conversemos allí adentro.

El teniente Aldo salió de la sombra. Vestía uniforme de capitán, nuevo y hecho a medida.

—Fui ascendido.

El patio de la casa ya era una sombra compacta.

—Entre, tenga la bondad.

Tuvo que bajar la cabeza para atravesar la puertita. Adentro, oscuridad completa. Aldo trancó la puerta.

—Lamentablemente, estamos sin luz eléctrica. La cortaron. Me parece que el personal se olvidó de pagar la cuenta.

Encendió una linterna, señaló con el haz de luz una silla tapizada en terciopelo rojo.

—Siéntese, señor Espigão.

Sintió y tanteó la culata del .38.

—¿Entonces estaba de paso, señor Espigão? ¿No le parece una coincidencia extraordinaria que nos hayamos encontrado?

—Realmente, estoy sorprendido. Pensaba que usted seguía en la clínica, teniente.

—Capitán, por favor.

—Capitán, claro. Ya que están ocurriendo tantas cosas extraordinarias, permítame decir que encontrarlo aquí y todavía por encima con el puesto de capitán es un hecho realmente extraordinario.

—Permítame contradecirlo, señor Espigão. No veo nada de extraordinario en mi promoción. Méritos, nada más. Estoy nuevamente (y con honor) integrado en las filas del glorioso ejército nacional. La experiencia que viví y el comportamiento que tuve en estos últimos meses, cuatro meses y veinte días exactamente, señor Espigão, la confianza que siempre deposité en mis camaradas de armas, en fin, toda una serie de acontecimientos que se relacionan no dan margen para encontrar extraordinaria mi reincorporación y consiguiente promoción. De ese tiempo quedó apenas una pequeña mancha que necesito limpiar. Mis superiores no saben de ella y no necesitarán saber. ¿Pero nosotros sabemos, no es cierto, señor Espigão?

Estaba sentado en la silla y la luz de la linterna empuñada por Aldo le iluminaba las manos posadas sobre las rodillas y los mocasines de cuero marrón.

—¿Por qué no hace entrar a la señorita que está esperando allá afuera en el auto?

Cid se puso amarillo.

—¿La señorita? Bien... tal vez tratemos asuntos que nos interesen solamente a los dos.

—De ninguna manera, querido. La señorita está perfectamente al tanto de los asuntos que vamos a tratar.

Apagó la linterna.

—Además —la voz venía de un lugar imposible de identificar—, es una grosería injustificable dejar esperando a una dama. Llámela, por favor.

Se levantó en las tinieblas. El haz de luz iluminó la puerta. La vieja seguía sin moverse en la mecedora. El cigarrillo estaba otra vez apagado. Con el rabillo del ojo vio a Aldo en la puerta con un bulto impreciso en la mano.

—¿Entonces?

—Escucha con atención. Vas enfrente, das unas dos vueltas por el morro y después espérame allá abajo, en la salida. Pero entre los árboles, para no ser notada.

—Uy, ¿por qué todo eso?

—Ahora no tengo tiempo de explicar.

—Sin saber por qué, yo no voy.

—¡Escúchame bien, jovencita: me obedeces inmediatamente o yo no me responsabilizo por nada más!

—Yo tengo nombre.

Arrancó calle abajo. Cid esperó que el auto desapareciese en la curva y se volvió lentamente. La primera cosa que vio fue la ametralladora.

—Mi querido señor Espigão, esto aquí en mi mano derecha es una INA, orgullo de la industria nacional. Está cargada y creo que usted no ignora que dispara aproximadamente cien veces por minuto.

En el breve silencio oyeron el ruido de la mecedora.

—Mi querido amigo está armado con un antiguo, pero no por eso despreciable, Smith and Wesson .38. Eso me hace el más fuerte.

La luz de la linterna subió e iluminó el rostro de Cid.

—Y además de ser el más fuerte estoy con el dedo en el gatillo. Es un gatillo muy sensible, señor Espigão. No está puesto el seguro. Así que nuestra situación es, digamos, delicada. ¿Usted comprende?

—No sé por qué todo eso, capitán. Una conversación amigable entre conocidos no necesita esa desconfianza.

—Le doy toda la razón, mi querido. Sucede que ciertas pequeñas reglas de seguridad apenas sirven para crear una atmósfera de mutuo entendimiento. ¿Estoy en lo cierto?

Hizo un gesto para que Cid entrara. Volvió a sentarse en la silla. Aldo se acomodó en el borde de una mesa. Encendió un cigarrillo, apoyó el arma sobre la pierna y enfocó la linterna en Cid.

—La vida crea cada situación cruel, señor Espigão. Pero nosotros, militares, tenemos el deber ubicado bien alto, por encima de los sentimientos humanos (pasajeros y volubles) o incluso por encima de aquellos que parecen profundos y arraigados. Nosotros tenemos por deber defender nuestra civilización. Y el deber es ciego. El deber es uno solo. El deber no admite dudas ni vacilaciones. El deber no pide que se piense. El deber exige que se obedezca,

—Capitán, soy un simple civil.

—Ya vamos a llegar ahí, mi querido. Brasileño eres, eso no lo niegas. ¿O lo niegas?

—Ahora, qué pregunta, capitán.

—Yo no quería creer, pero usted deja las cosas por demás claras para que haya dudas. —Su voz se cubrió de nubes pegajosas. —En nombre de la lógica, del buen sentido y del patriotismo que por ventura le quede usted debe comenzar inmediatamente la confesión.

—¿Confesión?

—No se haga el bobo, señor Espigão. ¿De quién recibe dinero? ¿Cuánto? ¿Dónde? ¿Cuándo se infiltró en nuestra organización? ¿Desde cuándo está en contacto con Sérgio? ¿Desde cuándo él es un doble agente?

—¡No entiendo acertijos, eh!

—¿Dónde fuiste entrenado? ¿Por quién? ¿Durante cuánto tiempo? Las bases rusas del Nordeste, diga su localización exacta, vamos. —Amortiguó la voz: —Fuiste muy bien preparado, mi querido. Lo admito lealmente. Muy bien entrenado. Muestras esa apariencia tosca, loca, de quien no sabe de las cosas, pero consigues penetrar en los secretos más bien guardados de nuestra patria. —Encaró a Cid con súbito pavor en los ojos. —¿En Moscú están tan bien informados así sobre nosotros? ¿Sabían hasta de mi flaqueza? Alves estaba loco —dijo suavemente—, y eso es traición. Nadie tiene el derecho de enloquecer, de abandonar la realidad. Yo casi había tomado ese camino. Pero resistí. Conocía mis compromisos. Todos tenemos compromisos con la patria. Enloquecer es abandonarla. Abandonarla es traicionarla. Traicionarla es firmar la sentencia de muerte. —Encendió la linterna contra el rostro de Cid. —El otro traidor ya está en camino de la justicia en la capital federal.

—¿Otro?

—No te hagas el que no entendiste. El que tiene nombre ruso. Sérgio.

Cid se espantó sinceramente.

—¿Sérgio es nombre ruso?

—Ese es un detalle que no importa. La única cosa que

me importa en este momento es la grabación. ¿Dónde está?

Llamaron débilmente a la puerta. El capitán miró de modo interrogativo a su linterna y debe de haber oído una respuesta tranquilizadora, porque extendió el brazo y giró la llave. Surgió una pequeña mano morena, iluminada por la linterna. Tenía un anillo de cuentas de color en el dedo anular, pero eso no fue percibido por el teniente. O capitán. Porque la pequeña mano morena empuñaba una Beretta .22, corta, automática, culata de madreperla y suaves centelleos purpúreos, que silenciosa y competentemente fue hundida en los labios mudos de asombro del teniente o capitán.

—Toma la ametralladora, rápido —ordenó Mariana.

Tomó la ametralladora.

—¡Y la linterna, vamos!

Tomó la linterna.

—Revisa al hombre.

Revisó al hombre.

—Vamos a llevarlo con nosotros.

Aldo salió entre los dos, con la cabeza gacha. La mecedora calló su voz de cucaracha que es pisoteada. Los ruidos cotidianos de la noche tuvieron un momento de prioridad. La luna estaba con su gran ojo detrás de los naranjos.

—Acérquense, hijos míos.

Cuando vio a la vieja alzar lentamente las dos manos y comprendió que la cosa oscura que ella empuñaba era una antigua pistola de bucanero, el detective privado Cid Espigão recordó apenas que había sido un día excesivamente cargado de armas, todas apuntadas sin disparar, y pensó que, fatalmente, había llegado la hora de disparar.

El tiro acertó a Aldo dos Santos Martins —supuestamente capitán del ejército— en pleno rostro —la nariz desapareció instantáneamente— y Cid no sabría después si lo que más lo horrorizó fue el sordo aullido de dolor y agonía o la simultánea risa sarcástica de la vieja.

Cuando bajaban del morro a una velocidad sospechosa, y después cuando fueron asimilados por el tránsito monótono del Barrio Assunção (en ellos mezclada una inexplicable música de órgano y la pesada sensación de que habían sellado un pacto indecible), el detective recuerda —y después vio en las pesadillas— el modo torpe con que desarmó a la vieja, sus brazos delgados y frágiles y la brusca impresión de que algo irreparable se abatía sobre ellos.

Capítulo XVI

—¿Lolo?
—Sí.
—¿Reconociste la voz?
—Pero es claro, Docinho.
—¡Psiu! Cuidado. Nada de nombres. Pero... ¿de qué manera llegaste a reconocer mi voz si estoy con un pañuelo dentro de la boca?
—¿Un pañuelo dentro de la boca? ¿Te estás volviendo loco? De cualquier modo ese pañuelo no te sirvió de nada. Reconocí tu voz en lo que oí.
—En aquella película del tipo que secuestró a un niño y quería rescate, él hablaba con un pañuelo en la boca y nadie lo reconocía.
—Y bueno, una injusticia, Docinho.
—Necesito un favorcito.
—¿Favorcito? Ayayay.
—Es poca cosa, caramba. ¿Somos amigos o no?
—Tranquilo con eso. ¿Por qué toda esa payasada de pañuelo en la boca, etcétera?
—No es payasada, profesor, de ningún modo. Estoy en dificultades.
—¿Dificultades? Para variar. ¿Te andan persiguiendo?
—Lolo, soy un hombre perseguido. Acorralado como una fiera salvaje. Pero no es nada.
—Ya sé. Gajes del oficio. Rutina. ¿Sabes quién estu-

vo aquí, Docinho? ¿Toda melosa, toda llena de melindres, haciendo ayayays?
—No.
—Olga, *darling*. Entró contoneando las ancas y diciendo ¡criatura, cómo adelgazaste! Tuvo la audacia de preguntar si estoy haciendo régimen. Fíjate qué puta. Está a la vista para la humanidad entera que yo engordé tres kilos y medio en estos diez días. Pura tensión, Docinho. Tú conoces bien mis problemas. Ando con los nervios de punta. No puedo dejar de comer chocolate. Cosas del corazón, ay.
—Lolo.
—¿Sí? ¿Estás nerviosito, no, *darling*?
—Soy un hombre perseguido, Lolo.
—¿Sí? ¿Y puedo saber dónde te escondes?
—Estoy aquí en lo del gringo. En lo de Giovani.
—¿Tan cerquita? ¿Y por qué no vienes aquí?
—¡Porque no conviene, carajo! La oficina debe de estar vigilada.
—¡Santo Dios, Docinho! ¿Mataste al que ibas a matar?
—¿Qué historia es esa? Yo no iba a matar a nadie.
—Ué, si tú mismo lo dijiste cuando le estabas poniendo las balas al revólver.
—¡Yo no dije que iba a matar a nadie, carajo!
—Que lo dijiste, lo dijiste. Pero lo que yo quiero saber es si lo mataste realmente.
—¿Te estás volviendo loco, no?
—¿Loco, yo? "Núncaras de la vie". Pero tengo que saber si estoy ayudando a un criminal o no. Al final, nadie está libre de volverse cómplice de un asesino con la mayor inocencia.
—A ver si paras de hablar bobadas, Lolo. Escúchame: toma la llave de mi oficina en la portería y saca ropa para mí. Recoge tres o cuatro calzoncillos, tres pares de

medias, el pantalón de nycron y dos remeras. En el cajón está toda mi plata. Y una caja con balas, ah, no olvides mi carnet de socio del Inter. ¿Correcto?

—¿Correcto? ¿Tú me preguntas si está correcto? ¿Entrar en el departamento de un hombre a la una de la madrugada? ¿Y mi reputación dónde va a ir a parar?

El tercer ciudadano desde la izquierda hacia la derecha, cómodamente apoyado en el mostrador del bar para pasajeros del Aeropuerto Salgado Filho, está, en este momento, levantando en dirección a su boca un vaso espumoso de cerveza, y la mano que sostiene el vaso tiene el dedo menor atravesando verticalmente el aire, gesto refinado y elegante según la concepción de refinamiento y elegancia del bravo detective privado Cid Espigão. Sucede que el ciudadano del dedo menor atravesando el aire es el bravo detective. Pero es necesario enfatizar esa afirmación. Porque el tercer ciudadano del mostrador, bebiendo plácidamente su cerveza, diario abierto en la página deportiva, aparenta una obesidad viscosa, abúlica, que no es la característica física del bravo detective. La barriga y las nalgas del tercer ciudadano son acolchadas y fofas, lo que no encaja, desde el punto de vista del conjunto anatómico, con las manos que empuñan el vaso y hojean despreocupadamente la *Folha da Tarde*: son manos cortas, morenas y secas. Una evidente contradicción. Además, el detective oscila entre los treinta (aunque a veces aparente más y otras menos), y el tercer ciudadano —ahora segundo: acaba de levantarse su vecino— tiene el cabello entrecano, partido al medio y engominado como turista argentino. Y más aún: el ahora segundo ciudadano de derecha a izquierda tiene un grueso y bien recortado bigote ceniciento y el rostro redondo, hinchado, surcado de arrugas. Y, sin embargo, es el detective.

Es difícil percibir su orgullo y satisfacción. Antes, por motivos profesionales, ya había asumido otras identidades y se había hecho pasar por otras personas. Pero esta es la primera vez que está completamente disfrazado. Científicamente disfrazado. Disfrazado con criterio, conocimiento y principalmente —en eso el detective fue riguroso— Método. Todos los detalles fueron planeados con minucia de artesano. Mariana le explicó como se hacían las arrugas para el rostro.

—Hice teatro en el colegio —reveló, levemente ruborizada.

Cid debía hacer una mueca bien fea (lo que no iba a ser difícil, comentó Lolo) y así, con la cara arrugada, sería aplicada la base para el maquillaje. Cuando se secara y el rostro volviese a la normalidad, las arrugas quedarían. Mariana garantizó que solamente mirando con mucha atención se descubriría que era maquillaje. Lolo —expresión de artista en pleno éxtasis creador— tiñó el cabello del detective de gris e hizo el peinado de ciudadano honrado. La barriga y el trasero fueron arreglados con almohadas prestadas por Giovani. (La secreta operación de camuflaje fue realizada en un cuartito que había en el fondo del bar del gringo). Cid hizo cuestión de que Mariana saliese del cuartito cuando se bajó los pantalones para que el peluquero —felicísimo— le atase las almohadas. El rostro engordó con bollitos de algodón colocados bajo las mejillas. Vistió con solemnidad su viejo traje oscuro. Anteojos. La pipa. Diario bajo el brazo. Estaba listo. Nadie lo reconocería. Podía beber su cerveza tranquilo y esperar a la señora Gunter.

—Me costó reconocerlo, señor Espigão.

Señaló con un gesto vacilante su disfraz.

—Esto a primera vista parece ridículo, pero es necesario, señora Gunter.

—Claro, comprendo perfectamente. ¿Dónde podemos conversar, señor Espigão? Faltan todavía dos horas para el vuelo.

Se sentaron en una mesa apartada. Ella colocó un sobre frente a Cid.

—Los pasajes, señor Espigão. Ida y vuelta.

Los guardó en el bolsillo interior del saco sin abrir el sobre. Los ojos de ella no habían perdido el poder de envolverlo como una red.

—Voy a pedir un café. ¿Usted qué desea?

—Un café también.

No hablaron hasta que el mozo trajo los pedidos. Para no quedar expuesto al peligro de aquellos ojos, Cid paseó su mirada alrededor y vio grupos de personas conversando, valijas en los rincones, anuncios nunca leídos pegados en las paredes y el mismo aire —ansioso y disimulado— de quien espera, impreso en todos los rostros del aeropuerto. Se preguntó cuantos de ellos serían policías.

—Señor Espigão. —La voz estaba ligeramente trémula. La mano dentro del guante blanco golpeaba con los dedos en la fórmica de la mesa, olvidada del café. —¿Qué está ocurriendo realmente? ¿Qué cosas extrañas, qué cosas misteriosas son esas en que Serginho anda metido? Explíqueme, por amor de Dios.

—Voy a ser totalmente sincero, señora Gunter. Han sucedido una serie de hechos, aislados en apariencia, que por el momento escapan a mi capacidad de relacionarlos entre sí. Relacionarlos con otros hechos. Puedo hacer un resumen general de la situación, basado en el raciocinio. Lo que sé concretamente es que Sérgio está relacionado con esos hechos, pero no sé cómo ni por qué.

—¿Pero él está en peligro? ¿A usted le parece que debemos avisar a la policía?

—Lo único que le podríamos decir a la policía es que Sérgio desapareció. Y eso yo se lo recomendé el primer día. Pero la cosa ahora cambió. Él le había escrito una carta a usted diciendo que se iba. Escribió, a lo que parece, libre de coacción porque usted misma vio prácticamente cuando él la escribía.

—Sí, sí, es verdad.

—Bien, fui informado por una compañera de él, una estudiante de tercer año si no me engaño, llamada Sarita, de que él iba a estar en una fiesta en una residencia en Moinhos de Vento. Y allí estaba, efectivamente. Casi hablé con él. Pero hubo problemas.

—¿Problemas? Hable francamente.

—Bien, según consta, Sérgio habría ido a la fiesta para ajustar cuentas con un amigo suyo que le había robado la novia.

La señora Gunter hizo un gesto con la mano: ¡locura!

—Ella se llama señorita Dóris —articuló el detective, cautelosamente—. Sérgio fue armado, hubo tiros —notó la palidez en el rostro de la dama y agregó rápidamente—, pero nadie quedó herido. Nadie. Es decir, yo recibí un golpe en el rostro, todavía tengo la marca como usted puede ver a pesar del maquillaje. Pero eso son gajes del oficio.

—¿Y qué pasó con Sérgio?

—Oh, él se escapó por una ventana, sin problemas. (Recuerda de repente, la delgada figura recortada contra el blanco de la luna llena, el brazo pendiente como algo inútil y la mancha roja creciendo en la blancura de la camisa.)

—Después entrevisté al actual novio de la señorita Dóris. Él es conocido de su familia. Se llama Randolfo Agnadelli, es economista y socio de una empresa de celulosa. —La señora Gunter había recobrado la altivez: el rostro estaba impasible como un diccionario. —Él se mostró muy interesado en ayudar a localizar a Sérgio. Me pasó algunas direcciones. Fui apenas a una, la del profesor Alves, y eso fue bastante.

—¿Usted habló con ese profesor Alves?

—Hablé. No sabía dónde estaba Sérgio. Nada tenía contra él a no ser el hecho de descuidar los entrenamientos.

—Pero que relación tenía realmente Sergio con...

Cid juntó las puntas de los dedos encima de la mesa.

—No tengo hechos, no puedo afirmar nada. Pero tengo una teoría al respecto. Pensé mucho en eso. Tal vez sea la clave de todo.

La señora Gunter inclinó el cuerpo hacia adelante.

—¿Una teoría?

—Que tal vez sea la clave de mucho. —Separó los dedos encima de la mesa, sacó del bolsillo la pipa. Quien mirase hacia él vería un señor cincuentón, tal vez un poquito excéntrico, bebiendo tranquilo su tacita de café en una mesa discreta del bar del aeropuerto. —Se basa en hechos que aparentemente no se encadenan con otros hechos, pero el raciocinio puede colmar los vacíos y de repente tenemos a todos los hechos relacionados, lo que da un solo hecho, o sea, la verdad. Mera cuestión de Método, señora.

Pachorrientamente, fue llenando la pipa con el tabaco de su bolsito. La señora Gunter esperaba, electrizada.

—Sólo una cosa explica todo.

Encendió la pipa, saboreó una bocanada, miró autoritario hacia la Dama de los Guantes Blancos y clavó el dedo en la mesa.

—¡Drogas!

La señora Gunter se llevó las manos al rostro, rígida.

—¿Serginho metido con drogas? ¡Imposible!

—Sé el impacto que eso puede significar para usted. Ser madre, mi querida señora Gunter, es padecer en un paraíso, como decía el poeta, pero mi oficio es un oficio duro y tenemos que mezclarnos con lo bueno y lo ruin de este mundo. Llegué a esa conclusión (que no es necesariamente definitiva) después de ardua, trabajosa batalla mental. Es difícil creer que Sérgio va a balear a un amigo, o incluso apenas a un conocido, sólo porque perdió la novia. Las personas que interrogué que están de un modo u otro relacionadas con Sérgio parecen padecer problemas mentales. Y todas ocupan cargos de relativa importancia en algún sector. Son profesores universitarios u oficiales del ejército. El papel que articula un plan para secuestrar al profesor Alves (que me fue entregado por la señorita Mariana) es completamente primario y no tengo dudas de que es falso. Si Sérgio pretendiera secuestrar al profesor, fuese cual fuese el motivo, no escribiría ese plan en un papel y después lo olvidaría en el cuarto.

—¿Y las drogas?

—Ése es el punto. Los actos de violencia fueron cometidos, las amenazas se concretaron. ¿Por cual motivo? Si bien Sérgio tenía un motivo (Dóris) para dispararle a Agnadelli (y ese motivo es ridículo), ¿por qué iba a secuestrar a Alves? Lo que yo constaté, señora Gunter, en aquella fiesta, fue la inmensa cantidad de drogas que se tomaba. Y vi, también, que las personas relacionadas con Sérgio, como el profesor, por ejemplo, tenían todos los indicios de viciosos o de locos. Los supuestos amigos de Sérgio, CG y Agnadelli, mantenían relaciones con esas personas. Yo di un ejemplo, el profesor, pero había otro, un oficial de ejército, del cual es mejor no hablar por el momento.

—¿Oficial?

—Un teniente. Estaba hospitalizado, posiblemente

por el uso excesivo de drogas. No decía nada razonable. Deliraba constantemente. Bien... continuando: los supuestos amigos de Sérgio, CG y Agnadelli, lo buscaban desesperadamente, inclusive a través de mi persona. ¿Y por qué? ¿Para qué? Tengo una suposición, audaz sin duda: para mí el móvil de todo es la droga, la maldita droga, que infecta este país y que las autoridades no consiguen liquidar por el simple motivo de que la propia policía es la mayor interesada en el tráfico. Lo que yo imagino es que hubo alguna desavenencia, desapareció alguna mercadería y ¡listo!, la ley de la selva fue implantada. Persecuciones, tiros, secuestros. No veo otra explicación.

La señora Gunter mantuvo un largo silencio. Cid expelía bravatas emocionadas: los discursos siempre lo dominaban.

—¿Y ahora, señor Espigão?

El detective suspiró:

—Ahora este viaje a Brasilia. Es una pista que no podemos despreciar. Y está el asunto de ese contacto. Dicen que pueden dar informaciones sobre Sérgio... Tenemos que averiguar. No podemos dejar pasar nada.

—Tiene toda la razón. Pero ese contacto... ¿es una fuente segura? A usted le parece que...

—No existen fuentes seguras en este asunto, señora Gunter. Por el momento no tengo certeza de nada. Hago suposiciones, busco contactos, armo una teoría con los datos que tengo. Los datos que tengo me hacen creer que por detrás de todo eso hay algo monstruoso, sin nombre no obstante. Pero que yo sospecho fuertemente que sea la droga. O los que trafican con la droga.

—¿Y Sérgio, qué papel juega en todo eso?

Cid bajó los ojos. El maquillaje impedía ver la transformación por la que pasó su rostro.

—Cuando lo sepa se lo diré, señora Gunter.

Capítulo XVII

—Vengo de parte de Alexandra.
El hombre sonrió, miró el reloj en la muñeca: puntual. El hombre tenía que decir el palacio está en la cordillera.
—El palacio está en la cordillera.
—Y va a continuar allí.
Sudaba y sentía cosquillas. El maquillaje amenazaba deshacerse y correr por el rostro como gotas de sudor descoloridas.
—No puedes llegar ni un minuto tarde —había dicho Mariana.
El hombre dijo, sacudiendo la cabeza, satisfecho:
—Puntual. —Y añadió: —Vamos a tomar un auto.
Caminaron hasta un Ford modelo antiguo estacionado en la esquina. No hablaron hasta llegar al auto, pero el hombre continuaba silenciosamente cortés. Abrió la puerta, ¿el amigo fuma? Sólo pipa.
—Él va a usar un traje blanco, con un pañuelo color rosa en el bolsillo. Y anteojos. Tú debes mostrar el diario, discretamente, y decir vengo de parte de Alexandra.
Había dicho, pues, vengo de parte de Alexandra y ahora observa al hombre muy de cerca, tiene poros grandes y los anteojos brillan. El traje del hombre vale por lo menos diez veces más que el suyo. Y se nota que es nuevo. ¿Cuándo compró el suyo? Hace más de cua-

tro años, claro. Para el casamiento de la prima Jurema. Trabajaba en la agencia IDA, se sentía un detective, le gustaba vestir el traje los sábados por la noche para ir al cine.

—No debes decir nada, pero absolutamente nada, ¿oíste? Sobre la desaparición del profesor Alves o cualquiera de las personas de aquí.

Estaba en la esquina de Bordini y Cristóvão Colombo, ardiendo, y parecía otra persona con los anteojos de sol y el pañuelo floreado en la cabeza.

—Sólo debes decir que Alexandra pide noticias de Carlos.

—¿Carlos?

El hombre sonrió: hay tiempo... ¿Sabes? Tú fumas pipa. Me parece fascinante. Yo estoy dejando el cigarrillo. El clima de Brasilia es una belleza, eso no lo niego, pero llueve mucho y en invierno y en verano está ese polvo rabioso. Justamente para parar esta tosecita estoy parando con el cigarrillo. (Bordini y Cristóvão Colombo, cigarrillo entre los dedos, agitada.) No te olvides, para ellos yo me llamo Alexandra. El hombre se masajeó los ojos con los dedos sin quitarse los anteojos:

—No vamos a esperar mucho. Estamos parados aquí por un problemita de seguridad. En eso somos inflexibles.

—¿Estás queriendo enseñarme mi oficio?

—No, de ninguna manera —responderá con vehemencia Mariana—, pero no conoces a nadie en Brasilia, sólo estoy tratando de ayudar, no necesitas ofenderte.

—No hay apuro —dijo Cid—. Hasta es bueno quedarse descansando un poco aquí dentro, el avión se movió mucho de Río hacia acá, llegué completamente mareado.

—¿Y ese collar? —había preguntado, conciliador, sonriendo sin creer en la sonrisa, anticipando las almohadas incómodas, la corbata sofocante, el maquillaje escurriéndose lentamente por el rostro.

—Lo compré en Bahía, pero no es hora de hablar de esas cosas.

Sostenía la sonrisa, había tratado de mostrarse calmo y dueño de la situación, y ella dijo si te lo encuentras tienes que disfrazarte.

—¿Cómo está Alexandra? —preguntó el hombre.

—Claro que lo encuentro —había dicho—, el problema es que no acostumbro meterme a oscuras en este tipo de asunto, ¿qué mensaje fue ése?

—¿Alexandra? —Adoptó un aire vago. —Anda bien, anda bien...

—¿Cómo te puedo decir —había dicho ella— si yo también sé todo por la mitad? Es un mensaje con una propuesta: les damos una ayudita y ellos aclaran una porción de cosas con respecto a Sérgio.

—¿Con respecto al lugar en donde está?

—Posiblemente.

—¿Y qué tarea es ésa?

El hombre lo miraba entre simpático y curioso.

—Me alegra que ella esté bien.

Había dicho: el avión va a llegar a las diez y media de la noche, no puedes atrasarte. Había hecho un gesto de cansancio: ya estás queriendo enseñarme otra vez y ella había reído, qué sensible eres.

—¿Quiere decir que el amigo sólo fuma realmente pipa?

Algo en el hombre le decía que podía ser gigoló. Tal vez el perfume. En ese negocio de las drogas hay de todo. Insistió: ¿qué ayudita es ésa? Respondió: de vez en cuando pego un cigarrito. Había oído: no sé de qué se trata, pero allá decidirás si lo puedes hacer o no.

—Estás con una cara de desconfianza —había dicho Mariana.

—¿Desconfianza?

—Desconfianza, sí. Yo no puedo decir más porque no sé. Y vas a descubrir todo por ti mismo. Al final, eres detective, ¿no es así?

—No necesitas fastidiarte por tan poco. Pero esos mensajes misteriosos...

El hombre consultó el reloj y no dijo nada. El perfume comenzaba a marear a Cid.

—Entonces está correcto —había dicho—. No me olvido de nada, le muestro el diario al hombre y digo: "Vengo de parte de Alexandra".

El hombre sonrió, miró el reloj en la muñeca: puntual. Experimentó un pequeño estremecimiento. Alguna cosita fuera de lugar. No tenía que hacer ni un comentario sobre puntualidad, sobre exactitud, sobre nada. Y no podía ver sus ojos detrás de los malditos lentes opacos. Esa cosquilla en el rostro es el sudor mezclado con el polvo del maquillaje que se había escurrido pausadamente por el contorno de las arrugas, como un pesado río barroso buscando su cauce después de la creciente.

—Necesito irme —había dicho Mariana—. Voy a ver el pasaje.

—Sólo un minuto más —dijo el hombre.

—Un momentito —había dicho Cid—; todavía tengo una cosa que hablar.

—Tómese todo el tiempo que quiera —dijo Cid—. Yo no tengo ningún apuro y se está bien aquí adentro.

El hombre sonrió.

—No tengo mucho tiempo —había dicho Mariana.

(Y había dicho: si él habla de cualquier cosa fuera del trato, desconfía. La seguridad por encima de todo. El hombre dijo: puntual, y miró el reloj.)

—Es sólo un minutito —insistió Cid—; quiero saber una última cosita.

—En un minuto y medio salimos —dijo el hombre.

—¿Qué pregunta? —había dicho Mariana.

—¿Nunca viniste antes a Brasilia, verdad? —preguntó el hombre.

—¿Por qué Alexandra?

El hombre soltó lentamente el humo, era divertido verlo buscar una brecha para salir, es una ciudad con cierto encanto.

—Porque sí —había dicho, encogiendo los hombros un poco tontamente—. Es un nombre como cualquier otro.

—Allá vamos —avisó el hombre.

El auto empezó a moverse. Las avenidas eran largas, iluminadas, y la ciudad comenzó a mostrar su rostro liso e impasible.

Había dicho: me parece más lindo Mariana.

(Esquina de Bordini y Cristóvão Colombo. Había brisa.)

Estacionaron junto al lago. El hombre giró el rostro poroso con una sonrisa dibujada en los labios. Eso le daba una vaga semejanza con Randolfo.

—Vamos a caminar un poco.

Sintió el perfume cuando él se movió para salir del auto. Esa especie de malestar que siente puede ser el cansancio del viaje, pero es probable que sea el traje nuevo, brillante y con ronroneos de gata que el hombre viste.

El hombre apuntó hacia el lago con un gesto orgulloso.

—Es un lindo lago —anunció—, pero podría ser todavía mejor.

Encaró a Cid con atención. Debía ser para comprobar si el detective todavía tenía interés en el tema.

—Es que podría ser más bonito en otro sentido que no es exactamente el estético. Tal vez en el futuro llegue a serlo. Por ahora no. ¿Eso es un poco confuso?

—Más o menos.

—Antes, este lugar, toda la orilla del lago, era público. El proyecto de Lúcio Costa mostraba con claridad cómo tenía que ser hecha toda la cosa. Parques, rincones de veraneo, embarcaderos, todo público. ¿Pero, sabes de quién es todo esto ahora? ¿Sabes?

—No.

—De media docena de personas.

—¿Y cómo estamos aquí?

—¿Eso te sorprende un poco? —A cada momento se parecía más a Randolfo. —Pero llegará el día en que todo esto ya no será más de apenas dos o tres. Será de todos. Tenemos tiempo... Pero para que ese día llegue será necesario que todos ayuden, ¿no es cierto? Todos.

Se detuvo, buscó el paquete de cigarrillos. Cid lo miró, goloso. El sudor aumentó en el rostro del detective, dándole súbito deseo de agarrar el pañuelo color rosa del bolsillo del hombre y pasarlo suavemente por los ojos. Era un pañuelo de seda. Debía de ser fresquito, dulce.

El hombre agarró el brazo de Cid.

—Para que ese día llegue necesitamos libertades, ¿no es cierto? Libertades democráticas, leyes más generosas.

Encaró a Cid, se quitó los anteojos oscuros, comenzaba a arrebatarse. Cid no pudo ver como eran sus ojos, había poca luz a la orilla del lago.

—Pero eso llega con el tiempo. Lo que no ayuda es juntar media docena de loquitos y salir a dar tiros pensando que todo el mundo va a imitarnos, ¿no es cierto?

Miró alrededor, cauteloso. Parecía temer que alguien estuviese escuchando entre los árboles.

—Los que hacen eso sólo molestan, ¿no es cierto? ¿Y

qué ocurre con el que molesta? ¿Qué te parece que debemos hacer?

Cid adoptó un aire inteligente, amenazó con abrir la boca, pero quedó callado.

—Debemos hacer esto. —E hizo el gesto de quien deguella a una persona.

Pasó el brazo alrededor del hombro de Cid, cordial, íntimo, y acercó los labios a su oído.

—Pero debemos ser expertos. —Susurraba, acariciando las palabras. —Debemos dejar que los que nos molestan sean destruidos por los que nos persiguen, ¿entendiste? Hay que saber maniobrar, mi querido. —Hundió el dedo índice en la cabeza. —Usar el coco. Materia gris. La maniobra es la esencia de la política. Dar tiempo al tiempo. No hay nada mejor. ¿Por qué te parece que sobrevivimos en todo ese torbellino? Cautela y maniobras.

El rostro del hombre resplandecía de satisfacción.

—Simple, ¿no es así? Tenemos mucha experiencia en eso.

Caminaron un poco más por la orilla. El lago brillaba. Cid se contorsionó en forma extraña.

—¿Algo anda mal?

—Estoy con unas ganas locas de orinar.

—Bueno, no andes con ceremonias. Elije un árbol, cualquiera, a tu gusto. Son todos tuyos. Se sentó en un banco. —Yo espero aquí. Tenemos tiempo, ¿no es cierto?

Cid se alejó unos pasos, se desabotonó el pantalón, extrajo de su barriga la almohada azul de Giovani. ¡Qué alivio! Respiró el aire de la noche en la meseta como algo enteramente milagroso. Ahora retirar la que está atada en el trasero. No va a ser muy fácil porque debe de estar atada con un nudo difícil. Tenía que ser, para que no comenzara a deslizarse a mitad de camino. Tal vez necesitara ayuda. ¿Y si llamara al hombre?

—¿Entonces quieres noticias de Carlos? Interesante.

La voz del hombre. Cercada de hojas, susurrada como una brisa, difícil de retener.

—Cuando recibí la confirmación de Alexandra de que alguien venía, pensé mucho al respecto. Él se merece esa atención. Es un muchacho extraordinario, brillante.

Cid se abotonó el pantalón. Desistió de sacar la almohada del trasero. La voz del hombre llegó ahora pesada de desaliento, resbalando entre las hojas.

—Lástima lo que ocurrió. Realmente una pena.

—¿Qué ocurrió?

El hombre alzó una mirada sorprendida:

—¿Cómo?

Se colocó rápidamente los anteojos, se volvió otra vez impenetrable.

—¿No lo sabes? Pero si Alexandra fue informada.

—¿Sobre el secuestro?

El hombre pareció vacilar.

—Exacto.

—¿Fue localizado?

—Para eso estamos aquí. Nosotros enviaremos el dossier a su abogado. Fue el trato.

No significaba mucho, sin embargo. Vio que Cid esperaba más.

—Alexandra garantizó que eres nuestro hombre para eso. Confiamos en ella.

—Soy un profesional como cualquier otro. —Meneó la cabeza modestamente. —Creo que es bondad de Ma- Alexandra.

—Nosotros confiamos en Alexandra. De cualquier manera, necesitamos gente de afuera para este servicio. Gente sin ninguna relación. No estamos en condiciones de tener una caída en este momento. Y podemos esperar, tenemos tiempo. Por eso es necesario que sea un hombre de afuera el que entre allá.

—¿Allá? ¿Allá dónde?

El hombre miró a Cid de arriba abajo. Un lente de los anteojos centelleó y se apagó.

—¿Adónde más? Allá.

Señaló la edificación en la otra orilla del lago, iluminada y resplandeciente.

—En el Palacio da Alvorada.

Capítulo XVIII

El Galaxie se aproximó por el camino asfaltado barriendo con sus faroles la oscuridad de la copa de los árboles. Estacionó al lado del Ford. De él descendió una sombra corpulenta, que golpeó la puerta con estrépito y quedó un momento de pie, con las piernas abiertas.

La única cosa que Cid pudo distinguir en la masa oscura fue la brasa de un cigarro y dos dedos velludos —cubiertos de anillos— que sostenían el cigarro y quedaban en su privilegiado círculo de luz roja.

—¿Entonces, ése es el hombre?

—Fue puntual —informó el-del-perfume-y-pañuelo-color-rosa.

("Si él habla algo fuera de lo convenido, desconfía".)

—¿Ya conversaron?

—Un poquito. Ahora es contigo.

La brasa humeante y la sombra maciza que la contorneaba se aproximaron al detective. Cid distinguió un bigote agresivo y una melena de *cangaceiro* de película nacional: el resto era nebuloso.

—¿Eres tú el héroe? —Voz de *goiano*, voz de barranca de río. —Muy bien. Vamos a ver cómo sales. No va a ser cómodo.

Otro viaje por la ciudad desierta al lado de otro desconocido. Sólo que el olor de éste no era perfume francés, no.

—¿Puedo abrir la ventana?
—Puedes, puedes, héroe. Tú mandas.
Viento en el rostro, lindo friito. Se espió en el espejo del auto. El bigote amenazaba caer. El maquillaje era un borrón monstruoso transformando al discreto ciudadano del aeropuerto en algo innominable
—Necesito lavarme un poco.
El hombre lo miró divertido.
—A donde vamos vas a poder limpiarte la cara. —Mordió el cigarro, escupió un pedazo por el costado de la boca. —Interesante ese disfraz. Sólo que no dura mucho, por lo que parece.
—Agarré un calor muy fuerte en Río.
—¿Te demoraste allí?
—No. Dos horas apenas.
—¿Eres pariente de Carlos o qué?
El detective sacó la pipa del bolsillo y la frotó en la manga. Miró disimuladamente al salvajote a su lado. ("Si él habla algo fuera de lo convenido, desconfía".)
—Mi interés por él es pura y simplemente profesional.
—Lo sé. Ya había oído algo así. Signo de los tiempos. Espero que estés ganando un dinero que compense el lío en que te estás metiendo. Pero, principalmente, espero que seas lo que dicen.
—¿Que sea lo que dicen... cómo?
—El tal, el bueno, el James Bond de los pobres.
Cid se puso tieso.
—Debe de ser un malentendido.
—Sinceramente, a mí también me parece.
Soltó otra escupida: saliva gruesa, mezclada con pedazos de cigarro.
—Estuve y estoy contra el sistema de contratar gente de afuera para hacer cosas que nos competen a nosotros. ¡Signo de los tiempos! Somos una organización de

respeto, de tradición. Ahora se nos dio por contratar mercenarios. Es el fin. El fin. —Tensó los músculos y pareció súbitamente rabioso. —Cálmate, héroe.

En segundos el velocímetro del auto saltó a ciento cuarenta kilómetros por hora.

—Está bien así, héroe, tranquilito.

El-del-cigarro era un nebuloso bulto desaparramado pachorrientamente en una silla. Sus ojitos corrosivos perforaban la humareda, se pegaban a Cid. Cid, a su vez, pegaba sus ojos en el espejo, que le devolvía una imagen desalentadora.

—¿No te parece que el pantalón está un poco ajustado?

—Para nada, héroe. Nunca estuviste más bonito en tu vida. Humberto te va a adorar, sobre todo sabiendo que eres *gaúcho*.

El-que-no-había-dicho-nada, recostado en la pared al lado de la puerta, comenzó a reír cavernosamente y a rascarse la cabeza con el cañón de la ametralladora.

—El zapato me aprieta un poco.

—Bueno, me parece que da para que vayas justamente con el tuyo. También es negro. Sólo que está necesitando un merecido retiro.

Cid se abotonó el cuello. Justito. En verdad no estaba tan mal de aspecto así. Lo que lo perturbaba —y crecía por dentro como una espina— era el rumbo que los acontecimientos estaban tomando.

—¿A qué hora dijiste?

—Tempranito, héroe, tempranito, no te preocupes. Falta mucho todavía. ¿Estás nerviosito, eh?

—¿Vamos a tener que acordar muchas cosas antes de llegar allí, no te parece? Hay mil y un detalles que...

—Cierto, cierto, héroe. Hay mil y un detalles. Los

hombres ya van a llegar. Van a explicar todo. No necesitas ponerte nervioso.

—No estoy para nada nervioso, ¿qué es eso? —Sintió el sudor frío en la palma de la mano. Miró vagamente el garaje, los neumáticos viejos, los bidones de nafta vacíos, los trapos sucios de grasa y adoptó bruscamente una expresión alerta: —No voy a dejar el revólver.

—Eso lo vas a discutir con los hombres, héroe,

El-que-no-había-dicho-nada volvió a manifestarse con la risa oscura, y calló sin gracia cuando el detective lo encaró interrogativo.

Tres golpes en el portón —uno corto, dos rápidos. No se destacaba mucho por la originalidad.

El-del-cigarro encaraba a Cid con ojos centelleantes y curiosos, abre la puerta del auto, cierra la puerta del auto, suave el asiento, se hundió con su cansancio, pero qué calor y eso que todavía es madrugada dijo el-del-perfume-y-pañuelo-color rosa y rió pero hoy duermo aquella siesta y el-del-volante se da vuelta y pregunta ¿vamos? Y el-que-no-había-dicho-nada también pregunta con la mirada a el-del-perfume y él hace una señal con la cabeza y al lado de ellos pasa echando chispas el Galaxie del-que-fuma-cigarro y él gesticula y desaparece y el Ford comienza a moverse y el día va a amanecer despacio gris claro y Cid piensa mi Dios y la espina adentro ya es enorme.

—El oficial en la puerta ni va a mirarte, ¿entendiste? Así que tú tampoco vas a mirarlo. A lo duro. Olvidar su cara. Olvidar si es alto, bajo, rubio, moreno. ¿Entendiste? Es por tu propio bien.

—

—No. Ese problema no existe. Hay tiempo para eso. Tus documentos deben quedar con nosotros. Seguridad.

—

—No, no, no. No te preocupes. Tienes que actuar naturalmente. Tienes experiencia, sabes como es, no soy yo quien va a querer enseñarte. Sólo insisto en una cosa: no preguntes nada. No debes preguntar absolutamente nada, ¿entendiste?

—

—Claro. Todo el negocio es oír. El secretario de él es muy desconfiado. Cuidado con él. Aquí está su foto. Conserva la fisonomía en la memoria. Cuando él entre no hables ni te muevas mucho. Procura pasar inadvertido. En todo caso, es muy posible, él ni va a mirarte. Ve si puedes recordar todo lo que él diga.

—

—Por eso mismo es que te contratamos.

—

—¿Carlos? Pero es lógico. ¿En qué estás pensando?

—

—Esto va a solucionar todo. No te preocupes. Va a ser como matar dos pájaros de un tiro, ¿no es así como se dice? Pero es necesaria toda tu cautela. Ve si recuerdas bien el plano. Es sólo para que tengas una idea del palacio. Y así vas a evitar un montón de preguntas.

—

—Sí, sí. El secretario es el principal, a nuestro entender. No te vayas a olvidar de su cara. Es muy desconfiado. Y tengo la impresión de que si puede va a apuñalar a Humberto por la espalda. Ya apuñaló al I, no le cuesta nada apuñalar al II. Pero eso...

—

—Cierto. Pero eso es otro problema. El tuyo es ir al cajón derecho de su mesa de luz. ¿Entendiste? La mesa de luz, cajón de la derecha.

—

—El oficial se llama Távola. Un perfecto hijo de puta. Cuidado con él. Va a vestir al Presidente, cuidar al Presidente, cargar con los papeles del Presidente, en fin... Sólo un burro como Humberto podía confiar en él.

—

—Va a depender del momento. Me parece que sólo debes entrar en el cuarto cuando esté vacío. Son dos los que ordenan el cuarto. Debe ser cuando Humberto salga y los camareros todavía no hayan iniciado el arreglo.

—

—La tarea la terminas en un segundo. Abres el cajón, sacas el sobre, cierras el cajón y sales como si nada. Sin prisa, dando tiempo al tiempo, ¿está claro?

—

—El sobre estará lacrado. No es ninguna desconfianza. Pero me parece que es más correcto, más oficial, que esté lacrado. ¿No te parece? Al final, es personal e intransferible para el Presidente.

—

—¿Otro medio? Ya pensamos miles. Ése es el más seguro. Y el de mayor impacto. Puede parecer absurdo, pero estudiamos detalladamente los movimientos del Presidente. Es seguro que después del almuerzo él va a echar una siesta y abrir el cajón. Es donde guarda las revistas pornográficas que recibe de Dinamarca por valija diplomática. Siempre se queda hojeando una después del almuerzo. Tal vez le ayuda a la digestión.

—

—Exacto. Lo principal es que es una demostración de fuerza. Él va a quedar estremecido.

—

—Bueno, eso yo también quería verlo. Pero nada de aventurerismo. Imagínate la cara que va a poner, que es mucho más práctico. Y ojo con Távola.

—

—Esa es una opción tuya. Si te parece que debes llevar, lo llevas. Yo, personalmente, estoy en contra.

—

—Es seguro que no va a haber registro. El esquema está montado científicamente. Pero, aquí entre nosotros, un .38 da consistencia.

—

—Ya dije que era una opción tuya. Personalmente, veo ahí posibilidades de complicar la jugada. En todo caso, es un derecho que tienes el de escoger cómo vas a precaverte.

—

—No, no nos vamos a ver después. Tus ropas y tu cheque a esta hora ya están depositados en una casilla del aeropuerto. Aquí está la llave, queda contigo. Número 513-A.

—

—¿Eres supersticioso, eh? ¿Qué hay de malo con el número 13? Al secretario le ibas a gustar. Él también tiene manías.

—

—¿Ese secretario del que tanto hablo? ¿Pero dónde andas metido, hombre? ¿No lees el diario?

—

—Seguro, seguro. Es un poco tarde para que discutamos ciertos asuntos. No vamos a perder la calma por eso. ¿Estás con mucho sueño?

—

—El baño fue bueno. Un baño hace milagros. Refresca. Estás con una cara mucho mejor. Espero que no comiences a bostezar allá adentro. ¿Ya tomaste el Pervitin que te dieron?

—

—Estamos llegando.

—

—En el poste de luz de la próxima esquina hay una bicicleta. Vas a ir en bicicleta. Vas en bicicleta hasta el palacio.

—

—Nada de ridículo. Es un detalle que sirve para dar más realismo, ¿comprendes? Es un detalle importante. El oficial de guardia te va a reconocer por la chapa de la bicicleta. ¿Viste la sutileza? Nada de santo y seña, esas cosas superadas. Nosotros trabajamos con métodos científicos.

—

—Puedes ir sin temor. Todo el mundo anda en bicicleta por aquí. No veo nada de anormal en ir en bicicleta. Absolutamente nada.

—

—¿Vas a llevar el .38?

—

—Buena suerte. Y que no se te olvide: habla lo mínimo, pregunta lo mínimo. No te precipites. Dale tiempo al tiempo...

Golpeó la puerta del Ford y la cara de el-que-no-había-dicho-nada parecía una máscara de cartón y el-del-perfume-y-pañuelo-color rosa sonreía e improvisó un adiosito y el Ford dobló la esquina y él quedó solo entre los edificios inmensos y fríos y desconocidos y blancos y amanecía... amanecía muy despacio, con pocos pájaros y una calma, rosada luz rozando levemente la cima de los edificios y resbalándose y prendiéndose y quedando como hilos de telaraña agarrada a las antenas de televisión, y pensó sin ningún sentido del momento histórico ahora mismo qué jodido estoy y miró la bicicleta con aire estúpido.

Capítulo XIX

La cara del teniente era, mediocremente, apenas la cara de un teniente. Vacilando entre la prepotencia y el servilismo, crispada por la angustia de no saber si adula o manda. Se volvió súbitamente cómplice al ver a Cid desmontar de la bicicleta y avanzar hacia él.

—Ah, el nuevo sirviente. Sí, estoy al tanto del asunto. El cabo le entregará la credencial.

El cabo sacó del cajón de la mesita un distintivo y lo prendió en la solapa. Señaló una escalera que descendía.

—Sigue por ahí. Al fondo del corredor hay una piecita con el nombre del señor Filinto. Es el jefe de personal. Entrégale a él las credenciales.

Bajó las escaleras. Procuró interesarse en el mármol de las paredes, en los espejos dorados que lo reflejaban mientras caminaba por el corredor, pero la espina estaba cada vez más grande, amenazaba agujerear las tripas, abrir un agujero en su barriga, salir de ella junto con sangre, restos de comida, heces. (Si no me controlo esto va a terminar mal, tenía que haber dormitado un poco, si no me controlo voy a entrar en un túnel del cual nunca más voy a encontrar la salida.) Llegó a la puerta donde estaba escrito el nombre del señor Filinto. Al fondo del corredor el centinela inmóvil lo observaba. Golpeó a la puerta y oyó un ¡entre! ahogado.

—Si eres el nuevo mucamo, estás llegando un minuto y medio atrasado. Y justo el primer día.

Tenía un dedo huesudo y de uña amarilla apuntando rígidamente hacia la esfera de su reloj de pulsera.

—Discúlpeme, señor Filinto, ¿el señor es el señor Filinto, no es así?, pero me perdí en la entrada, son tantas puertas.

—No acepto disculpas. No admito disculpas. No me gusta oír disculpas. Somos los servidores personales de Su Excelencia, el Presidente de la República, y no podemos cometer el más mínimo desliz.

Era extremadamente flaco, sentado detrás del escritorio y dentro de prendas holgadas.

—No tenemos derecho a cometer deslices. Necesitas concienciarte de eso o no sirves.

—Sí, señor Filinto.

—Maestro. Llámame maestro.

—Muy bien, maestro Filinto.

Miró los papeles que Cid le entregó. Los hojeó con displicencia. Cid miraba fascinado las enormes manos del hombre, y los dedos que parecían retoños quemados.

—Trabajó cinco años en el Hotel Quitandinha y otros cinco en el Palace. Muy bien. ¿Y qué significa eso? ¿Qué no tienes nada más que aprender? Puro engaño. Los mucamos como nosotros siempre estamos aprendiendo algo nuevo para servir mejor a nuestros patrones. Tomemos mi ejemplo. Llevo veinticinco años sirviendo presidentes y nunca perdí el cargo. ¿Y por qué?

El detective mostró la expresión de mayor interés que pudo. ¿Por qué, maestro?

—Porque supe siempre adaptarme y porque siempre supe aprender las cosas que interesaban a los patrones, señor mío. ¿Tu profesión es ser mucamo, no es verdad? Entonces, sé un mucamo competente. Como yo. Si miras bien la cosa verás que un buen mucamo es de cierto modo como un señor, como un presidente. Mira bien. Disfrutamos del poder, de los beneficios, no corremos riesgos... ¿Qué más queremos? Pero es preciso tener esto —se tocó con el inmenso dedo en la cabeza—, tener materia gris, usar el cerebro.

(Cid ya conocía ese gesto.)

Adoptó una actitud meditabunda:

—Hay momentos en que es duro ser mucamo. Tenemos que arrastrarnos y lamer la suela de los zapatos de los patrones. Pero las crisis pasan y vuelven la paz, la bonanza, el confort. Y, al final de cuentas, no hay ningún mal en arrastrarse de vez en cuando, en lamer suela de zapato. Ya hice eso mucho en la vida y aquí estoy, vivito y coleando. El que tiene vocación legítima, como yo, acaba hasta sintiendo placer.

Hay un atisbo de centelleo en sus ojos hoscos.

—Serví a presidentes de todas las tendencias: populistas, nacionalistas, conservadores. Ahora, los generales. Al principio ellos parecieron un poco desconfiados conmigo, pero después vieron mi utilidad y ahora me tratan con cierta cordialidad.

Golpeó la mesa con el índice para acentuar sus palabras:

—Por problema político yo no muero. A mí sólo desastre de avión me mata antes de tiempo.

—Dios nos libre, maestro Filinto.

—Bueno, deja tus papeles conmigo y vete a la cocina. Están preparando el café del Presidente. Y eres quien va a llevarlo. No necesitas ponerte pálido. Mi sistema es ése. No postergar las cosas. Derecho al grano. Tu tarea es servir al presidente. Pues comencemos ya mismo. Si no sirves bien el primer día, no sirves bien ni el segundo ni el tercero.

Al cerrar la puerta vio al maestro acercar una lupa a los documentos que había dejado sobre la mesa.

El corredor que conducía a la cocina estaba completamente abarrotado de pilas y pilas de cajas de whisky. Le preguntó al peón de fajina que fregaba el piso adonde quedaba la maldita cocina. El peón le mandó seguir las cajas de whisky. Atravesó más corredores, al lado de silenciosos centinelas que vigilaban las cajas. Fue obligado a escalar algunas pilas de cajas, y en lo alto de una de ellas cerca del techo, un sargento roncaba con la boca abierta, rodeado de botellas vacías.

La cocina era inhóspita y desierta. El caño oscuro de una ametralladora surgió de la nada a centímetros de su nariz.

—¿Busca algo?

—Soy nuevo aquí. —Balbuceó. —Busco al cocinero. Tengo que llevar el café del Presidente.

Mostró el laberinto de mesas y hornallas donde estaba el jefe de cocina. Fue recibido con brusquedad.

—¡Ya está retrasado! El Presidente perdió el café de las seis y media. Tiene un minuto para llegar allá.

El carrito brillaba, era dócil al manejo, y no pudo reprimir una sonrisa de satisfacción cuando lo condujo diestramente entre las pilas de cajas de whisky. El centinela junto al ascensor blandió la ametralladora... amistosamente.

—Tercer piso.

El tercer piso descansaba en una redoma de silencio y penumbra. La cortina blanca se movió y lo asustó. El ascensorista informó:

—El interruptor de luz queda junto a la puerta. El

cuarto del Presidente es el que tiene dos soldados montando guardia.

Empujando el carrito se acercó a los centinelas. Lo hicieron parar. Uno de ellos golpeó en la puerta con el nudillo de los dedos. La cortina volvió a inflarse, en lento movimiento asombrado de ola. Ningún ruido en el corredor. Los dos soldados eran completamente neutros.

La puerta se abrió. Un rostro incaico, severo. Por la fotografía, era el mayor Távola.

—¿Es el café?

Examinó a Cid durante un corto momento.

—Entre —ordenó.

La habitación era amplia como un teatro. La alfombra roja dificultaba el manejo del carrito. Espejos, arañas, banderines del Flamengo, candelabros, tapices. La cama gigantesca.

El corazón del detective privado Cid Espigão —diez años de experiencia— corrió libre.

El hombre tirado de bruces sobre la cama era el generalísimo Humberto II, presidente de la República Federativa del Brasil.

Estaba completamente desnudo.

Capítulo XX

La posición en que estaba el general recordaba esas poses en que las cariñosas mamás colocan a sus bebés para sacarles la clásica fotografía de nalguitas hacia arriba cuando completan seis meses de edad.

No era, pues, de admirar la perplejidad que Cid mostró en el rostro y el tamaño en que se dilataron sus ojos.

—¿Por qué esa cara de bobo, comebosta? ¿Nunca viste un culo de hombre en tu vida?

La voz del general estremeció al detective por dentro. Se aproximó a la mesa con el carrito. El general sacudió la cabeza con irritación:

—Otro nuevo. ¿Cuándo comenzaste, che?

—Hoy mismo, Excelencia.

El general buscó la mirada cómplice del mayor.

—¿Viste, Távola? El rompesacos de Filinto no pierde el tiempo. —Y a Cid: —¿Cómo conseguiste el empleo? ¿Un pariente? ¿Un amigo? ¿De quién eres hijo político?

—Concursé, Excelencia.

Los flancos grasosos se estremecieron con el súbito y convulso rugido que, asombrado, Cid descubría era la risa del general.

—¿Oíste ésa, Távola? ¿Oíste? ¡Qué magnífica! Ahora tenemos un cómico entre nosotros. "Concursé, Excelencia". —Retumbó una cascada de ruidos. —Éste to-

davía le va a ganar a José Bonifácio. Qué mentiroso es.
—Cortó el aire risueño tan rápido que Cid no creyó en el rostro inquisidor que le preguntaba: —Mira, che, tú tienes cara de hijo político. ¿De quién?

—¿Hijo político, Excelencia?

El mayor intervino.

—El señor Presidente está olvidando que por el momento no tenemos elecciones en el país.

El general Humberto II golpeó vigorosamente la propia cabeza con la palma de la mano.

—¡Pero claro, che! Qué cabeza la mía. Estamos atravesando un momento de... de... ¿Cómo se dice, Távola?

—Receso, Excelencia.

—¡Receso, eso es! Qué cabeza la mía. Estamos en receso para detener a los agentes de Moscú y después comenzar la democracia en el país, ¿no es cierto, Távola?

—Cierto, Excelencia. Comenzar la redemocratización.

El general volvió un rostro luminoso hacia Cid.

—¿Viste? —Luego se volvió aprensivo: —Távola, basta de perder tiempo. El país me está esperando. Pero antes de nada ensarta esa cosa en mi culo.

Un ejército de hormigas comenzó a subir lentamente por los pies del atónito detective.

—¿Por qué esa cara, oh bobo? ¿Pero será que nunca viste culo de hombre? ¿Estás pensando algo de mi hombría, eh?

—No, Excelencia, de ninguna manera. Sólo faltaba eso.

—Távola, explícale a este sarnoso lo que vas a hacer.

—Voy a aplicar un supositorio a Su Excelencia. Recomendado para las hemorroides de Su Excelencia.

—¿Viste, sarnoso, viste? No es nada de eso que yo sé que estás pensando. Porque mi culo es culo de macho y en él sólo entra nada más que esa cosa y eso porque es remedio. Y dado por médico diplomado, con receta y todo, sarnoso. ¿Távola, cómo es que se llama justamente esa cosa?

—Supositorio, Excelencia.

—Supositorio, eso. Una cosa moderna, europea. Vamos.

El mayor Távola tomó el pequeño cilindro azul, se inclinó sobre las opulentas nalgas del general Humberto II, las apartó con un gesto rápido y diestramente lo introdujo en el ano presidencial.

—Listo, Excelencia.

El general suspiró con los ojos cerrados.

—Ay, Távola... A veces, me quedo pensando: ¿qué diablos siente un maricón? ¿No piensas en eso, a veces?

—No, Excelencia.

—¿Nunca, Távola?

Pareció meditar un momento, los ojos fijos.

—Pero vamos al trabajo. ¡Mi bata!

El mayor levantó una robe roja sobre los hombros velludos del general.

—¿Y tú, comebosta? Ve sirviendo, ve sirviendo. ¿O tú eres como Lacerda, que sólo trabaja cuando hay propina?

Se sentó en la silla que el mayor acercó solícito. Quedó un corto momento inmóvil, esperando, y después tendió la mano en un gesto autoritario.

—Mayor.

Como el enfermero al cirujano, el mayor extendió hacia el general unos grandes anteojos oscuros. Después que los instaló solemnemente sobre su nariz golosa, el rostro del general Humberto II se cubrió de beatitud. Le rezongó a Cid:

—Odio la luz.

Se refregó las manos con satisfacción, ojos ávidos en

las jarras de leche y café, en las tostadas, quesos, huevos, mantecas, mermeladas.
—¿Távola, qué es de ese hombrecito? ¿Cómo se llama?
—¿El general Schneider?
—Ése. ¿Ya lo prendieron a ese hijo de puta?
—El general ya está detenido, Excelencia.
—Qué poca vergüenza, Távola, un brasileño, todavía encima un militar graduado, conspirando contra el Gobierno. ¿No es un absurdo?
—Es un absurdo, Excelencia.
—Este país llegó a un punto tal de poca vergüenza que sólo podemos confiar en los extranjeros. Aquí dentro, gente de confianza, sólo norteamericanos. El resto es todo sospechoso. Tú, por ejemplo, comebosta, tú eres sospechoso. ¿Quién garantiza que no eres un agente de Moscú infiltrado?
La jarra de café tembló en las manos del detective.
—¿Yo, Excelencia?
—Es sólo un ejemplo, comebosta. Pero todo el mundo está bajo sospecha. Todo el mundo está. Menos tú, claro, Távola, no necesitas poner esa cara. Tú eres mi hombre de confianza. Pero todo el resto está bajo sospecha. Cien millones de sospechosos. Llega a darle un poquito de orgullo a uno pensar que tenemos tantos enemigos. Pero este país es así, no se puede confiar en él. Por eso hay tanto norteamericano. Es otra cultura, otro trato, ¿comprendes, comebosta? Yo sé, tan cierto como que ésta es mi mano derecha, que nunca los norteamericanos me van a abandonar en el Gobierno.
El mayor se inclinó, respetuoso.
—Hablando de eso, Excelencia, hoy viene el embajador.
El general Humberto II se puso rígido.

—¡El embajador! Es verdad. Távola. Santo Dios, casi me estaba olvidando.

Quedó, ahora, absorto. Olvidó el café.

—Távola.

—Sí, Excelencia.

Miraba a lo lejos, a la nada.

—¿Mi barba está bien?

—Está espléndida, Excelencia.

—¿Seguro, Távola?

—Absolutamente, Excelencia.

—Siempre me queda la impresión de que ese gringo se está fijando en mis modos. Mi barba por lo menos yo sé que él la observa. Pero tengo la piel muy delicada, no puedo afeitarme todos los días. ¿Sólo porque soy presidente de esta mierda me tengo que afeitar todos los días? Pero él no entiende y observa. Observa, lo sé. No me gusta eso. No queda bien para Brasil, Távola.

Se dio vuelta agitado.

—Távola.

—¿Sí, Excelencia?

—¿Y la ropa? ¿Uniforme de gala?

—Pienso que no, Excelencia. Es apenas un encuentro de rutina. No es ninguna ceremonia.

—Pero, Távola, el traje de gala lo impresiona al gringo.

—De hecho, Excelencia, pero...

—Además, nuestros uniformes son más bonitos que los de ellos, ¿no es cierto, Távola?

—Eso es verdad, Excelencia.

—Con el traje de gala me siento más fuerte, más decidido a hablar con el gringo. Él es un gringo muy sabido. —Se quedó mirando el pedazo de queso pinchado en la punta del tenedor. —Távola... —la voz salió con el acento de una confesión—, siempre me parece que se está riendo de mí.

—¿Qué es eso, Excelencia? El embajador Lincoln es una persona seria.

—Lo sé, Távola, lo sé. Hasta tiene el nombre de un gran hombre, casi un santo, imagina. Pero yo siento algo, Távola. Sus ojitos, eso. Algo.

—Impresión suya, Excelencia.

El general arrojó el tenedor en el mantel e introdujo el dedo meñique en el oído, aparentemente sin entender.

—Eso es, Távola, impresión.

Escarbó dentro de la oreja y retiró el dedo con una mancha de cera. Se lo limpió en la bata, meditativo.

—Fíjate nada más que los propios oficiales conspirando contra el Gobierno. ¿Pero qué puedo hacer? No voy con la cara de ese gringo. Nunca lo mira a uno de frente.

Continuó absorto, flojo, encogido.

—Távola.

—Sí, Excelencia.

—¿Cómo es que se dice buen día en la lengua de los gringos?

—*Good morning*, Excelencia.

—Eso, Távola, "gudimorningue". No tengo que olvidar. Hablar un poco la lengua de ellos ayuda a impresionar, ¿no te parece?

—Sí, Excelencia.

Quedó un poco más relajado, la mirada otra vez en la nada. Llevaba el índice en dirección a la nariz pero desistió. En el último instante optó por arrancar un puñado de pelos de uno de los orificios, con un tirón rápido y una mueca. Los alzó a la luz, los examinó, abrió los dedos y, fascinado, acompañó su lenta caída hasta el suelo.

—Távola.

—¿Excelencia?

—A veces, pienso que no eres más que un gran rompesacos.

—¡Excelencia!

El mayor se puso rojo, inflado y duro dentro de su uniforme verde oliva.

—Su Excelencia me falta el respeto. ¡Y delante de un mucamo!

Si pudiese, Cid se evaporaría.

—Calma, Távola, calma. Qué genio. Es un test psicológico. Mi psiquiatra me enseñó. Tú sabes que yo confío en ti. Tú eres mi brazo derecho, Távola. Vas a pasar a la historia como un soldado fiel. Además, te estoy guardando hace días una sorpresa. Te voy a pasar (y gratis, ¿qué te parece?, como regalo, para que no te olvides de mí) algunas de las acciones que gané con el gringo de la fábrica de plástico, ¿te acuerdas? Él me prometió las acciones si conseguía prioridad para el proyecto. Cosas de mi mujer. Consiguió todo del gringo. Ella tiene médula para el negocio.

—¿Cuánto valen esas acciones, Excelencia?

—Deja, Távola, soy un hombre de campo, no me meto en esos asuntos. Y todavía encima detesto el plástico. Pero puedes estar seguro de que es algo bueno. No soy de dar porquería.

—De eso estoy seguro, Excelencia. Es que, como tendremos un día ocupado, tal vez sería bueno que me pasara ahora los papeles.

—Uy, ¿qué bicho te picó? ¿Para qué esa prisa? Hasta parece que yo voy a morir de una hora para otra. Lo que me preocupa ahora es más serio: ¿me pongo o no el uniforme de gala?

—Si Su Excelencia prefiere.

—Para decir la verdad, prefiero. No soy un hombre vanidoso, pero le da gusto a uno verse en el espejo con todas esas medallitas brillando. Es tan elegante. Soy un hombre simple pero tengo buen gusto, Távola.

—No hay duda, Excelencia.

Cid fue saliendo silencioso con el carrito. Debería estar de vuelta antes que el general dejase la habitación y antes que los camareros entrasen.

Un momento para la meditación. ¡Qué falta le estaba haciendo la pipa! De cualquier modo, ahora tenía que actuar. Rápido y rastrero. Ser el viejo Cid Espigão de guerra. Dominar el incipiente, imponderable temblor que le rondaba las piernas desde que bajó de la bicicleta y se dirigió al teniente de guardia. Dominar el sudor que amenazaba inundarle la cabeza —inexplicable desde el punto de vista físico del fenómeno, porque todo el palacio tenía instalaciones de aire acondicionado— y, principalmente, ignorar la espina, roja —afilada—, que crecía silenciosa y clandestina en su estómago, que amenazaba perforar las tripas y lentamente romper la piel y entonces surgir, obscena, triunfante, desparramándose en una explosión de sangre y heces. Ay. Algo no andaba bien. La cabeza se atascaba de ideas idiotas cuando debía estar atenta, clara, creativa. Ay. Piensa en una salida urgente y simple, detective, o las cosas se van a poner negras. Los dos soldaditos de centinela en la puerta no están más. ¿Es un dato eso, detective? Entonces, computa, que las cosas ya están viniendo, disimuladas e impostergables. Los soldaditos no están más. ¿Fueron a tomar café? ¿Y ahora? ¿Dejar el carrito inocentemente escondido por la cortina? Mejor detrás del sofá de cuero. Es arriesgado, profesor. Pero mi profesión es justamente así. El peligro es mi elemento, Mariana. Toca. Está tibia. Un poco blanda. Y porosa. Es la culata del .38. Para ayudar. Para dar calorcito de *cachaça*. Porque ahora voy a hacer una locura.

Está detrás de la cortina y dejó hasta de respirar.

Eso pequeño e irritante que le pasea en la cabeza es una mosca. Darle una palmada. Ni eso. Volverse piedra.

Esa cosa tibia e irritante que escurre por su pierna... ¡No! Una especie de fuego subiendo por el estómago arriba. Un movimiento brusco. Ufa. Pasó la mano por el rostro húmedo, espantó la mosca, desabotonó el cuello. Por un corto momento experimentó una sensación de abatimiento y vergüenza: estaba seguro de que se había orinado en el pantalón, pero era sudor apenas.

Detrás de la cortina, como si la influencia de los aparatos de aire acondicionado fuese inocua en aquella área, se acumulaba una inmóvil masa de calor que se apropiaba sin violencia del perfil de Cid. Pensar qué tristeza ser la zona de la pared que queda oculta detrás de la cortina. Días, meses, años, sin aire, sin luz (¿sin razón?), siendo apenas la mera zona de la pared detrás de la cortina. Nadie que venga y se apoye. Pero, inesperadamente. Cid Espigão, a sus órdenes. No se asuste —no es eso que piensan—, es apenas sudor. Los trópicos son así, princesa. Necesitas tener cautela de noche, con los mosquitos. Existe una mosquita que, cuando pica, lo adormece a uno durante años enteros. Usen el mosquitero. Estaré en el bungaló vecino. Dormiré con un ojo abierto, princesa. Los trópicos. El ventilador encima de Glenn Ford, la automática en sus manos, ruido de ola allá afuera, y de fichas, orquestas, ruletas, eres una mujer inolvidable, Gilda. Rita Hayworth está confundida, pobrecita, y está sonriendo, sus labios están manchados con helado de frutilla, hay un pozo detrás de ella, mejor no pensar en yacaré ahora, detective, cuidado con la circulación de la sangre. Tú vienes conmigo, ranita. Toca. Toma. Es tuyo, Mariana.

—Es tuyo el problema, Távola.

Voz desconocida, indiferente.

—Pero, general, existen cuadros especiales para eso.

Voz del mayor, suplicante.

—Es tu prueba de lealtad. Estuviste mucho tiempo sirviéndolo especialmente a él. Necesitamos una prueba cabal.

—Pero ahora eso, general. Se necesita un cuadro especializado.

—¿Cuál es tu profesión, mayor?

La pregunta fue proferida con dureza, casi con desprecio.

—Soy militar, general.

—Entonces sabes perfectamente dos cosas, fuiste entrenado para ellas. Primero, obedecer; segundo, matar. ¿Cuál es el problema?

La curiosidad del detective fluctuó como un pájaro confuso que temerosamente apartó la cortina y vio un hombre trajeado, de espaldas, alto.

—En realidad no hay problema, general. Simplemente, no me agrada hacer eso solo.

—No me vas a decir que tienes miedo.

Cid prefirió no haber visto la sonrisa que se dibujó en el rostro del mayor.

—¿Miedo, general? Seguridad. Es una orden, pero necesito testigos. No quiero cargar solo con las consecuencias.

—Pero están todos de acuerdo. Ya leiste la lista de los generales que firmaron el manifiesto. Ya hablé con el embajador de madrugada. Él garantizó que el Departamento de Estado ya dio el OK. Que ahora nos toca a nosotros.

El mayor movía la pierna, impaciente.

—¿Qué van a pensar los hombres de nosotros, mayor Távola? No podemos vacilar más. Y eso va en beneficio de todos. Los hombres de la industria ya dieron su adhesión integral. No soportan más al imbécil. Y mucho menos a su familia. Se meten en todo lo que es negocio, explotan todo, quieren comisión en todo. Eso nos desmoraliza. Y él no hace nada, sólo se lamenta. Y la renuncia tú sabes, ni pensar.

El mayor respiraba taciturno, cabeza baja.

—¿Qué está haciendo, Távola?

—Está en el baño.

—Aprovecha ahora. Los centinelas fueron retirados. Todos los funcionarios fueron retirados. El palacio está completamente vacío. Los técnicos sólo van a llegar cuando todo haya terminado. Ellos están ansiosos, tú sabes cómo es esa gente. Piensan que esto es una broma.

Consultó el reloj. Usaba anteojos negros.

—Tienes exactamente una hora, mayor. Comenzaré a contar dentro de diez minutos, cuando abandones el palacio. Cumple tu misión, mayor. Es por el bien de tu patria. —Hizo una pequeña pausa: —Y por el tuyo también.

El mayor mostró vigorosa continencia. El otro giró el cuerpo y Cid pudo ver el rostro atormentado por noches de insomnio del general Humberto III. Tenía los indefectibles anteojos oscuros y cuando comenzó a moverse lo hacía de modo vacilante, desequilibrado, acompañado de súbitos temblores de las manos enguantadas.

Después, Cid vio, como anuncio luminoso en lo alto de un edificio, la escandalosa soledad del mayor Távola. Vio como su figura se destacaba contra el terciopelo rojo de la cortina y como sobresalía, por la tenue luz dorada que se filtraba, sin ansiedad, por los tragaluces de las ventanas.

—¡Távola! ¿Dónde te metiste, carajo?

La voz del general Humberto II.

—Ya voy, Excelencia.

Lentamente, se puso sus guantes de cuero negro. Lentamente, cubrió los ojos con la sombra de los anteojos. Cid percibió el vago gesto de indecisión en el brazo del oficial, intuyó el segundo intenso en el cual la mano enguantada buscó la pistolera y el movimiento rudo —brusco— con que la desabotonó y retiró hacia la luz, brillante, pesada, la Luger automática, y vio los pasos torpes, lentos, con que se dirigió hacia el cuarto del general Humberto II.

Capítulo XXI

Entre la cortina y la pared, tú. Tú y tu sudor pegajoso, tú y tus ganas de orinar; tú y el ansia de engullir toda esa cortina, de salir volando, de abrir los brazos y exclamar bien alto ahora mismo que estoy jodido. Tú pasas la mano por la cabeza, tú piensas qué calor, tú deslizas la mano por el lugar de la súbita picazón entre las piernas, tú aprietas el sexo, ¿tú no piensas en sexo hace cuánto tiempo, detective? Tú piensas qué calor. Tú miras esa cortina rozando tu nariz, un rebaño de minúsculas partículas de tierra que tus fosas nasales dilatadas atraen como monstruosos resoplidos de dragón. Tú no piensas en sexo desde que pisaste la escalerilla del avión, muñeco, a pesar de las piernas de la azafata. Desde que viste a Mariana. La bombacha, sí, mi amor, bájala. Aquí no brama Olga indignada, pero tú estás hirviendo, estás convulso, estás hinchado, dilatado, nadie va a ver mi amor, mi amorcito, sus venas contraídas, hirvientes, entrando el polvo por las fosas nasales palpitantes, cuidado, no vayas a estornudar, cuidado, no vayas a mearte, cuidado, con los pantalones limpios so tonto (si no vas a quedar castigado todo el domingo), cuidado con el polvo, se está acumulando allá adentro, junto con la espina. Tú sientes esa cosa inmensa, satánica y grosera, que crece dentro de ti y a la cual no osas dar nombre. Que sientes crecer y que no puedes impedir que crezca.

Que brutalmente descubres que no comenzó a nacer cuando viste a el-de-pañuelo-color rosa-y-perfume, tú sabes que comenzó mucho antes, en las tardes de domingo, tal vez, cuando no había fútbol, había apenas la tarde y la ciudad y el domingo y nada más. Tú sientes esa pequeña picazón en medio de las piernas —¿cuánto tiempo hace que no te cambias los calzoncillos?—, tú aprietas la culata del Smith and Wesson .38, como en las novelas policiales, aprietas hasta que te duelen las coyunturas de los dedos, hasta pensar que va a salir jugo de la culata del revólver, pero tú no piensas en eso, detective, no llegas a pensar en eso —tú deberías pensar en eso y no pensaste— tú comienzas a perder la calma, detective, tú deberías estallar de tensión, angustia, algo parecido, delinear astutamente, rápidamente un plan cualquiera, pero el sudor que brilla en tu cabeza está helado, y la angustia es apenas esas ganas abominable de orinar. Eso y esas piernas que se cierran, se aprietan, se exprimen, ese algo húmedo que gotea y que tú no quieres mirar, no quieres imaginar, no quieres siquiera admitir. Tú finge que no sientes la espina, da ese paso, parece que saliste de detrás de la cortina, que estás diciendo mayor Távola discúlpeme pero eso que usted está haciendo es traición y además de traición es crimen y él te encara, él enciende un odio fulminante en los ojos, él te ruge quién eres tú so mierda y tú altaneramente detective Cid Espigão a sus órdenes y retiras del bolsillo interno del esmoquin la tarjeta y la tiendes con gesto elegante al atónito mayor y él entonces se pone completamente pálido y dice exclama abre los brazos y proclama a los vientos de los cuatro puntos cardinales con entonación de profeta del cine brasileño mi Dios iba a cometer una locura y el Presidente sonríe benévolo, te da un golpecito en los hombros, dice Espigão mi querido, tú eres el hombre que yo necesitaba para combatir al comunismo, y tú dices modestamente Excelencia soy apenas un patriota y él anuncia enérgico hoy mismo tú tendrás tu licencia para matar y tú asustado feliz incrédulo ¿cómo James Bond? Y él igualito. Miras a través del sudor a través del miedo a través de la espuma de la ola y a través de la sal de las palabras de Mariana, crispadas, rubias, inaudibles y dices salgo ahora pero no das un paso... la cortina es un vientre, detective. Tú ves la sala como un navío perdido, imaginas una pasada hoja de cinamomo que se pegó a tu rostro mojado de lluvia (creíste que podías acariciarla), la sala es un navío en un mar de calma, vítreo. Ese pedazo de alfombra donde tu pie se hundirá con recelo, esa mesa de jacarandá donde apoyarás tus dedos y dejarás una marca que lentamente se va a desvanecer, ese cuadro —más de tres metros de altura— donde un colorado Conde de Eu sostiene un pergamino amarillento en las manos, los labios pequeñitos y rojos fingen leer palabras definitivas y el sombrero emplumado de ala curva y borlas doradas suelto sobre la mesa. Al fondo de la sala pasa algo curvado, en puntas de pie, exhalando un perfume de jardines subterráneos y cierras los ojos y ríes porque no hay nada más al fondo de la sala: estás tú detrás de esa cortina y está la decisión que todo tu cuerpo pide y reniega. Y entonces sales de detrás de la cortina y sientes un vacío. Eso sudado dentro de tu mano es la culata porosa del .38, gastado, viejo, ¿cuántas veces ya fue a parar a la casa de empeño del puto de la esquina de la Avenida Borges? Tú sientes un vacío. Tú diste dos pasos, uno hacia el frente y otro hacia el costado, la alfombra amarilla se hundió, tú ya no estás detrás de la cortina de terciopelo, detective privado Cid Espigão. Tú estás parado... y todo lo que sientes son las ganas de orinar y el silencio de vitral y la soledad de navío de la sala. Un vacío, Olvidar con urgencia qué pegajoso es el sudor, cómo irrita la picazón entre las piernas y cómo se agranda —implacable— la cosa-espina dentro de ti. Porque tú estás avanzando en dirección de la puerta del cuarto del general, avanzando con pasos que resuenan como tambores y a cada paso tú miras con mansa inquietud hacia la puerta labrada por donde desapareció el general Humberto III. Das otro paso, otro más, ya estás a medio metro de la puerta y la cortina resuelve inflarse otra vez, atrae tu mirada, tú reconoces que tiemblas porque la cortina ejecuta un giro, revolotea como gaviota, planea como golondrina, desciende leve en curva de ola, en dulce, suave, fresca curva de ola —buena de tocar, Mariana— de pasar por el rostro, de no pensar en tu voz salada que oculta algo nebulosamente acontecido o por acontecer: algo salado. Tú sabes que el mayor está apuntando la Luger hacia el general, so hijo de puta. Tú ahí paralizado automatizado robotizado acobardado con esa cosita en la mano y sin fuerza para dar un paso, uno más —¿hace cuánto tiempo que no cambias de camisa, detective?— Y entonces das dos pasos y la puerta está abierta. Tú ves al general y al mayor —están frente a frente, perplejos y asustados y sin comprender realmente lo que está ocurriendo, lo que va a comenzar a ocurrir— y oyes un murmullo leve como una queja y miras alrededor espantado pero la queja está justamente dentro de ti. Miras el rostro del general y piensas que él está sufriendo un ataque de apoplejía, está tumefacto y rojo, pero es apenas odio y tú lo oyes atronar tú estás completamente loco Távola, y tú ves a Távola de espaldas —voz irreconocible, maltratada, cayendo en pedazos muy pequeños en el piso—, nosotros lo intentamos todo Presidente, pero usted fue muy cabeza dura y el general con ojos blancos yo soy un hombre enfermo Távola vamos a acabar con esta payasada o yo nunca te voy a perdonar y la Luger en la mano enguantada colgaba un poco apuntaba hacia abajo y el mayor (¿un poco triste?) no es broma Presidente es en serio y el general luchando para no dejar al miedo aflorar en su voz, razona hombre de Dios, razona, tú, inmóvil, y Távola perdóneme Presidente pero usted fue muy cabeza dura debería ser más flexible, y el general con espuma en la boca ¡canalla! Y sus ojos cada vez más blancos y el rojo del rostro cada vez más oscuro, más pardo, y sus rodillas comenzaron a flaquear y tú viste el pobre rostro goloso de cobarde que él no pudo ocultar cuando atendió el llamado de las rodillas y las apoyó en la alfombra, soy un hombre enfermo Távola soy un hombre enfermo y Távola apretó el gatillo de la Luger. Tú sabes, tú viste: en la densa luz del cuarto la bala salió roja lenta y negra junto con el sonido y viste cuando entró en el pecho del general y viste el minúsculo círculo colorado que fue formando en la toalla blanca que envolvía al general —¿hace cuánto tiempo que no cambias de medias, detective? —un círculo minúsculo, perfecto, colorado, y tú viste el aire asombrado de los ojos del general, los ojos atónitos que veían más de lo que les era posible entender y por eso todavía no creían, no mostraban dolor. Tú viste que el mayor se inclinó un poco. Tú pensaste: va a disparar de nuevo. Tú viste otra vez la bala atravesar el corto espacio del caño hasta las tetillas del general —lenta, pesada, envuelta en pequeña nube azul— y llegar hasta el paño afelpado de la toalla y entrar, penetrar, rasgar, quemar y hundirse en el oscuro interior del pecho del general y entonces viste brotar otro pequeño círculo colorado al lado del primero —ordenado y obediente como un cabo profesional— y tú viste la cabeza del general caer, sus gruesas manos velludas de gordo intentar agarrar algo inmaterial de lo cual apenas ellas sabían la necesidad, viste la cabeza colgar más como la cabeza de un toro cansado —baja más, más, está de rodillas, casi se apoya en la alfombra— y tú viste que la toalla se desprendía del cuerpo y se escurría obedeciendo a los pliegues del cuerpo y viste también cuando el general alzó la cabeza, una enorme cabeza también espantada, y viste cuando abrió la boca de carnívoro y sacudió el aire con un bramido como si un animal prehistórico rugiese herido y la mano enguantada del mayor apuntó por tercera vez y esa mano que se alza con un Smith and Wesson .38 tú descubres entre brumas y rígidas columnas que es tu mano y los espejos arañas candelabros estatuas cuadros relojes fijan sus ojos misteriosos en ti; tú apretaste el gatillo. El tercer disparo resonó lento y no hubo revoloteo de pájaros ni perdigueros levantaron el hocico olfateando el aire —la bala está atravesando el espacio, lenta, plomo, acero, fuego —tú la ves— está llegando al pecho del general, está forzando la resistencia de la carne, buscando el pasaje adecuado entre el hueso, las grasas, la blanda y escurridiza materia de la vida hasta hundirse y dejar a su paso un tercer círculo, también minúsculo, también colorado, junto a los dos anteriores, un triángulo equilátero. Tú lo miraste como si el Ángel de la Anunciación se hubiera posado en el caño del Smith and Wesson. Habías oído un sonido clásico. Un clic. Como en Dick Tracey, Como en Nick Carter. Miras al Smith and Wesson. Mudo. ¿Qué pasa contigo, Docinho? Olga de labios rutilantes, Olga de senos negros, Olga de mirar sarcástico. Miras tu sexo marchito, no sé qué pasa conmigo, ando muy cansado y ella no es la primera vez que no das fuego Docinho y el Smith and Wesson mudo y el mayor de espaldas y el general arrodillado, desnudo, la cabeza apoyada en el suelo, diciendo entre la baba que chorrea en la alfombra Távola, Tavolazinho, Tavolazinho, por amor de Dios, Tavolazinho, por amor de Dios, tú me estás matando y tú miras esa cosa inútil y oscura en tu mano y ella es una tarde de domingo. Tú no oyes más lo que dice el general —hay una inmóvil tarde de domingo en tu mano y las cortinas de metal de los bares están bajas y pasa un vago viento tibio por las calles desiertas. Y ese que va ahí corriendo eres tú Cid Espigão, ese que entra desastrosamente detrás de la cortina y que choca la cabeza contra la pared eres tú y ése cuyas piernas tiemblan eres tú y ese que siente al horror crecer en forma de espina eres tú y ese que presiente el nombre vergonzoso que la espina dibuja en sus entrañas y que sabe que la tarde de domingo se va a derramar en forma de llanto convulso eres tú, Cid Espigão, y ese que no comprende esa cosa gris y antigua y pesada y sin fin eres tú, Cid Espigão, ese que no intenta siquiera descifrar la palabra que la espina va trazando eres tú y eres todavía tú, Cid Espigão, quien se encoge sintiendo miedo como dolor y comprende irremediablemente que ese miedo es un dolor por encima del que tú puedes soportar y el sudor es alga, es niebla en el rostro, son ramas húmedas, y el temblor en las piernas se mezcla con algo líquido, que se escurre, caliente, mojando los pantalones y el zapato y entonces tú tienes que tragar los sollozos porque de repente haces silencio. Silencio absoluto, abriendo paso para que el mayor atraviese la puerta del cuarto del general, con un orgullo de piedra en el cuerpo, como si atravesara el Arco de Triunfo sobre un carro de guerra. Tú ves la Luger brillando en su mano de guante negro, ves el fugaz reflejo de sus anteojos oscuros y ves —como en una visión— a la cortina volver a agitarse como el Ángel de la Muerte y el Ángel de la Muerte estaba allí: uniforme verde oliva, galones de mayor, espadaluger en la mano derecha, triunfante, agrio, silencioso, pensativo. Tú dejas de temblar. Tú tienes la sensatez de reconocer que eso no altera en nada tu orgullo. Tú sabes que sólo tienes ojos y pensamientos para ese hombre inmóvil bajo la puerta, denso de pensamientos y estupefacto con el propio coraje o ambición o desesperación. Ese hombre que ves sonreír con una sonrisa terrible una sonrisa que te hace recordar el líquido amarillento que se escurrió por tus piernas. El mayor Távola cierra la sonrisa y el rostro de sacerdote inca, duro y cruel, está poseído por alguna alegría indecible, que se desparrama como sombras por la cabeza, por la nariz, por los labios cerrados, por el mentón despiadado. Tú ves al mayor lentamente colocar la Luger en su estuche brillante e imaginas el brillo glorioso de los ojos por detrás de los anteojos oscuros y tú descubres que es una pesadilla porque el general Humberto III se aproxima a espaldas del mayor, sangrando, dientes cerrados y puños cerrados y ojos cerrados exhalando un odio meticuloso y definitivo, arrastrando la toalla blanquísima y chispeada de rubio, el sexo sacudiéndose como el badajo de una campana y los pies deslizándose en la alfombra con sabiduría vengativa y todo él es una fuerza concentrada, maciza, ciega, final. Tú ves el momento en que él abre los brazos y puños y ojos y enlaza al mayor por detrás y por un momento bailan un vals silencioso (la cortina volvió a inflarse). La gota de sudor aceleró la caída e irrumpió en tu ojo pero no bastó para impedirte verlos caer abrazados y oíste la voz del general canalla canalla canalla y cómo mostraba los dientes, cómo se transformaba en algo, una cosa, un animal, un perro, un lobo, cómo los dientes del lobo perforaban el cuello del mayor, cómo el mayor buscaba afligido la Luger, cómo escapó de debajo del cuerpo velludo y aullante y el salto de animal fiera lobo que el general dio y volvió a derribar al mayor y volvió a clavar los dientes ahora en el hombro derecho del mayor y arrancó un pedazo del uniforme verde oliva que quedó en hilachas entre sus dientes y agarró la garganta del mayor y lo sacudió hasta que saltaron los botones dorados los anteojos la victoria la soberbia el orgullo y quedó un pequeño muñeco despedazado por la fiera aullante lobo mono ahora gorila. Tú, la cortina, la pared, los granos de polvo, esa cosa por dentro. Tú y tus dos ojos dilatados sobre los dos cuerpos que se arrastran afanosamente, ensordecedoramente, transpirantemente, como una asombrosa tarántula, como dos cachorros enloquecidos, cuyas garras penetraron hasta los huesos y ya no pueden salir más, como dos lobos, como dos gorilas fornicando estrepitósamente, enloquecidamente, ignorantes de la escalinata de mármol, tan próxima. Tú puedes ver, lisos, brillantes, afilados, los dientes del general y del mayor, sólidamente clavados unos en el hombro del otro, y la sangre que se escurre por las espaldas, por los brazos, por las piernas, por entre los dientes y por entre las arrugas y por los pliegues y el cinturón y los calzoncillos y llenando los bolsillos y debajo de las uñas y dibujando ese filete curvo, gracioso, nítido y certero que se aproxima al borde del primer escalón, vacila, forma una gota, cae. Tú ves la mano del mayor buscando afanosamente la pistolera, ves cómo los dedos nerviosos sudados ensangrentados ciegos la desabotonan, cómo la mano aprieta la culata cuadrada de la Luger como quien aprieta un seno, una ronda de mate, el último vaso de cerveza, la vida y ves cómo la Luger salta de la pistolera como un pequeño ser maravilloso y tu ojo arde de sudor de la ola de sal de las palabras de Mariana y de las tardes de domingo y tú vuelves por la milésima vez a apretar inútilmente la culata del Smith and Wesson .38 porque el caño de la Luger está apoyado en el cuello de venas entumecidas del general Humberto III y el mayor Távola aprieta el gatillo como quien alcanza el orgasmo. Tú miras al Conde de Eu y piensas qué mierda estará escrito en el pergamino amarillo porque no quisiste atestiguar la manera violácea y floja en que se hinchó el rostro del general ni la mueca de simio que su boca mostró cuando soltó el hombro despedazado del mayor. Tú no quisiste ver esos ojos emblanquecidos y dementes que se apartaron del mayor ni esas ciegas manos afelpadas que cubrieron el rostro y ni esa súbita agilidad con que saltó y se irguió y se apartó casi caminando, de espaldas, la toalla todavía colgada del hombro, arrastrándose en la alfombra. Pero tú viste al mayor levantarse, tú lo viste cambiar la mano de la culata al caño de la Luger y viste el gesto instintivo con que se agachó para tomar impulso y saltar en dirección al general. Tú viste la Luger subir y bajar con furia en la cabeza redonda, grandota, tosca, y la manera espaciada y medida con que el general fue cediendo, bajándose, amenguándose, como una estaca que es clavada en el suelo. Tú viste la sangre brotando en chorros sobre los hombros, el rostro, el pecho del mayor y descendiendo como un manto por la espalda del general, manchando las paredes, saltando hasta el enorme cuadro del inconmovible Conde de Eu y dejando marcas asustadizas en la cortina que ahora volaba enloquecida y manchando la claridad de los reflejos en los espejos y lloviendo sobre las mesas y sillas y siendo apenas acompañada por el sonido sordo de la Luger golpeando y de la respiración jadeante del mayor porque el general no emitía más el menor sonido —apenas se desmoronaba. Tú viste el silencio horrorizado de todo y la paralización mortal del aire cuando el general cayó. Solamente la cortina se agitaba como si quisiese escapar de las argollas de plástico que la oprimían y tu corazón, detective. Tú cerraste la boca y los ojos y todos los sentidos y durante un tiempo que no pudiste precisar jamás nada de eso ocurrió ni tú sentiste miedo y mucho menos te measte. Pero después tuviste que abrir los ojos y allí estaba la cortina blanca completamente enloquecida y allí estaba el general caído entre las piernas del mayor inclinado e inmóvil y en harapos y tú pensaste voy a estornudar —en ninguna historia de detectives el héroe dejó de tener ganas de estornudar en una situación de ésas—, y entonces el mayor se volvió pesadamente, lentamente, poderosamente y tú perdiste en un instante la gana de estornudar, tú acompañaste los pasos cansados del mayor y examinaste el uniforme en harapos y la mirada petrificada y cuando él pasó cerca de la cortina de terciopelo dejó un olor que era como si hubieran abierto todas las tumbas del cementerio. Tú no miraste más al mayor, miraste dentro de ti y a la espina dolorosa que arañaba toda la memoria, que se transformaba en aulas de ingreso, en noches de interminable declinación, en amanecer sin café y fin de mes con dueño de pensión mirando atravesado, que se transforma en tarde de domingo, larga, vacía, fría, que se transforma en noche de sábado en el bar de Giovani mirando televisión, que es falta de dinero, de paciencia, de amigos. Que es ahora ese terror, esa imposibilidad de salir de atrás de la cortina, de pensar, de tomar una decisión. Tú oyes a la puerta golpear con estruendo, tú te estremeces y sientes una especie de contentamieno o reconocimiento porque te estremeciste, porque estás vivo, porque, meado y sudado y jodido, estás vivo. Tú sientes eso que puedes llamar pequeño viento tibio por dentro, nostalgia de playa con palmeras verdes y arena dorada y olor de mar, detective, algas, marejada, la promesa, presentimiento, de algo determinado pero todavía innominable. Y tú entonces descubres que, bueno, ya es tiempo de salir de atrás de la cortina, alguien va a llegar, la Prensa, el Estado Mayor, el Cuerpo de Bomberos, el Clero, tal vez la Marina, posiblemente el ministro de Educación, seguramente el agente 007. Necesitas salir, detective. Miras la puerta labrada, forzar la perilla, constatar ya sin sorpresa que está cerrada por fuera la llave, forzarla frenéticamente más por teatro que por esperanza y de alguna manera comprender que tú estás preso aquí dentro con los muebles ensangrentados, la cortina, el Conde de Eu y el cuerpo inmenso del general. Tú te aproximas a la ventana percibiendo la neutralidad con que te mueves en el escenario y la indiferencia con que sorbes el aire y constatas que estás en un tercer piso, que los patios allá abajo están vacíos y que un cielo absurdamente luminoso planea encima de las cosas. Tercer piso, detective. Los hombres van a llegar, detective. El recurso es la escalinata. Tú tienes la mano en la fría losa de mármol del pasamanos y te sostienes para no caer: de pie, frente de ti, está el general. Tú quedaste pálido o blanco-como-el-papel o como-un-fantasma o blanco como lo que quiera que sea con tal de que sea blanco del más perfecto susto que algún cristiano vivo se pueda llevar. Tú lo ves ahí, sobre la alfombra, erguido y frágil, medio ladeado, como esos viejos barcos abandonados en los puertos en decadencia. Tú ves su equilibrio precario, sus manos como mariposas alarmadas, el cerebro sumergido, los ojos sumidos en las protuberancias hinchadas en que se transformó su cabeza y ves los dos pasos suplicantes que da en tu dirección y tú corres para ampararlo y antes aún de adivinar tu error dos manos implacables se cierran alrededor de tu cuello. Tú sentirías, años después, en la celda que te tocó, olores repugnantes, pero nunca más olvidarías el olor —más que el miedo, que la presión, que la falta de aire— que te envolvió como un capote pesado, el olor que exhalaba del general como una fosforescencia, un olor que recordaba sumideros, cofres abarrotados de dinero, tumbas. Tú resbalas al borde de la escalera, tú ves los dientes que se aproximan rabiosos a tu cuello y tú gritas cuando comienzan a caer y gritas cuando ruedan por los escalones y todavía estás gritando cuando te levantas, libre, y ves al general estirado, piernas abiertas, la mano derecha intentando un gesto inútil, final, para apoyarse, para erguirse, pero flaquear, deslizarse, inmovilizarse. Tú empuñas el Smith and Wesson. Tú esperas. Tú pasas la lengua por los labios, ahora por los dientes, otra vez por los labios. Tú sientes un dolor de pinchazo en la rodilla. Tú no te mueves. Y entonces tú asistes a que el general inicia su agonía con un fulgor de odio imposible en los ojos, con una contracción de músculos que hace temblar, estallar los huesos como retoños verdes arrojados a una hoguera y abrir la boca para lanzar un aullido que puede ser de pavor o desperación o dolor, pero no es nada de eso porque simplemente no hay grito, hay apenas la boca abierta y patética sin producir sonido y entonces el cuerpo se endereza hasta límites inconcebibles y de pronto afloja, desiste, se encoge, se ablanda y se vuelve algo inmóvil, tal vez un montón de trapos viejos. Te aproximas en puntas de pie, cauteloso, empuñando el .38, no como un héroe de Hollywood, sino como un hombre vencido por un inexplicable sentimiento de piedad y en el silencio de cortinas petrificadas tú inclinas el tórax para examinar mejor el cuerpo del general y él es como si hubiera estado esperando ese movimiento tuyo porque suelta un eructo sonoro, fétido, obsceno, su último suspiro. Tú estás inmovilizado dentro del silencio; tú ves surgir de la boca del muerto una araña negra; tú, inmóvil, acompañas, fascinado, su rápida fuga por los escalones de mármol blanco.

Capítulo XXII

Deposita cuidadosamente la copa de *caipirinha* en la mesa.

—Cuando miré hacia arriba vi un cocinero gordísimo, de delantal blanco y sombrero alto, al lado de un tenientito granujiento que empuñaba una ametralladora, los dos parados en lo alto de la escalinata, los dos mirándome con tanto estupor como yo los miraba a ellos. —Sonreí: —Yo estaba tan aturdido, tan nervioso, que ni me di cuenta del .38 en mi mano. Todo lo que pude decir fue buen día, señores.

Mira el rostro de ella para ver el efecto y después mira las olas rompiendo en la playa.

—Quien eres tú, me preguntó el tenientito con la ametralladora, descendiendo los escalones cautelosamente, apartándose de la sangre. ¡Nuestra Señora mía! Había sangre allí para abastecer durante años un ejército de vampiros. Y yo respondí enseguida, soy mayordomo del Presidente. No sé cómo me salió la voz, estábamos todos pálidos. El tenientito más pálido que todos, creo que porque miraba fijamente el .38 en mi mano.

Gaviotas descendiendo en vuelo recto sobre la cresta de las olas. Apunta hacia ellas, súbitamente alborozado. Ríen juntos, comen cangrejo en el caparazón, sorben pequeños tragos de *caipirinha*, restallan la lengua. Había dicho:

—¿Para qué negar que detrás de la cortina había sentido un miedo casi irracional? —Había bajado la cabeza, había quedado largo tiempo con el rostro vuelto hacia las dunas sin formular un pensamiento coherente, había dicho: —Un miedo que no sabía que podía sentir.

Ahora, come cangrejo en el caparazón, la examina disimuladamente y comprueba que está satisfecha, respira un poco más fuerte como para volver a su incipiente felicidad algo concreto, sonríe a las gaviotas que dibujan círculos y planean contra el viento. Pone la mano abierta sobre la mancha de la bebida, todavía está fría, sonríe, heladita.

—El tenientito desvió los ojos del .38 y miró la cara (lo que había sido la cara) del general y aumentó tanto su palidez que yo pensé que se iba a desmayar. Era muy joven. Jovencito. No sabía qué hacer y el cocinero lo percibía.

El sol del mediodía brilla con toda su fuerza sobre las capotas de los automóviles y hay una especie de bruma en el aire, que es bochorno y que da pereza, da ganas de tenderse y de sestear y de olvidarse del tenientito.

—Él me miró otra vez y preguntó ¿qué estás haciendo aquí? Y yo creo que solté una risita, claro que de nervioso, porque él cerró la cara, tomó un poco de color, me gritó ¿de qué te estás riendo, cuál es la gracia? con una voz finita, finita, parecía un niño reclamándole al hermano mayor y yo dije no estoy riendo mi general y ahí él terminó de recobrar el color porque el cocinero se había arrodillado y comenzado a rezar a los gritos una letanía ininteligible, gritó estás queriendo corromperme no es cierto, y me apuntó con la ametralladora y le dio un puntapié al cocinero ordenándole desarme a ese sujeto.

Dentro de los ojos de ella hay un minúsculo brillo.

Puede ser propio, puede ser el mediodía. Bebe otro trago, busca un cigarrillo en el bolsillo de la camisa.

—Nadie se está riendo, teniente, disculpe.

El cocinero miraba alelado.

—Lo llamé general por puro aturdimiento, nerviosismo. ¿Quién no queda aturdido con una cosa así? El tenientito estaba tan confundido que hizo una seña de detenerse al cocinero, y el cocinero aprovechó para caer de rodillas y prorrumpir otra vez en la horrenda letanía. El tenientito era la imagen misma de la perplejidad. ¿Al final, quién eres tú, me preguntó, eres brasileño al menos? Imagínate, preguntar si yo, con esta cara que Dios me dio, soy brasileño. ¿Y además, una pregunta de ésas tenía sentido? Yo respondí soy brasileño sí mi teniente y con mucho orgullo. Él me miró otra vez con un aire tan confuso que llegó a darme pena y ahí me preguntó de una manera que era más una súplica, me preguntó otra vez qué estaba haciendo allí.

Bebe un trago más, el sabor ya no es tan perfecto, un poquito de azúcar más, tal vez; esas nubes que se están formando pequeñas y muy blancas detrás de los cabellos de ella y echadas sobre el horizonte, no sé, no va a llover, años sin baño de mar y ahora en la primera oportunidad llueve, la animó con una señal de la mano, bebe, pues.

—Volví a decir que era mayordomo del Presidente y la respuesta no satisfizo al tenientito, pero pude notar que el mareo comenzaba a dominarlo y no me río de él no, había sangre como en un matadero. ¿Ya estuviste en alguno? No es bueno ni pensar, la sangre ocupaba casi toda la escalinata, hasta el cocinero, que debía estar acostumbrado, no hacía otra cosa que alzar sus brazos a lo alto y gritar sus rezos, por lo tanto el tenientito tenía todo el derecho de marearse, como cualquier ser humano, ¿no te parece?

Cerró los ojos. Lentamente, entró —paso de viejo, manos de viejo, boca de viejo, párpados de viejo, temblor de miedo— el general Humberto III.

—Miraba con tanta rabia al tenientito y al cocinero (ése silenció de golpe los rezos) que ni reparó en mí, algunos escalones más abajo. Fue preguntando después ¿qué haces aquí, teniente?, ¿no recibiste la orden de regresar al cuartel?, y el teniente sí señor y el general ¿y por qué no regresaste?, y el teniente yo estaba con hambre y pasé antes por la cocina para comer algo y me demoré un poco y oí ruidos de disparos y ahí busqué una llave que sirviese para entrar aquí junto con el sargento-cocinero y el general miró de repente al cocinero y sus anteojos oscuros desprendieron chispas: quién eres tú gritó y el pobre cocinero se enderezó taconeó saludo balbuceó un nombre que mal se pudo comprender pero el general apuntó igualmente en una libretita verde que mal podía sostener de tanto que sus manos temblaban y dijo ¿no recibiste órdenes de ir a casa? Y el cocinero no señor mi general yo estaba en el baño haciendo mis necesidades y cuando salí de ahí no había nadie más aquí dentro hasta que apareció el teniente y pidió café con sándwiches.

El general estudió el rostro sudado del cocinero y consideró con detenimiento la sincera expresión de miedo, sumisión y disculpas y, entonces, lentamente (como un viejo) su rostro se volvió y los ojos ocultos enfocaron a Cid Espigão.

—¿Y tú?

—Soy el mayordomo del Presidente.

—Interesante.

El general mostró una sonrisa bondadosa.

—¿Y si no es pedir mucho, puedes explicar, si quisieras tener la gentileza, qué haces con ese revólver en la mano?

Vuelve a prestar atención a las gaviotas, no quiere retener ese presentimiento que ronda a su alrededor como la bandada de las gaviotas. Sabe que ella no consigue dejar de observar, aun disimuladamente, los cortes en su rostro.

—Sentí que la cosa iba a comenzar a ponerse seria. Entraron tres hombres.

—Estaban espantadísimos con la presencia de la gente allí. La gente que yo digo era el tenientito, el cocinero y yo, naturalmente.

(Cuando la encontró no pudo reprimir el largo, apretado, abrazo. Después, se arrepintió. Después la oyó, sin interrumpirla, dar la explicación de que le era imposible quedarse en la ciudad. Conocía un lugar excelente, una playita retirada, va poca gente ahí.)

—Dos civiles y un militar. El militar estaba muy nervioso, se pasaba un enorme pañuelo blanco por el rostro, casi derribó los anteojos oscuros. Uno de los civiles fue preguntando después de dónde habían salido ésos y el general, visiblemente aturdido eso es lo que estoy tratando de descubrir y el otro civil chapuceó alguna cosa en lengua de gringo y el general quedó todavía más confundido y preguntó qué dijo y el otro le dijo que no sabía que había tanta gente metida en el plan y el general apresuradamente le dijo que esto es un pequeño contratiempo que resolveremos en un abrir y cerrar de ojos dígale que yo aseguro que no habrá testigos y ahí me quedé helado. Quedé helado. Mientras el milico le explicaba en la lengua del gringo lo que él había asegurado yo fui descendiendo bien suavemente los tres últimos escalones de aquel tramo de escalinata, bien suavemente y bien en punta de pies, porque en mi opinión el general había hablado muy claro, yo ya había visto en la práctica que el asunto no era para nada cosa de broma.

—¿Adónde te estás yendo?

Estaba en el descanso del segundo piso, en la esquina de la escalinata hacia el piso inferior. El grupo de allá arriba pisaba la sangre del general muerto.

—¡Agarren a ese hombre!

Se tiró por la escalinata abajo no pensando en nada más.

—Oí el tropel de los botines detrás de mí, mi sangre hervía, simplemente no podía razonar.

Mira con satisfacción el plato que el mozo deposita sobre la mesa, los ojos de ella con el agua quieta, los cabellos sueltos acompañando la brisa en rápidas fugas.

—La única solución era tirarme por la ventana.

(En medio del vuelo sintió que se esfumaba la noción de espacio y de tiempo. Había tomado impulso a un metro de la ventana —dos metros de ancho y alta desde el techo al piso de la sala—, los brazos doblados cuidando el rostro, los ojos cerrados escondidos en el pliegue de la manga, el silencio transformado en una gelatina, aproximándose a los vidrios como si pesase toneladas, lento, difícil, rompiendo la gelatina y viendo el paisaje en el otro lado, en el otro mundo, calles, parques, autos, ventanas, el patio esperándolo, Chocó la cabeza contra el vidrio.)

—Choqué la cabeza contra el vidrio de la ventana y pensé que me iba a reventar, que iba a golpear y caer y desparramarme en el suelo, que iba a ser pateado por los soldados. —Bebe otro trago de *caipirinha*. —Pero fue como en el cine. Igualito a esas películas norteamericanas con escenas en cámara lenta.

(La ventana se partió. La ventana se rompió, se quebró, se hendió, se astilló en un millón de danzantes, revoloteantes, irisadas, caleidoscópicas, lentas astillas. Como un flash de fotografía estallando a milímetros de los ojos, como ganas de dar carcajadas sin parar: había roto el vidrio y estaba con la cabeza en el otro lado del edificio —en el aire—, respirando la pureza de la meseta goiana, como un pájaro raro saliendo del huevo y experimentando ya la mentira del vuelo, torpemente, alarmadamente, batiendo en el espacio dos angustiadas alas, saliendo de la ventana-huevo cada vez más, creciendo sin parar, la mitad del tórax ya libre, los pedazos de vidrio centelleando alrededor de su cabeza como hojas de otoño.)

—Es increíble, sólo quedé con estos arañazos en la cara, si lo cuento nadie me cree.

Hace una cara de que si-lo-cuento-nadie-me-cree. Piensa que la cara es divertida —amable— y se siente un poco bobo, no quiere pensar en el presentimiento, que esa felicidad tiene un aire resbaladizo, que los ojos de ella están cada vez más oscuros, vuelve a tomar un trago, un trago fuerte, y no se pregunta ¿qué será lo que tengo hoy? porque los cabellos de ella, sueltos, vuelan con el viento (Itaguaçu) y le dan esa súbita —boba, sabe— gana de acariciarlos. Dice:

—Corrí como un loco por la plaza y rodé algunas veces como me enseñaron en el servicio militar. Las balas arrancaron astillas de las piedras y hasta vi con estos ojos que Dios me dio los tallos de la hierba de los canteros volar con los tiros. Pero no era de los tiros que tenía miedo.

(Como hojas de otoño en día de viento, silenciosos, brillantes, los vidrios, y el patio allá abajo —concreto— y el cuerpo ya casi todo afuera, las piernas comenzando a salir por entre la barrera de pedazos de vidrio, el pantalón engancha en un montante de la ventana y se rompe a todo lo largo, un friito sabroso le sopla blandamente las canillas, abre los brazos, el detective privado

Cid Espigão abre los brazos como un pájaro abre las alas y se entrega profundamente al silencio del vuelo.)

—¿Esás pensando de qué será que tuve miedo, no es cierto?

Fija los ojos en la ola rompiendo en la arena.

—Tuve miedo del silencio.

Silencio de plaza vacía. La capital del país a las nueve de la mañana de un día de sol rompiendo entre la bruma, la plaza central de la capital del país desierta, silenciosa, abandonada de meter miedo.

—Miedo. ¿Para qué negar? Miedo.

Dobló la esquina ciego por el sudor, un bar cerrado, un negocio cerrado, una revendedora de automóviles cerrada. ¿Dónde los peones, los lustrabotas, los cadetes? ¿Dónde un policía? ¿Dónde tránsito y ruido y gente y burócratas y escolares y secretarias de minifalda? La capital del país: muerta.

(¿Viene cayendo o volando? Como el silencio, el aire también es una gelatina —viene a través de ella, viene rodeado por pedazos de vidrio iridiscentes, viene pesado y leve, viene durmiendo y despierto, viene entre plumas y entre pedazos y entre balas de ametralladora, en un sueño.)

—Me metí dentro de una alcantarilla. —Sonríe, un poco avergonzado: —¿Qué otra cosa podía hacer? Estaba todo cerrado. Nadie a la vista. Y cuando me miré en la puerta de vidrio de un negocio, ¡cruces!

Los cabellos lastimosos, los ojos espantados, el rostro ensangrentado, el saco en jirones, el pantalón abierto de arriba abajo. Quedó un interminable minuto mirando a aquel ser increíble. Cuando se volvió, al mismo tiempo que gemía de angustia, vio la alcantarilla.

—Nadie me vio entrar, no había nadie en la calle.

Se envolvió bien, el temblor ya no era miedo sino

fiebre, apretó las rodillas contra el pecho, cerró los ojos, blandamente.

(Suavemente se posó en el pasto, suavemente se levantó —riendo —y suavemente comenzó la carrera por la plaza mientras las ráfagas de balas caían suaves a su alrededor, hendían suavemente surcos y arrancaban suavemente tallos de hierba —era invulnerable y era suave, como una película.)

—Salí de la alcantarilla a la nochecita. Esperaba ver tanques, patrullas, barreras. Al final, hubo un atentado contra el Presidente del país. Esperaba estado de sitio o cosa parecida. Nada.

Había brisa, algunas estrellas y movimiento en las calles. Pacíficos autos, gente, luces, comercio funcionando. O ese pueblo está loco o finge muy bien, pensó.

—De cierto modo eso me relajó. Hasta el hambre que sentía era buena porque era una cosa real. Yo estaba descansado. Había dormido el día entero dentro de la alcantarilla.

Se sacó el saco, se lavó la cara en la fuente, escondió lo mejor que pudo el irrecuperable rasgón en los pantalones e hizo señas a un taxi. El chofer sólo notó su aspecto cuando llegaron al aeropuerto. Pagó y corrió hasta la caja número 513-A, viendo centenas de ojos que se espantaban a su paso. Abrió la puerta de la caja —¡el traje gris, los documentos!

—Me vestí en el baño. Tuve que llenar de propinas al cuidador porque no quería dejarme entrar. Me lavé la cara con jabón, me sentí mejor, entonces fui hasta el bar.

Se calla para mirar las gaviotas que ahora apuestan carreras o para pensar mejor en lo que va a decir.

—Bueno. Pedí un café. Para preparar el estómago nada mejor que un café. Después, pedí una taza de café con leche y sándwiches. Fue ahí, justo ahí, que miré hacia el televisor del bar. Estaban anunciando un discurso del general Humberto II. Juro que quedé helado en el asiento.

Queda helado en el asiento, mano sobre la copa.

—Por lo que constaba (si es que no había perdido el juicio después de lo que ocurrió), yo había visto con estos ojos el asesinato del general. Lo habían llenado de balas, le habían aplastado el cráneo a culatazos.

Termina de beber de un solo trago la *caipirinha*.

—Pero no había error. El hombre que comenzó a discursear era él mismo. El gordo general Humberto II. Con sus anteojos oscuros, con su bigote, con los conocidos atropellos en lo vernáculo. El mismo.

Mira largamente la copa vacía.

—Nadie diría que era un robot.

Capítulo XXIII

Se detuvieron para escuchar. La noche estaba llena de sonido. Sonido de voces, de grillos, de las olas, de brisa, pasos, sonido de agua golpeando en un casco de barco. Había un barco, apenas visible. Brillaba el farol rojo y crecía la sombra de la vela. Alguien tocaba una guitarra. Demoró un poco, pero vino también la voz del cantor, traída por el viento, mezclada con el palpitar de las olas.

Mariana tocó su brazo.

—Vamos a sentarnos aquí.

Desenrolló la estera, vio que ella se sentaba, se sacaba los zapatos de tenis y sacudía la arena que se había acumulado dentro de ellos. Leyó Mariana escrito con tinta verde en el talón de lona.

—¿Estás con frío?

—No. Está lindo, ¿no te parece?

Le parecía. ¿Cómo no iba a parecerle? La cabellera rubia de ella brillaba, el cuerpo hacía movimientos para acomodarse en la arena y la voz era tenue, porque realmente no la oía, la dejaba escurrirse por sus oídos como la brisa.

Se acostaron de espaldas, mirando las estrellas.

—¿Será que existe gente por allá?

Ella no respondió, ella no se interesó. Tenía plena conciencia de la banalidad que había preguntado, pero la arena, la languidez del cuerpo, ese ruido de olas y esa voz diluida que llega junto con las olas favorecen preguntar banalidades, otros mundos, gente extraña, con cabezas inmensas y ojos verdes. Se sentó de repente, sorprendido con la súbita angustia que atravesó su cuerpo. ¡Ojos verdes! Todo había comenzado con una banal desaparición. Un estudiante de medicina, alto, veinte años, ojos clamorosamente verdes.

—¿Qué es lo que te pasa?

—Nada.

Robots, eso es lo que me pasa. El país es gobernado por robots, nada más que eso. Robots hechos de quién sabe que material, hechos de cables, tuercas, tornillos, cristales, transistores, acumuladores, alambres. Alguien aprieta un botón (¿quién?) y el robot comienza a moverse, apretar manos, sonreír, discursear, firmar papeles, firmar papeles, firmar papeles. ¿Qué dicen esos papeles que él no cesa de firmar? Alguien aprieta un botón. Alguien, en algún lugar. El robot se inmoviliza dentro del cuarto. El hombre se aproxima, aceita aquí, aprieta allí, regula ese transistor, mira satisfecho el inmenso muñeco inmóvil, apaga la luz, cierra la puerta, sale. El robot está solo en el cuarto, silencioso e inmóvil, frente a una silla que no ve y frente a cuadros que no ve, de pie, esperando, lleno de cables por dentro, lleno de placas y lucecitas y grabaciones, completamente inmóvil, completamente silencioso, codificado apenas para obedecer, y es el presidente de la República Federativa del Brasil. Está solo en el cuarto oscuro de esa noche de verano. Solo en la oscuridad. Son las diez de la noche en Brasil, escucha los grillos.

—¿Oíste?

—¿Qué?

Se volvió hacia ella todavía con el aire absorto en el rostro.

—Los grillos —repitió ella—, escucha. Hay uno aquí cerca.

Grillos, olas, debería haber unas palmeras para que el viento silbara entre las palmas como en las películas de aventuras en América del Sur que Hollywood hace o hacía, que hoy la onda es otra, psicología, antihéroe, debilidades, todo en el fondo con la misma moral de antes, ¿no te parece?

—¿Qué?

—Eh, ¿estás en la luna? Yo decía que las películas de hoy sólo cambiaron en apariencia, siguen con la misma moral de siempre.

—Yo sólo veo western y policial, pero que cambiaron, eso sí es verdad. No son como las de antes. Pero yo estaba pensando justamente en otra cosa.

—¿En qué?

—En Sérgio.

La pausa que se estableció permitió el suave crecimiento de los sonidos nocturnos —la guitarra, la voz del cantor, las olas. Cid tomó la pipa.

—¿Leíste el informe?

—Ya dije que no. Estamos aquí en Arroio justamente esperando a doña Lurdes, que va a llegar con él. Estaba muy peligroso en Porto Alegre.

—¿Cuándo llega ella?

—No sé. Pero es probable que sea mañana.

Cid tomó la bolsita de cuero. No se decidía a cargar de tabaco la pipa.

—¿Qué te parece?

—¿De qué?

—De todo. De los robots, de Sérgio, del profesor Alves. Oíste toda la historia y no respondiste nada, no comentaste nada. Y desapareciste toda la tarde.

—Tenía que hacer.

—Cierto. ¿Pero qué piensas de todo eso?
—¿De los robots?
—De todo. Pero puedes comenzar con los robots.

Ella apoyó los dos codos en la estera y sonrió a la pipa en las manos de Cid.

—Para comenzar la charla, me parece que eso de los robots no tiene la mínima importancia.

Transfirió la sonrisa de la pipa al asombro de los ojos del detective.

—Robots de metal o de carne y hueso vienen a ser prácticamente lo mismo, ¿o no?

Cid movió la cabeza, tal vez...

—El problema —continuó Mariana— es quién manda en el robot. Y con qué intenciones manda. Ése sí es el problema.

—Es verdad, es verdad. Yo no entiendo mucho de política, la política me parece una buena payasada, pero si descubro que mi país es gobernado por un muñeco, ¿cómo te parece que no le voy a dar importancia?

—Tienes la obligación de darle importancia, creo yo. No dije nada en contrario. Lo que yo dije es que tienes que darle importancia a quien controla el robot y no al robot propiamente dicho. Porque, ¿si destruyéramos el robot, qué se gana si queda vivo quien hace el robot, quien crea condiciones para que existan robots?

—Sí, ¿pero qué hacer?
—Ahí está el punto.
—¿Sérgio anda en eso?

Ella tomó un puñado de arena en la mano y lo dejó escurrir despacito por entre los dedos, como hace mil años hacen las personas sensatas frente al mar. Cid esperaba, acariciando la pipa. Ella alzó el rostro para responder, pero tocó el brazo de Cid.

—Mira.

La luna surgía sobre el mar, inmensa, roja —adecuadamente silenciosa—, imponiendo inexorable contrición. La guitarra del barco calló. La mano de Mariana quedó sobre el brazo del detective. El detective fingió que no se dio cuenta. Fingió que no sintió a su corazón dar volteretas.

—Voy a hacer una fogata.

Ella batió palmas como una niña. Gran idea. Buscaron con entusiasmo ramas secas. Mariana encontró un barco semienterrado en las dunas. Arrancaron pedazos de las tablas ya podridas.

La fogata creció competente y creó un círculo de luz no demasiado fuerte, de modo de no deshacer la intimidad y el misterio de la playa. Era una fogata sabia, conocedora de sus atribuciones y, así como dio calor, dio, también, un reflejo rosa al rostro de Mariana y algunas sombras —movedizas, inquietas— que le bailaban en los brazos. Cid sacó de la mochila la botella de *cachaça* con *maracujá*.

—¿Cómo te hiciste detective?

El detective privado Cid Espigão sonrió con superioridad. Preparó una frase pomposa y definitiva para pronunciar con gravedad. Levantó la pipa para acentuar el significado de las palabras que iba a pronunciar, pero descubrió el súbito vacío, un desamparo, recordó cierta cortina, cierta pared, la espina que cargaba.

—Porque... Quien sabe por qué.

—¿Siempre quisiste ser detective?

—Siempre, no. Antes quise ser abogado.

—¿Y qué pasó?

—Nada muy especial. Ingreso, reprobación, tener que ganarse la vida, falta de tiempo. Esas cosas...

Comprendió que los ojos de ella eran azules, como en el primer día, como en el restaurante, que siempre habían sido azules.

—¿Y no probaste otra vez?

—Creo que no soy muy persistente. O que me cansé. O que no quería verdaderamente ser abogado. Quería acción. Me imaginaba dentro de una oficina el día entero y no podía soportarlo. Además, los abogados que fui conociendo me sacaron la fe en la profesión.

—¿Cómo es eso?

—Sólo querían ganar dinero. Yo veía las cosas diferentes...

—Conozco abogados que no piensan solamente en ganar dinero.

—Pues yo no. Pensaba que era el único en el mundo. Desistí. Yo era muy idealista, muy bobo.

—¿Y después?

—¿Después? ¿Después que desistí del ingreso? Bueno, trabajé en una porción de cosas, hasta que conseguí lugar en una agencia de detectives, la IDA. ¿conoces? Una que tiene un ojo con una lupa en los avisos de los diarios. Trabajé allí tres años. Allí aprendí todos los trucos de la profesión.

El fuego disminuía suavemente.

—Ahí resolví intentar solo. La IDA sólo trataba con figurones, con mujeres de figurones y amantes de figurones, con chantajes, con homosexuales millonarios, con políticos que querían los defectos de los adversarios, cosas así, todos los días. No era nada de lo que yo quería.

—¿Qué es lo que querías?

—Bueno. —Pensaba, sumergido en la pequeña llama sobreviviente. —En el fondo yo era, como ya dije, muy idealista, muy bobo. Lo que yo quería... bueno, yo creo, era ayudar a las personas. Tontería, ¿no te parece?

Ella ignoró la pregunta.

—¿Y tú podrías ayudar a las personas siendo detective?

Cid recordó la botella de *cachaça*, tomó un trago haciendo muecas, compraba un traje gris en un negocio, en el espejo un joven bien afeitado, cara infantil, confiado, vulnerable.

—En aquel tiempo yo pensaba que sí.

Tendió la botella a Mariana.

—En aquel tiempo yo creía en todo lo que pensaba y en casi todo lo que me decían. Era un pésimo detective. Justamente en la práctica nunca ayudé a nadie. Nadie.

Sonrió a sí mismo, al joven confiado comprando un traje gris, a los golpes que el rostro vulnerable recibió, a la botella que recogió de vuelta de las manos de Mariana. Sonrió al trago que tomó.

—O tal vez no fuese ayudar a las personas lo que yo quería.

¿Los ojos de ella fueron siempre azules? ¿Entonces, qué era el color o peso o densidad o reflejo de fondo de mar que había en ellos, que habitaba en ellos?

—Tal vez... Tal vez fuese hasta lo contrario. Tal vez, bien justo en el fondo lo que yo quería, y no sabía, o sabía y fingía que no sabía, era que las personas me ayudasen. Eso. O no. Eso no. No que me ayudasen. Que viniesen a mí, que hablasen conmigo, que procuráramos resolver cosas juntos, que nos comunicáramos, ¿no es esa la palabra que se usa hoy en día?

No tenía otro remedio que tomar otro trago y más lento y volver a ver el desamparo del joven de rostro puro.

—Tú sabes, para quien viene del interior como yo es muy difícil conseguir relacionarse en ciudad grande. Todo el mundo sólo piensa en dinero, en competencia, en pasarles a los otros por encima. ¿Ya lo notaste en los ómnibus? Nadie habla con nadie. Este país está justamente... No sé lo que pasa.

En fin, cuando el fuego se durmió, cuando las brasas quedaron componiendo un silencioso dúo de centelleos con el calor de caracoles de Bahía y cuando algunas nubes oscurecieron por momentos la luna, ocurrió lo que estaba previsto que ocurriría.

Lentamente, con su eterno gesto de sonámbula, Mariana se desabotonó la chaqueta militar. Lentamente, el asombro fue quemando la sangre de Cid —al brillo de las brasas y de la luna que huía de las nubes, brotaron dos pequeños senos pálidos. Mariana arrojó la larga camisa de lino blanco y la luz de la luna se escurrió por la curva de los hombros. El detective extendió la mano y rozó dulcemente la pelusa dorada del brazo, acarició en el cuello el collar de cuentas de Bahía y meditó un momento qué Dios tan poderoso le concedía la maravilla de esa gracia y luego dejó de pensar porque ese toque suave en su brazo y en su hombro y en su rostro son los brazos de ella y entonces supo que sería invadido por una paz todavía no vivida y que la atraería hacia su cuerpo y aspiraría su olor de mar y que su lengua tocando su cuello sabría a sal y que su mano se volvería sabia y solemne y vagaría con cuidado de artesano por la arcilla de su cuerpo y que abriría el cierre relámpago del pantalón Lee midiendo los latidos del corazón y cuidadosamente bajaría los pantalones por las largas piernas bronceadas y con extremo cuidado iría a apoyarse sobre ella y entonces vería bien de cerca esos ojos y esos cabellos y esos senos y esas ansias en las caderas nerviosas e integrado al mar, a la arena, a las estrellas, cumpliría los ritos del amor.

—¿Por qué yo?
—¿Por qué no?
—Yo no soy nada.
—¿Nada?

—Detective. ¿Eso es profesión?
La mano de ella se posó en sus labios. El detective cerró los ojos. Pero continuaba viendo las estrellas. Los abrió.
—¿Por qué?
No se dominaba, aunque hablase en susurros, temeroso de romper con su voz algo que se formaba en la noche, algo en la faja de espuma y arena, vivo.
—Yo necesito saber.
—Porque eres maravilloso.
—Habla en serio.
—Hablé en serio.
—Soy un pobre diablo. No soy nada.
—Eres maravilloso.
Le hizo gracia, la cosa crecía en la eterna región húmeda entre las olas y las dunas, tomaba cuenta de la noche, le hizo gracia, rió, pensó cuándo iba a acabar eso.
—Habla en serio.
—Es en serio.
—No bromees.
—Es en serio.
—¿Por qué?
—Porque eres detective.
—¿Sólo por eso?
—Porque eres un detective especial.
—¿Especial?
—Un detective que es detective pero no para detener a las personas. Para ser detenido por las personas.
—Te estás riendo de mí.
—Hablo en serio.
—No.
—Sí. Si parece tontería es culpa de la luna, del mar, de la noche, eso es. La playa es el lugar donde la gente dice tonterías. Y la gente necesita decir tonterías de vez en cuando.

—Siempre que encuentre un bobo que oiga.
—Bésame.

El mar tenía color de amatista o Coca-Cola y la luna podía ser un ancla de melaza, pero el detective Cid Espigão apenas tuvo certeza de la intolerable lucidez que lo atravesó y presintió con precisión que se poseerían nuevamente sobre la estera de soga y que los gemidos de gozo que arrancaría de ella lo acompañarían para siempre en algún territorio secreto siempre vivo de la memoria y que el largo paseo por la orilla de la playa, pisando la espuma que avanzaba y retrocedía y que la imposibilidad de descifrar el ser que lentamente nacía en el límite del mar y de la tierra serían el presagio de un viaje mayor y más terrible —todavía sin destino— y que después quedarían desnudos, larga y perezosamente desnudos, mirándose en los mínimos detalles del cuerpo como para retenerlos en la memoria con plenitud para siempre y que entrarían en el agua fría abrazados y celebrarían su purificación y volverían a amarse sobre la estera y los labios de ella recorrerían su cuerpo ya con gesto de agonía y el dolor que crecía en su interior era más intolerable porque sin explicación plausible y entonces tomaría con veneración los senos de ella y procuraría entender el agua secreta que había en el fondo azul de los ojos y que a veces lo inundaba y volvía profundo y sin sentido pero ella colocó la mano en su boca, ella dijo silencio, no digas nada, y él quedó callado, una vez más sin comprender que lo que sentía era la espina, la oscura, silenciosa, tenaz espina, rasgando por dentro sin consuelo, y creyó que no iba a aguantar, que iba a llorar como imbécil que era, que iba a deshacerse de una vez para siempre, abrir el pecho y derramar todo lo que tenía allí dentro guardado y entonces volvió a oír su voz.

—Ahora me voy.

Debería decir: ¡quédate! Debería decir: ¡yo te amo! Debería decir: ¡yo no soy nada, yo no valgo nada, te burlaste de mí pero no importa, yo te amo, ahora yo valgo algo, ahora yo soy más yo! Pero no dijo nada. Tomó las ropas percibiendo que el viento del mar aumentaba un poco y que sentía frío.

—Te acompaño.

—Sólo hasta el comienzo del pueblo, después voy sola.

—Nos vemos mañana.

—Necesitas tener cuidado, no debes aparecer mucho.

—¿Quién me puede conocer en este pueblito?

La acompañó en silencio hasta donde comenzaban las casas. Le acarició el rostro con la mano. Estaba áspero de arena. Esperó que ella desapareciese entre las sombras de los bungalós y regresó a la playa. Recordó que había olvidado la pipa en la mochila de ella. Se sentó en lo alto de una duna y quedó durante mucho mucho tiempo mirando la profunda oscuridad del mar.

Despertó con la lluvia en el rostro. Se levantó listo para correr en dirección al hotel pero refrenó su ímpetu. La lluvia era tibia, gruesa, pesada, y hacía bien a su cuerpo entorpecido. Enrolló la estera, la apoyó sobre el brazo y caminó por la orilla calculando cuánto tiempo duraría la lluvia. Eran las siete. Por el aspecto, era apenas una tormenta de verano. Pero en el litoral nunca se sabe. Podía durar todo el día y adiós baño de mar. Eso le daría tiempo para pensar. Necesitaba encontrar un hilo conductor de los acontecimientos. Necesitaba mirarse a sí mismo como un extraño y preguntar lo que hacía solo en esa playa. Necesitaba pensar en Sarita, en sus ojos oscuros y en su manera de pronunciar la palabra oro. Necesitaba pensar en Olga y recoger la casete con la grabación del teniente antes de que ella comenzase a leer los gruesos libros de tapa verde. Necesitaba preguntar, hacer, descifrar y tocar con cuidado para no deshacer muchas cosas, tantas cosas —cosas del otro lado de esa lluvia, en el centro del verano, tal vez en el polvo de una ciudad destruida, o en la aglomeración a lo lejos.

La aglomeración a lo lejos, diluida por la lluvia, debe de ser un grupo haciendo fuerza con un automóvil atorado. Se aproximó, solidario, deben de estar necesitando una manito. Una gaviota gritó. Las personas se volvieron para verlo llegar, las personas con rostros perplejos, donde la lluvia se escurría.

Un hombre avanzó hacia él.

—Joven, si no tiene el estómago muy fuerte es mejor no mirar.

Iba a reír. Iba a decir ¿justo yo, profesor? Pero el hombre parecía que iba a llorar y evitaba una mueca moribunda de pez y no había ningún automóvil y las personas tenían gestos de quien no sabe que hacer y oía a alguien decir que era necesario llamar pronto a la policía y había algo caído oculto por la pequeña multitud y el nuevo grito de gaviota tuvo fuerza para hacerlo estremecer.

—¿Qué ocurrió? —preguntó.

—Una barbaridad. Una barbaridad.

—¿Pero qué?

—Lo que hicieron no es humano. ¡Animales!

Apartó al hombre que cerraba los puños inútilmente, apartó a las personas que se aglomeraban en su camino y mientras reconocía el zapato de tenis blanco con el nombre escrito en tinta verde, mientras reconocía el collar de cuentas comprado en Bahía, percibía que la lluvia cesaba que el mar cesaba que el tiempo cesaba porque habían mutilado las dos manitos de ella porque habían quemado hasta transformar en un horror carbonizado su lenta cabellera sus lentos ojos su lento rostro de sonámbula porque habían escrito en un pedazo de madera y amarrado a su cuerpo con alambre así hacemos con los comunistas porque estaba cayendo estaba cayendo para siempre y sin salvación y porque sabía que la espina estaba allí dentro y era apenas un vacío apenas un vacío y esa pena enorme de no poder no saber colmarlo a no ser con odio.

Capítulo XXIV

Había esperado bajo la lluvia en el camino, haciendo señas a los autos que pasaban y había sido recogido por una pareja compasiva, de mirada amigable, a la que odió automáticamente, mientras les sonreía, mientras respondía a la odiosa bondad de la mujer que necesitaba estar con urgencia en Porto Alegre y los ómnibus estaban repletos y sólo habría vacante al día siguiente y oír a la mujer decir con seriedad sólo nos detuvimos porque usted no tiene aspecto de hippie ni nada por eso le dije a Roberto vamos a parar el pobre hombre se está mojando todo puede pescar una neumonía y Roberto sonreía comprensivamente, bondadosamente, y él vio que sus manos se cerraban ardientes alrededor del cuello bondadoso de Roberto la sonrisa de Roberto transformándose en una verde dolorida agonía y la lengua de Roberto extendiéndose un palmo hacia afuera y la mujer: ¿aprovechó bien el veraneo? Y él sonrió, sí aproveché señora y sacó el pene endurecido y lo apuntó como un arma chupa puta la mujer escandalizada lo apuntó como un arma está dentro de esa combi está lloviendo hace un esfuerzo por sonreír sonreír sonreír señora mía sino va a explotar ese llanto que se acumula y pesa dentro del cuerpo.

Puso las manos en el rostro, lo apretó, lo retorció.

—¿Se siente mal?

Sabe que costó siglos despegar las manos del rostro, mostrar una faz de apariencia estúpida para ser creíble, pintarse una sonrisa todavía más estúpida, formar palabras que fluctuaban alrededor de su cabeza como moscas lerdas, igualmente estúpidas.

—No señora (puta), sólo estoy muy cansado porque trabajé en la oficina toda la noche (puta), y necesité salir hoy temprano para ir a Porto Alegre (puta).

—Pobrecito. Qué trabajador es. ¿Oficina de qué? ¿Contabilidad?

—Contabilidad, señora mía, contabilidad. Contabilizamos todo, hasta tenemos computadora, somos maravillosos, somos progresistas, señora mía.

Rió, dio una palmada en el aire para que las palabras-moscas se moviesen, las vio golpear en el vidrio de la combi, caer en el suelo, las pisó, subrepticiamente, sin dejar de mostrarle la sonrisa a la gorda señora, al amable Roberto, las pisó silencioso, disimulado, gozando su odio.

—¿Por qué no se acomoda ahí en el asiento y duerme? Tiene lugar de sobra. Y son tres horas de viaje.

—En absoluto, señora mía, dormir y privarme de su fascinante conversación, privarme de admirar esos ojos gastados de tanto leer *Amiga* y ver la novela de las seis de la tarde, privarme de sentir el desfallecimiento que me causa mirar ese cuerpo gordo y pesado y medio podrido y que se finge vivo, dormir y ver la lluvia entrar en el vehículo, tocarme con sus dedos largos, transportarme hacia un lugar a la orilla del mar donde no quiero dormir porque había acariciado su rostro de madrugada y estaba áspero de arena había acariciado su rostro había acariciado su rostro por eso no quiero dormir, mi dulce señora.

La lluvia forma una muralla gris. Imagina la combi

traspasando la muralla y se imagina ahí dentro, en el asiento de atrás, la dura sonrisa dedicada a la mujer, a Roberto, en ese camino entre Arroio do Sal y Porto Alegre, ese camino cuya sierra fue escondida por la muralla gris y

Vamos a detenernos un poco en este restaurante deletrea Roberto y descubre que Roberto tiene capacidad de formar palabras y hasta frases y que su sonrisa es una contracción, una enfermedad, una obligación y una cruz y él la carga con resignación, estoicismo, tedio, pero inconmovible, ungido.

Roberto insistió, la caritativa señora insistió, decía muchas gracias prefiero esperar aquí dentro no tengo ninguna gana de tomar café ni de bajar de la combi en esa lluvia pero Roberto insistió y la caritativa señora insistió y él se ve sentado en esa mesa de restaurante de costado del camino, llena de platitos con fiambres y quesitos y dulcecitos y jaleítas y la mujer masticando con la boca llena maternal tierna ronroneante y Roberto sacando del bolsillo un encendedor violeta con incrustaciones doradas para encender un cigarrillo dar una chupada satisfecha —¿acepta uno?— y arrastrar su pastosa mirada de buey por el salón repleto.

El salón repleto: todas las personas bronceadas, con aire de prisa y juventud, todas con algo fantástico para contar, todas riendo, todas en paz, todas felices, todas de vuelta para el escritorio, la oficina, la cocina, el despertador, todas las desvergonzadas y fingidas personas del salón hablando alto y cambiando habanos, todas, absolutamente todas, el detective privado Cid Espigão comprendió, mirando la mosca muerta que flotaba en su café, que odiaba lenta, minuciosa y definitivamente.

Esas manos lívidas sobre el mantel son sus manos. Están entrelazadas. Una contra la otra. Sienten frío. Hace cinco horas abrazaban el cuerpo de Mariana. Vivían con el cuerpo de Mariana. Esas manos entrelazadas, lívidas. Como un cachorrito que dejaran fuera de casa y después de mucho gañir se enrosca en la puerta y se duerme. Es un cachorrito en la puerta.

El detective Cid Espigão se levanta lentamente de la silla. (La pareja bondadosa, en un sobresalto, intuye que algo va a ocurrir.) El detective Cid Espigão cierra los puños, alza el rostro hacia el techo y aúlla.

Una inmovilidad instantánea cae sobre toda la actividad dentro del restaurante y todos los rostros se vuelven espantados hacia aquel extraño, rígidamente parado que aúlla hacia el techo un aullido triste, cortante, profundo e inconsolable.

Consiguió que lo aceptara un camión que transportaba bananas. El conductor era un negro gordo que masticaba con truculencia un cigarro barato. Examinó los ojos enloquecidos de Cid, su aire trasnochado y el aura de atroz desamparo que rodeaba su figura. Rió áspero.

—Uno más —resolló, casi contento, y le ofreció un cigarro.

(Fue un desorden, diría después la mujer, mirando a Roberto, buscando la confirmación y el apoyo en la sonrisa eterna de Roberto, fue un desorden, se necesitaron diez para que lo agarraran y aun así no pudieron sujetarlo mucho tiempo; cerró los ojos, recordó su aventura con una expresión trágica, saboreaba el asombro y la envidia de las vecinas, diría que fue casi como en una novela.)

En las dos horas que duró el viaje hasta Porto Alegre el conductor rió dos veces —ambas de modo diferente y ambas sin desprecio—, y pacientemente volvió a ofrecer el cigarro a Cid.

Cuando llegaban a Cachoeirinha encendió la radio y, luego, aparentando súbita culpa, disminuyó el volumen, examinó la persistente indiferencia en el rostro del detective y, entonces, con un suspiro, un encogerse de hombros y un cansado vistazo al asfalto mojado, suavemente lo aumentó.

(Cuando el mozo llegó hasta él y le pidió que dejase de gritar, diría después la mujer siempre mirando a Roberto, él le dio un empujón al pobre y salió derribando todo, mesas, sillas, personas y rompiendo copas y botellas, al final él estaba sentado en nuestra mesa, pero felizmente fueron comprensivos en el restaurante, cómo uno se iba a imaginar que era drogadicto, un muchacho tan simpático, eso es lo que se gana con ser bueno hoy en día.)

—Voy nada más que hasta Navegantes —le avisó al conductor—; ¿le queda bien a usted?

Asintió con un pesado movimiento de cabeza.

El conductor soltó su pequeña risa áspera. Sacudió la cabeza como quien dice me pasa cada cosa... En la Avenida Voluntários da Pátria avisó:

—Aquí termina el viaje, compadre.

Cuando Cid descendió, el negro le dio una palmadita en la espalda, intentó decir algo pero apenas volvió a reír, esta vez con tristeza, y le ofreció, por última vez, el cigarro barato que Cid no miró al alejarse.

Caminó en dirección al centro por la Voluntários da Pátria. No se le ocurrió tomar un ómnibus ni hacer nada coherente e inmediato. Fue caminando, mirando hacia el lado del río, dejando que los ojos acompañaran a las inmensas grúas llenando de cajas las bodegas de los cargueros. Se sentó en los escalones de una escalera de piedra que da hacia el río. Permaneció sentado tres horas, inmóvil, mirando al agua morder los escalones carcomidos y musgosos. Cuando se levantó y volvió hacia el tránsito de la avenida llevaba los ojos llenos de agua movediza, oleosa y viva del río; sabía que sus ojos ya se aproximaban a la profunda agua quieta que habitaba en los ojos de Mariana. Y fue cuando llegaba cerca del Mercado, mezclado con los feriantes, que comenzó, vagamente y de modo oblicuo, a comprender que estaba diciendo adiós. Era —intuía más que sabía— la última vez que contemplaba la ciudad con sus antiguos ojos. Estaba en gestación silenciosa y dolorida dentro de sí una manera distinta de ver —y esa manera nueva traía mucho de la manera de ver de Mariana— y, así, en breve, sus ojos tendrían no sólo el rocío claro y frágil de su visión de antes sino también la calma lenta y profunda de los ojos de Mariana.

Caminó por la Avenida Borges de Medeiros hasta la Salgado Filho y de allí hasta la Plaza do Portão. Se sentó en el banco todavía húmedo, contempló los canteros rejuvenecidos por la lluvia y el sol que amenazaba aparecer, el lustrabotas que preguntó si quería lustrarse los zapatos, la muchacha que empujaba el cochecito con un niño y la discusión de los choferes en la parada de taxis, y cuando bajaba la ladera de la Dr. Flores en dirección a la Rua da Praia dijo sin pensar o planear o percibir, dijo tiernamente adiós Plaza do Portão.

La Rua da Praia desbordaba de gente —jornaleros, desocupados, mujeres, estudiantes, carteros, ladronzuelos, mujeres, vendedores de lotería, mujeres, seguramente policías—, y cuando se aproximaba al Café Rien, extrañando que ya no sentía el impulso automático de ir a tomar un café en la terraza, de mirar las piernas de las muchachas que servían y de balbucear una proposición sin ganas, dijo adiós Rua da Praia.

Debería haber policías también en la Plaza da Alfândega pero se sentó en un banco bajo el árbol y cerrando los ojos, oyendo y arrullándose con el ruido de las bocinas y de las voces y de los pájaros, sin saber que el hombre flaco a su lado que fingía dormir era el poeta Mario Quintana, dijo adiós a la plaza.

Amaba a esa ciudad para el carajo.

Entonces, abrió los ojos y dijo adiós al Barrio Partenon, a las prostitutas de la Azenha, al Estadio Olímpico, al tránsito de la Avenida Farrapos y a las mujeres del Menino Deus. Adiós a la Playa de Belas, adiós al Largo dos Medeiros, adiós a las calles adoquinadas de la Floresta. Caminó mirando los carteles de los cines y de los anuncios de productos inútiles y cuando se acercaba a la oficina le pareció justo decir adiós también al Barrio Moinhos de Ventos porque había gastado muchas noches por allí en nostálgica lujuria con las domésticas de los caserones burgueses. Y dijo adiós a la sombra del Morro da Polícia, a la Rua da Ladeira, al edificio del *Correio do Povo*, a la página de deportes de la *Zero Hora* leída con el café de la mañana y ya ahora sabiendo que se aproximaba algo irremedible dijo adiós al sabor del guaraná después de un partido de fútbol, adiós al café, adiós a la televisión del bar de Giovani, al Esporte Clube Internacional y a los noticiarios del Canal 100, adiós a su traje lustroso, adiós al verano y al invierno, a la pipa para nunca más, y pisando los gastados escalones de madera del edificio número 100 de la Rua da Praia —sin siquiera verificar si el .38 estaba cargado— comenzó a decir adiós a un cierto detective que a su vez ya había dicho adiós a cierto joven de rostro vulnerable y sólo después de tocar el picaporte de la puerta vio que la chapa con su nombre ya había sido retirada y no le importó, no se sorprendio, no pensó quién, ni cómo, ni cuándo.

Abrió la puerta y encontró la mirada de Lolo.

—¡Docinho! ¿Tú aquí?

—¿Por qué esa cara?

—Uy, hijo mío, nunca iba a imaginar que te atrevieses a venir aquí. Toda la policía anda atrás de ti, ¿no lo sabes? Estás con una cara muy extraña, ¿qué ocurrió? Ellos estuvieron aquí ayer. No dejaron nada entero. Yo me hice el bobo, en eso sí que no me meto. ¿Pero qué te pasa, estás enfermo? Nunca te vi con esa cara. ¿Qué fue lo que ocurrió, al final?

El cuarto estaba vacío. El viejo papel de pared, mohoso, y que hace mucho había perdido el color original, había sido arrancado y los pedazos amontonados en un rincón.

—¿Qué está ocurriendo aquí?

Lolo fue hasta la ventana. Ensayó gestos, desistió, se recostó en la pared, cruzó los brazos, desafiante.

—Voy a mandar pintar este cuarto. Ya hablé con el dueño.

—¿Tú?

—¿No te parece lógico? Tú ya no puedes venir a vivir aquí. Yo vivo al lado, nada más natural que alquile éste, ¿no te parece? Estoy prosperando, hijito.

—¿De dónde sacaste que ya no puedo venir a vivir aquí? ¿Acaso tienes idea del tipo de cosa en que ando metido? ¿Alguien habló contigo?

Aflojó los brazos, el desafío, la burla. Ahora, era apenas una pequeña cara gorda, asustada, con un brillo cobarde y astuto en los ojos, imposible de disimular. Intentó una salida:

—Estás con la cara llena de tajos. ¿Anduviste peleando? Santo Dios, Docinho, no entiendo nada...

—¿Cuándo estuvieron aquí?

—Hace dos días. Pero la cuestión del cuarto es muy simple, no necesitas preocuparte. Yo pago el alquiler de este mes, ya combiné con el sereno que es el encargado por el dueño.

—Dices que estuvieron ayer.

—Primero vino la policía y rompió todo, después vinieron los otros, ayer.

—¿Quién vino, Lolo?

—No sé, Docinho, no sé, no conozco.

—Dos tipos altos, uno rubio, con una bruta cabellera y barba, pinta de alemán, y el otro moreno, tostadito, el hijo de puta, con aire de aristócrata que todo el mundo nota, tú por lo menos no lo ibas a dejar de notar.

—Cid, yo simplemente estoy perplejo con esas...

—¿Vinieron o no?

—Quien te estuvo buscando fue Olga.

Se fue encima de él.

—¿Vinieron o no?

Y exhaló un sabor de sal, de arena gris, de amanecer lluvioso y de cansancio y de hambre y unos ojos que sólo ahora Lolo descubría que eran otros, que no los comprendía, que aquel hombre crispado tal vez no fuese más Docinho ni Cid ni nadie conocido.

—Vinieron.

—¿Hablaron contigo?

—No.

—Es lógico que hablaron contigo. ¿Qué dijeron?

—No dijeron nada.

El desconocido se armó de una paciencia siniestra, amenazadora, y Lolo aprovechó su breve respiro para examinarlo mejor, aquilatarlo mejor, intentar comprender quien había usurpado el lugar de Cid.

—¿Preguntaron por Mariana, por Sérgio, por mí?

—Es mejor que te vayas ahora.

—Un tipo se llamaba Randolfo y el otro CG.

—Es mejor que te vayas ahora.

—Preguntaron si yo era comunista, buscaron libros comunistas, leyeron todos mis papeles. ¿Tú que dijiste?
—Cid, sé razonable.

Dio un golpe violento en la pared. En la cara de Lolo no había nada excepto la palidez. Miró con el rostro vacío hacia la habitación vacía —allí había estado su cuarto, su oficina, sus olores de moho, tabaco, soledad, sus papeles inútiles, sus sábanas mugrientas, la silla que el yacaré devoró— y, tropezando en la trampa de la memoria, volvió a ser, impreciso, difuso, otra vez Docinho, otra vez Cid y entonces se asustó y salió rápido —no le dijo adiós a Lolo— porque el otro —el que volvía— era muy fuerte, y muy débil, y tenía una cara que fingía, y otra que era vulnerable.

En el corredor oyó las voces. Se detuvo de repente, alerta. Debían de ser muchos, debían de tener ametralladoras, debían de estar con los ojos enrojecidos. Agarró el revólver y entonces fue natural saber que finalmente iba a usarlo, fue simple, animal, instintivo.

Cuando aparecieron en la curva de la escalera, cayó sobre ellos. Nunca supo exactamente cuántos eran. Rodaron por la escalera y en la confusión de manos, pies, caños relucientes y sombreros confundidos se levantó y corrió por el corredor en dirección a la ventana que daba al patio interno, cuatro pisos abajo. En la mitad del salto volvió a ser Cid una vez más y creyó que iba a sobrepasar la ventana, fluctuar en el espacio y ganar la calle, la fuga. Chocó de lleno contra los marcos de madera, se volvió hacia el corredor y el suelo y el polvo y cuando aclaró su vista y buscó el .38 lo encontró bajo una bota oscura. Había muchas botas oscuras. Y todas comenzaron a patearlo.

Capítulo XXV

Pensó que despertaría viendo un techo desconocido, una lámpara desnuda colgada de un cable negro de moscas en un cuarto vacío de suburbio sospechoso.

Sus ojos se abrieron y no vieron nada más que tinieblas. Le costó comprender que le habían puesto una capucha. No estaba muy habituado a esos métodos modernos. Lo malo de la capucha —o lo peor de ella— era el ahogo (entretanto). Respiraba mal, dificultosamente. Se acordaría de recomendar que le hiciesen agujeros; al final, todo puede ser mejorado. Mera cuestión técnica.

Pensó serenamente y llegó a la conclusión de que no estaba asustado. Tal vez fuera porque no le importaba. Examinó su cuerpo y constató que estaba entero. Eso frío, duro, desagradable, que le impide los movimientos son, seguramente, esposas. Y los dolores en los tobillos, muslos, tórax, hombros, brazos, cuello y demás partes del cuerpo corren por cuenta del entrenamiento futbolístico —utilizando como pelota su estructura física— emprendido por los aficionados al deporte que lo fueron a buscar. Tenía hambre. Tenía mucha sed. Y tenía unas ganas inmensas de escupir en la cara del tipo que le sacase la capucha.

El momento de satisfacer ese deseo estaba llegando, porque oyó un ruido de llave dando vuelta en la cerradura.

—Arriba, hijo de puta.

Antes de que hiciese ningún movimiento sintió el choque lacerante de un puntapié en el tobillo. Recomenzaba el entrenamiento. Se levantó como pudo; esa risita mezclada con catarro es una aguja muy fina... ¿Cuántos serían los atletas? Imagina los bultos, no consigue contarlos.

—Hasta es rápido para obedecer.

—Es buenito, no va a dar trabajo.

Fue empujado, otra vez pateado, ahora en una zona humillante, surgió una rabia viva, inesperada, la ahogó, le apretó el pie en la garganta, ya no es más héroe, no es más el detective, ahora va a esperar, engañar al cuerpo, jugar en la punta, esperar que la defensa abra.

—Anda, anda, hijo de puta.

Uno lo arrastraba por la cuerda atada a su cuello, otro lo empujaba por la espalda. Tal vez anduvieran por un corredor.

—Baja la cabeza, comunista de mierda.

Mantuvieron su cabeza baja durante varios minutos y así caminó, inclinado, como si caminase por un túnel de techo muy bajo.

—Cuidado, ahora —alertó la primera voz, la afeminada—: es una escalera.

Bajó los escalones y creció la sensación de hielo en la barriga, de que sería empujado hacia un abismo, hacia un foso con cocodrilos, hacia algo indecible y peor que la muerte. Comenzó a sentir que la temperatura disminuía al fin de la escalera.

Oyó gritos, voces nuevas, vibrar de portones de hierro.

—¡Lejos de los escalones! ¡Todos adentro de las celdas y de espaldas contra la pared!

Sabía que eso no era con él, pero no podía imaginar

con quién sería. ¿Otros presos? Aumentó la presión de los dedos en su brazo.

—¡Aguanta firme, compañero, que no son nada!

Estrépito. Confusión. Amenazas. Desbandada.

—¡No te entregues, compañero, que no son machos!

Órdenes, nuevas amenazas. Apuraron el paso, la mano en su espalda lo empujó y sintió que caía, la otra lo sostuvo, lo tironeó, rezongó cosas ininteligibles.

—¡No te entregues, compañero, que no son nada!

¿Quién gritaba? ¿Sería a él? El corazón —¿para qué negarlo?— palpitó en un ritmo nuevo. Y no necesitaba pensar mucho para concluir que aquellas voces (muchas, confusas, fuertes) intentaban infundirle coraje. Por lo menos dieron una acelerada a la circulación de su sangre y eso ya fue bueno. Pero, por otro lado, pensó, vagamente perturbado, ese asunto de llamarlo compañero no pegaba muy bien, no. No era compañero de quienquiera que fuese, vamos. Era un tipo solo. Absolutamente solo. No quería mezclarse con nadie. Y mucho menos dentro de una prisión. Acabaría confundido con esa gente de la subversión. Y necesitaba limpiar la cancha. Tenía algunos asuntos que arreglar.

—Alto.

Se detuvo. Ruido de puerta que se abre. Fue empujado, los ruidos cesaron. Nueva escalera. Descenso lento, difícil, el frío aumentando, aumentando la sensación de desamparo, de descenso sin fin, sin regreso.

Abrieron otra puerta. Como una ráfaga de viento que alcanza a alguien desprevenido, fue arrojada contra su rostro una ola de gritos terribles. Sabía que los dos policías —ahora sabía que eran dos— le decían algo, tal vez le gritasen algo.

Abrieron (imaginaba) una puerta y ahora la cerraban. Fue como si una mano más sensible bajase el volumen excesivamente alto de un tocadiscos. La parte posterior de sus piernas tocó algo, presionaron sus hombros para que se bajase y se encontró sentado. Entonces, entendió cómo el simple acto de sentarse en una silla podía traer instantáneamente tal impresión de descanso, de languidez, y, con ella, infiltrándose en los vacíos del cansancio, del ahogo, del hambre, de la sed, la certeza de que era su oportunidad —un día siempre llega—, que todos están en el juego, que la espera terminó, que ya estaba hasta sentado, que necesitaba pesar la lucha entre el abandono total y la certeza de resistir porque, vamos, tenía algo que hacer afuera, asuntos que atender.

—Ése es el hombre, coronel.

—¿Cuándo llegó?

—Hace dos horas, más o menos.

—¡Dos horas! —La voz se alteró, sorprendida. —Llegó hace dos horas y sólo ahora me avisan. ¿Qué mierda están pensando que son?

—El hombre estaba desmayado, coronel.

—Desmayado. ¿Y quién dio órdenes de tocarlo? Lo que yo dije es que lo trajeran inmediatamente a mi presencia. Nada más. Ya avisé que para dar palo sólo con orden de los oficiales. Esto no es un club para divertirse. ¿Quién lo tocó?

—Nosotros, coronel, pero no fue por diversión para nada. Nos vimos obligados a pegarle porque quiso resistir, quiso hacerse el muy hombre. Y estaba armado, coronel, no da para bromas en un momento así.

—Déjeme solo con él.

La puerta fue abierta porque los gritos se volvieron insoportablemente próximos y luego fue cerrada porque se alejaron como barridos por una ráfaga de viento.

—No eres bobo.

La voz arenosa.

—Se nota enseguida que eres alguien que piensa.
Era con él esa charla indolente.

—Tienes tu trabajito independiente, no necesitas de nadie, andas con un dinerito en el bolsillo, te tomas vacaciones cuando se te ocurre. No. No eres bobo, muchacho. Tenemos que sacarnos el sombrero contigo.

Parecía que venía de muy lejos, triturada entre granos de arena, esta voz.

—¿Quién vive así hoy en día? Sin horario para cumplir, ni tarjeta para fichar. Pocos, mi muchacho, muy pocos. No hay duda. Eres un muchacho inteligente, un tipo con quien se puede hablar sin miedo de estar perdiendo tiempo. No eres como esos que estás oyendo.

Se calló, a propósito. A través de la puerta, a través de la pared, a través del ahogo de la capucha oscura llegaron las voces laceradas de dolor. ¿Qué cosas horrendas estarán haciendo con esas criaturas, mi Dios?

—¿Estás escuchando?

La voz: dientes masticando arena.

—Tú no eres como ellos.

Breve pausa, respiración, sudor deslizándose por la cabeza. La voz, casi dulcificada, terrones de azúcar, ahora:

—¿O sí eres?

Alguien, cerca, muy próximo, un semejante, seguramente, le hacía una pregunta elemental. Dos dedos hicieron presión casi afectuosa en su brazo.

—Vamos, responde: ¿eres como ellos?

Encontró extraño hablar dentro de la capucha, encontró más extraño poder hablar.

—Yo no sé como son, ¿cómo voy a saber si soy igual a ellos?

Una risa paciente, forzada, granulosa:

—Muy bien contestado. Contigo podemos hablar. No me engañé. Con hombre y con caballo yo nunca me engaño. Sé en cuál puedo confiar o no. Cuando te vi tuve el presentimiento. Me dije para mí: ése es un tipo inteligente, con ése yo puedo hablar, no voy a tener ningún trabajo.

—Sólo si eres el Superhombre y tienes visión de rayos X para poder ver a través de la capucha.

La voz parecía haber desaparecido para siempre. Entonces, oyó un clic de encendedor siendo encendido y la leve, casi imperceptible, inhalación de una larga pitada.

—¿Fumas?

La voz seguía siendo la misma, dura y suave: arena.

—Fumo.

—Cuando hables conmigo, llámame señor doctor.

Abrió los ojos en la oscuridad de la capucha. ¿Quién había contestado antes, socarronamente? Tal vez un detective, siempre en la inminencia del coraje y de la cobardía. ¿Quién, ahora, en la oscuridad de la capucha, veía robots metálicos caminando sincopadamente? Cerró los ojos.

—Vamos —volvió la voz, persuasiva, blanda—, dime: señor doctor.

Sintió un golpecito en la rodilla.

—Señor doctor.

—Más alto. Un muchacho joven como tú es capaz de hablar más que eso.

—Señor doctor.

No era la voz de Cid —o tal vez fuera y nunca se había dado cuenta.

—Excelente. Muy bien. ¿Viste cómo no costaba nada? Vamos a entendernos sin demora. Yo ya dije que eres un muchacho inteligente. Yo no me engaño en esas cosas. Puedes tener un gran futuro. Puedes progresar, ser algo en la vida. Mira, porque confío en ti te voy a hacer una propuesta.

Abrió los ojos. Oscuridad. Los robots desaparecieron. ¿Y si la voz hablara de ellos? ¿Si hablara ahora?

—Voy a ser honesto contigo como por otra parte lo soy siempre. Te voy a hacer esta propuesta porque tengo interés en ella, sino no la haría, es claro. Tú no eres solamente detective, no, mi muchacho. Eres un hombre de negocios y me comprendes. Nadie le hace propuestas a nadie si no tiene tiene un objetivo en mente, ¿no es verdad? Lo que yo quiero es poco, muy poco. Poquísimo, comparado con lo que puedo ofrecerte. ¿Y qué es lo que puedo ofrecerte, mi muchacho? ¿El cielo, la tierra, Brigitte Bardot?

La risa se deslizó por la arena, como un engranaje.

—No, no, eso no. Eso no puedo. Pero puedo lo que más deseas en este momento. Salir de aquí. Volver a la libertad, a tu trabajo, a tu vida. Volver sin una mancha en tu prontuario policial, sin deber nada a la sociedad. Y más: con nuestra confianza.

Él no sabe de los robots, pensó.

—Confianza, sí. Nosotros queremos y podemos contar contigo. Un hombre de experiencia, con la cabeza en su lugar. Nos puedes ser muy útil. Hay mucho aficionado ayudándonos ahí afuera. Taen informaciones, informes, a veces hasta nos ayudan en una operación más seria. Tienen buena voluntad pero no tienen competencia. Y por el momento necesitamos más de buenos profesionales que de buenos patriotas. Y yo sé que eres un buen patriota. Uniendo las dos cualidades tenemos a nuestro hombre ideal, el que necesitamos, el que Brasil necesita. Tú no te negarías a servir a tu patria, ¿te negarías?

Él está fumando, pensó, fumando.

—Yo sé que no. Estoy seguro de que no. Tenemos tu ficha completa. No falta nada ahí.

Faltan los robots, pensó.

—Respóndeme una sola pregunta, una sola, y tienes todo lo que te prometí, bajo palabra de honor.

Ahora. Ahora.

—¿Dónde está Sérgio?

Tuvo ganas de reír, de caerse de risa, de orinarse de risa, de reír hasta que dos ojos tensos como pozos de agua surgieran de algún reino secreto, de algún océano invisible. Oyó a su voz preguntar naturalmente, con un asomo de ironía:

—¿Sérgio? ¿Qué Sérgio, delegado?

Por primera vez oyó la respiración del hombre y entonces comprendió que era un suspiro. Supo que el hombre se había levantado por el ruido de la ropa (entonces, posiblemente, hasta ahora estaba sentado, muy próximo, tal vez en un banquito, de piernas cruzadas, cigarrillo en la mano, voz de arena) y supo que caminaba de un lado para otro por el ruido de los pasos.

El hombre se detuvo.

—Muchacho. Mira. No puedo perder tiempo. No puedo realmente. ¿Dónde está Sérgio?

Las ganas de reír que sintió serían capaz de incendiarle las tripas si permitiese la risa. No habló.

—Bien —el hombre suspiró por segunda vez, un suspiro de resignación de la-culpa-no-es-mía—, tú eres el que sabe.

Abrió la puerta —¡los gritos!— cerró la puerta. No sabe —no contó el tiempo— cuánto demoró hasta que ellos llegaron. Sabe que fue un tiempo suficiente para pensar qué hacía allí, qué haría allí. Vio un hombre caminando en una playa desierta, un hombre devastado, mojado hasta los huesos. Vio a otro que afirmaba ser detective, vio su pipa, los pies sobre la mesa. No sabía cuál de los dos era. No tuvo tiempo para intentar saberlo.

Reconoció apenas la voz afeminada. Las otras no tenían mucha personalidad, además de eso hablaban poco o sólo decían palabrotas. Fue empujado de un lado para el otro, después comenzaron a dar vueltas con él para atontarlo y entonces empezaron la paliza. No eran muy originales ni se espera que tales ciudadanos lo sean. Golpeaban resignados, sin furia, haciendo su trabajo con tedio de burócratas. De vez en cuando, uno preguntaba sin mucha convicción.

—¿Le vas a contestar al coronel o no, so asno?

Se cerraba, se protegía, se elegía un barril vacío, un negro barril vacío rodando desamparado por una ladera desierta en una tarde de domingo, las personas asomadas a las ventanas, indignadas y enfurecidas. Se protegía y rodaba ladera abajo, produciendo su ruido.

Finalmente, llegó lo que esperaba: el vértigo agudo remolineando en su cerebro como un ciclón, y entonces pensó que estaba cayendo, que iba a desaparecer todo, que dormiría, pero antes de entrar en la bañera de agua tibia (ya estaba en el cuarto de baño, luminoso, toallas blanquísimas afelpadas colgando en las paredes) un shock helado lo arrancó súbitamente del entumecimiento y regresó al universo oscuro, cerrado, dolorido de antes.

—¡Más agua! —pedía la voz afeminada—; trae otro balde.

Esa vez el shock fue nítido y esperado y pensó, afligido, que se ahogaba. Saltó, buscando aire. Fue saludado por una carcajada unísona. Recibió otro puntapié en el trasero.

—¡Hijo de puta! Estaba fingiendo.

Entonces, conscientemente, permitió la furia. Cuando la sintió materializada en cada poro del cuerpo avanzó con la cabeza baja. Sintió que acertaba en un estómago porque era algo blando y oyó un grito. Cayó sobre el cuerpo y ciegamente sus dientes se cerraron en un pedazo de carne —nunca supo dónde fue que mordió— a través de la capucha y de la ropa del otro y quedó allí mientras el otro gritaba y desataba sobre su espalda una tempestad de puntapiés, puñetazos e imprecaciones. No sabe cuándo soltó al policía. Pasó imprecisa y rápidamente al cuarto de baño, luminoso: una suave humareda se elevaba del agua en la bañera de mármol...

—Hueso roto no tiene.

Se sacaba la ropa. Ya había colgado el saco en la percha detrás de la puerta.

—¿Cree que podemos continuar, doctor?

Verificó espantado que no tenía cinturón. ¿Dónde lo había dejado? Y entonces percibió que también habían desaparecido los cordones de los zapatos. Golpeaban la puerta.

—Pueden. Pero con algo más leve. ¿Tiene que hablar hoy?

Vaciló con la mano en el picaporte. ¿Quién sería a esa hora? ¿Quién, en ese cuarto de baño? El agua creaba reflejos.

—Cuanto más pronto hable, mejor.

Volvieron a golpear la puerta. Los reflejos danzaban en la pared. No se atrevía a abrir.

—¿Es alguien importante, coronel?

La abrió, lentamente.

—Métase con alguien de su tamaño, doctor.

Un hombre uniformado —un oficial— con el rostro destruido. La nariz era una mancha sanguinolenta.

—Creo que ya despertó.

—¿Cree? ¿Usted nunca puede saber las cosas claramente? ¿Usted es médico o qué mierda es?

Despertó: una lenta caída desde el cuarto de baño,

desde el hombre de rostro destruido hasta el mundo oscuro de la capucha. Habían clavado algo en su brazo.

—Está despierto, sí.

—Entonces haga el favor de retirarse.

Conocía esa voz.

—Y yo diciendo que eras un tipo inteligente. —Esa voz seca. —Bueno, no ha de ser nada. —Arenosa. —Todo el mundo se engaña en esta vida, hoy me tocó engañarme.

Pausa, risita.

—Pero eso tiene su lado bueno. Ahora no pierdo más tiempo conversando. Debes saber que recibir algunos golpes no es nada en comparación con lo que podemos hacer. Ya hablé con el médico y dijo que contigo podemos hacer lo que nos parezca porque no hay problemas, no vas a flaquear, tienes el corazón fuerte. Sólo flaqueas si nosotros queremos. Así que prepárate, voy a preguntar por última vez sin usar la fuerza: ¿dónde está Sérgio?

Sérgio está en la puta que te parió, querido señor. Pensándolo bien, no es correcto llamar de esa manera a la distinguida progenitora del Largo. No sé dónde está, compadre. No sé. No lo voy a decir. Ve si te hace falta. Corta. Olvida.

—¿Qué Sérgio, delegado?

—Mira, so gusano, yo no soy...

Se calló y Cid lo olvidó. Dejó que sus ruidos, su voz, el imaginado aroma de su cigarrillo se desvaneciesen. Y pensó en dormir, en ver a Mariana acostada en la arena, las estrellas encima de ella, anheló oír su voz salada.

Eran cuatro manos y se sintió arrebatado en el aire, después chocó contra el cemento duro, después sintió el dolor de un puntapié en las costillas, después intentó refugiarse en el sueño, pero voces armadas escarbaban en la pared que había levantado, clamaban: ahora vas a ver lo que es bueno, hijo de puta, querer hacerte el macho, ¿no es así? Pero rechazaba las voces, negaba los sentidos, buscaba la imagen de Mariana en la arena como a una fortaleza donde resistiría, donde encontraría fuego, comida caliente, reposo, paz.

—Ya está despertando.

Descubrió que estaba sin ropa. Que su piel se laceraba con la aspereza del cemento, que sus pelos se estremecían con el frío que descendía y entonces la cuerda envolvió sus muñecas, las manos groseras bajaron su cabeza, doblaron sus piernas, sintió una vez más el rozar de la cuerda, ataban sus talones, ahora unían sus muñecas a sus pies.

—Vas a hacer un viaje —canturreó la voz.

Y cuando comprendió que reían, que había sido una broma, que aquello era gracioso, la misma voz afeminada completó:

—Al reino de los tontos.

No sabe cuándo las voces perdieron el significado. No sabe cuándo el dolor se volvió algo entero, cabal, macizo, sin mistificación. Se lo permitió. Vio que abría las puertas y las ventanas al dolor, al agua: entraba silenciosa y tibia, inundaba todo. Vio que comenzaba a nadar con lentas brazadas. Era un dolor, un agua espesa, difícil, se unía con el cielo metálico, con la playa metálica. La alcanzó, exhausto. Abrió los ojos, vio los perros muertos. Centenares. Estirados, ojos dilatados, en fila, en el paisaje metálico. Cerró los ojos.

—¿Dónde está Sérgio?

La mujer le hacía señas desde la ventana del hotel. Podía ver la cara de la mujer exageradamente pintada, sus cabellos rojos, falsos, y al pisar los escalones polvorientos recibió del aire el olor antiguo, ya conocido, que no descifró, un olor que avisaba algo, apenas fue consciente del pequeño temblor de su mano cuando abrió la puerta, cuando aspiró el olor húmedo de selva, de pantanos brumosos, de troncos deshaciéndose podridos, de orquídeas. Cuando vio, fascinado, entregado, la cosa horrenda, verde, sobre la cama.

—¿Dónde está Sérgio?

Se está yendo, está fingiendo el puto, se va yendo, trae el balde, va cayendo, el nudo no quiere desatarse, se está yendo, corta con un cuchillo vamos, se está yendo, cuidado con el pulso de él, se está yendo, al coronel no le va a gustar, se está yendo, creo que está fingiendo, se está yendo, ya vamos a ver, sácale la capucha, era un abismo de luz.

—¿Dónde está Sérgio?

Dijo no. Había visto la cara del hombre. Le habían sacado la capucha e instantáneamente habían enfocado un haz de luz en su rostro pero había visto la cara del hombre, morena, maciza, mediocre, bigotes recortados, ojos de ver televisión, fútbol, sexo, diario. Una cara de hombre. Tomó nota de eso como de algo sagrado, secreto, peligroso.

Repitió: no.

Abrió los ojos astutamente. No se iba a asustar con nada. No se iba a afectar con nada. Miró con cuidado y despacio —una celda vacía, rincones muy oscuros, una forma indecisa en el otro extremo. Recordó los shocks, el hombre moviendo la manivela, cuerpo electrizándose, dientes como cencerros, asimilando en la memoria, para siempre, para nunca, las contorsiones, las sombras, los gritos.

Cerró los ojos y llamó al sueño.

Penetra en esa larga alameda de cinamomos, allá lejos, allá al final la mujer le hace señales, no consigue identificarla, le dice algo que no oye, comienza a correr en dirección de ella, de repente feliz, de repente comprendiendo que no tiene más la capucha, que puede respirar, y que alguien —una mujer— le hace señas en el fondo de una alameda de cinamomos.

La alameda, los cinamomos, la mujer lentamente se disuelven.

El coronel tenía algo que recordaba al teniente (capitán) Aldo. Una cosa indefinida, difícil de expresar, justamente porque lo que lo asemejaba al teniente era esa incertidumbre de carácter, de gestos, de tics —demostraba buenas maneras, pero era obviamente mal educado; aspiraba a la elegancia, pero se vestía como un burócrata de delegación de barrio; sonreía con simpatía, pero cuando despegaba los labios brillaban —siniestramente— dos caninos puntiagudos.

Los dos caninos brillaban para Cid.

—Entonces te llamas Hermenegildo da Silva Espiguetta. Interesante. —El coronel saltó con el fajo de hojas en la mano. —Vivías con nombre falso… ¿Por qué? ¿Eso es un nombre clave? ¿Cid es nombre de guerra?

No levantó la cabeza. Miraba el brillo de los zapatos del coronel.

—¿Es un nombre clave, verdad?

Hizo sonar los dedos, llamando a un hombre en la sombra, un oscuro bulto de traje negro que se adelantó solícito, a sus órdenes mi coronel, corbata grasosa, caspa en los hombros, cargando una máquina de escribir, arrastrando una silla, inmediatamente coronel.

—Éste va a hacer una declaración, toma nota.

Sin pestañear, mi coronel, usted manda, se sentó en la silla, tomó la cartera del suelo, sacó hojas de papel, ¿él va a decirlo todito mi coronel? Tiene cara de ser dócil.

—No sé si va a hablar bien, pero ya no tiene importancia. Tenemos pruebas de que usa nombre falso.

Aferró el mentón de Cid, lo levantó.

—Vamos a trabajar en serio hoy, muchacho. No te hagas más el loco. Vas a darnos una linda declaración y dejar de hacer locuras. Puedes salir de aquí, queriendo. Pero hay que colaborar.

Empujó una silla, demoró un poco los ojos en el viejo y salpicó la arena en la cara de Cid.

—¿Desde cuándo usas una identidad falsa?

Los zapatos resplandecían. Comprendió que preparaba en la boca, endulzaba en la lengua una escupida sobre el resplandor.

—Coronel.

El coronel levantó la cabeza con impaciencia. Ese doctorcito de mierda...

—¿Qué pasa, doctor?

—Este hombre no aguanta más.

Sostenía la cabeza blanca del viejo, casi al ras del suelo, y auscultaba el corazón.

—Tenemos que sacarlo inmediatamente o va a flaquear.

—¿Está seguro?

—Absolutamente, coronel.

El coronel suspiró. Volvió a hacer sonar los dedos. Se levantó para ver a los dos policías desatar las cuerdas de la muñecas y talones del viejo, vio su cuerpo frágil desmoronarse en el cemento y quedar jadeante, húmedo.

—¿Cuánto hace que está ahí?

—Unas tres horas, coronel.

—¿Recibió shock?

El hombre asintió con la cabeza.

—¿Qué edad tiene?

—En el papel dice que tiene sesenta y seis. Es obre-

ro. Fue apresado ayer a la noche. Llevaba un montón de panfletos en la marmita. Fue apresado por casualidad.
—¿Consiguieron algo?
—No abrió la boca.
El coronel se acuclilló al lado del doctor. Lo interrogó con los ojos. El médico intentaba masajear el corazón, se interrumpía para limpiar el sudor de la cabeza.
—Va a ser difícil, coronel.
El viejo abrió los ojos. Cid vio las bolitas de sangre alrededor de ellos. El coronel apartó al médico con un empujón, se inclinó sobre el viejo.
—Estás muy mal. Pero todavía tienes una chance de salvarte. Si te llevamos a un hospital podrás salvarte. Pero tienes que decir quién te pasó los panfletos.
Los ojos del viejo buscaron los ojos del coronel. Sonrió. No tenía dientes. Continuó mostrando una sonrisa sardónica, mientras sus ojos meditaban en el rostro del coronel. El coronel se perturbó.
—¡Habla, hijo de puta!
Sacudió con furia los hombros del viejo, pero apenas consiguió desparramar los cabellos blancos sobre los ojos, no consiguió desarmar la sonrisa.
El viejo desvió los ojos hacia Cid y entonces su sonrisa se marchitó. Quedó serio, movió los labios, murmuró, débilmente, pero audible, nítido, con dulzura:
—No te entregues, compañero.
El coronel se levantó de un salto. Cid perdió la respiración. Las palabras del viejo cayeron como piedras en su pecho.
El viejo volvió el rostro contraído de dolor, lentamente lo acomodó, adoptó una expresión serena, relajó el cuerpo y para siempre fue inmovilizando la sonrisa sin dientes, los ojos abiertos y cansados, los miembros gastados, fue materializando su soledad en un pequeño,

maltratado, triste cuerpo desnudo, muerto en un suelo frío de cemento, en una cámara de torturas de un país tropical, en un día cualquiera, un jueves, tal vez un mediodía de sábado.

—Está muerto —dijo el médico.

El coronel cerró lentamente los puños:

—Hijo de puta, hijo de puta, hijo de puta. —Babeaba, sus ojos se inflaban, un brillo gaseoso flotaba en ellos. —¡Hijo de puta, comunista de mierda! —Pateó el cuerpo en el suelo, una, dos, tres, cuatro veces. —Perro.

Se apartó algunos pasos sin dirección, trémulo, mirando asombrado las paredes. Sus movimientos no coordinaban.

—Son canallas como ése los que desviaron a mi hijo. Le llenaron la cabeza con veneno. Convirtieron a mi hijo en mi propio enemigo.

Se apoyó en la pared. Se alisó los cabellos. Rezongó. Se puso los anteojos oscuros.

—Arréglenle un suicidio.

Respiró con fuerza, sacó un cigarrillo, lo demolió, sacó otro, lo encendió con mano trémula.

—Hoy yo no estuve aquí, que quede bien claro eso.

Miró a Cid.

—Vamos a encerrarlo por hoy.

Se detuvo frente al detective, manos en la cintura, cigarrillo colgando de los labios.

—En cuanto a ti, so hijo de puta...

Describió una curva en el aire con la mano, estalló la bofetada en pleno rostro de Cid. Quedó con la mano colgando, estudiando el rostro que lentamente pasaba del pálido al rojo.

Dio media vuelta y se alejó rápido, con la cabeza baja.

Fue esposado por una muñeca a una argolla en la pared. La forma indecisa en el otro extremo era un hombre con capucha, sentado en el suelo, los brazos abiertos contra la pared, también esposado a ella por las muñecas, como un crucificado. La cabeza estaba caída sobre el pecho. No se movía. Producía un sonido continuo, tan quejoso y débil que Cid recordó a un cierto Cid en un restaurante del camino, en una mañana lluviosa, expulsando su tristeza hacia el aire en forma de aullido. La agonía y soledad del encapuchado eran demasiadas, inundaban la celda, la volvían más estrecha, más ahogada, irrespirable. Tenía que olvidarlo. Tenía que ignorarlo, borrarlo de su existencia. Cerró los ojos —y junto con el ardor en el rostro por la bofetada del coronel, vio al viejo: su pequeño cuerpo hermoso, sus pequeños pies bien hechos, sus pequeñas manos cerradas, la sonrisa. Siente que tiene el universo encima, que desciende, que será aplastado. Siente que la espina continúa allá adentro y es la misma. Que el hombre que se meó detrás de la cortina todavía está vivo, con los ojos cerrados, huyendo. Y que vagar enloquecido por una playa no cambia todo lo que existe en un hombre. Sobran residuos inextirpables, y que vuelven, ríen, codean, recuerdan. Entonces, todavía conservaba la espina. Entonces, todavía sentía bajo los pies las calles desiertas de los domingos por la tarde, cerradas las cortinas de metal de los bares. Y el viejo le había tendido la mano. Pero el viejo estaba muerto. Continuaba en el aislamiento, inútil, todavía detrás de la cortina, arañando la cáscara de sus días pasados, aspirando el aire saturado de dolor de su prisión, contemplando impotente las venas abiertas de su soledad incomparable.

El encapuchado gimió más fuerte.

Abrió los ojos. Su insoportable presencia exhalaba un dolor que se materializaba en el aire, fluctuaba como humo de cigarrillo, y su soledad suspiraba, arrancaba los cabellos, montaba un circo dentro de la celda, traía manadas de elefantes, no podía siquiera mirarlo, mirarlo era ver un espejo, unos ojos hondos, un rostro vulnerable. Tenía que mirarlo como un objeto, como un espantajo, tenía que hacer fuerza con el cerebro para que se desvaneciese, tenía que decir como en una oración vete encapuchado, no llenes mi bolsa, déjame en paz en este rincón, disuélvete, pero no puedes fingir más, no puedes disfrazar la puntada en el corazón ni que estás intentando adivinar el rostro por detrás de la tela barata, las cosas que las manos pálidas saben, los adioses que oculta, el cansancio que lo reduce, el miedo que lo paraliza, la náusea que lo escolta, y piensa en hablar, en anunciar su presencia, en contar una broma de loros, en imaginar que fueran amigos, charlaran en un bar, apreciaran juntos las piernas de las mujeres, piensa que va tocarlo en el hombro, decir, encapuchado, muchacho, ¿cuál es la tuya, por qué esa pálida, viejo?

Pero no sabe qué decir. Tose.

El encapuchado alza vivamente la cabeza. Olfatea el aire. Parece querer ver a través de la tela negra. Espera.

—¿Compañero?

Cid no contesta. Alguna cosa lo inmoviliza, lo amarra, alguna cosa muy vieja, muy fuerte.

—Estoy mal, compañero. En las últimas.

La voz del encapuchado es trémula, una llama de vela. Espera con la cabeza erguida y todo el aire de la celda también espera, transido. Cid no se mueve. No dice nada. La cabeza del encapuchado cuelga. El aire se vuelve duro. Y el tiempo se va escurriendo como un perseguido al ras de la pared. Y entonces, en un movimiento que nace sin el apoyo de ningún pensamiento determinado, el bravo detective privado Cid Espigão —registrado en el Archivo del Registro Civil como Hermenegildo da Silva Espiguetta, brasileño— comienza a moverse penosamente en dirección del encapuchado.

El movimiento hace que una costilla se mueva. El dolor es un puñal que va a agujerear la piel de adentro hacia fuera. Las fosas nasales bloqueadas por la hinchazón de la nariz mal pueden aspirar el aire. El detective traga saliva mezclada con sangre, pero el detective avanza.

El encapuchado capta los ruidos de la ropa, de la corrida, de los pies en el cemento. El encapuchado alza la cabeza, sus manos se crispan, murmura con angustia, con esperanza: ¿compañero? Y el detective avanza, tenaz, perseverante, a través de las barreras del dolor y de la fatiga y de toda una vida de miedo, avanza con firmeza, avanza inexorable, adivinando que ya es invencible, que a su alrededor se desmoronan cosas, que va hasta el encapuchado de cualquier manera, va a salvarlo (compañero, toma mi mano, balbucea el encapuchado), es un niño en la oscuridad poblada de fantasmas, necesita una mano para arrancarlo del pozo, para romper los portones, y el detective avanza, va extendiendo la mano, va a alcanzarle la mano y salvarlo, va a salvarse, está encendido y lleno de amor por el encapuchado, va a invitarlo a una cerveza, hablar de mujeres, de fútbol, avanza y extiende el brazo lo más que puede, pero no alcanza, no puede avanzar más, extiende el brazo hasta que le duelen las articulaciones, extiende el brazo hasta pulverizar la espina y las tardes de domingo, toca un dedo del encapuchado, necesita agarrarlo pero se le escapa, hace un esfuerzo más, necesita llegar allí, ¡carajo!, necesita, estira todavía más el brazo, siente que se rompe en la oscuridad algo indecible y entonces agarra la mano del encapuchado, la aprieta, es una mano dura, mano de hombre, flaca, dice estoy aquí, dice estoy aquí, dice estoy aquí, compañero.

Parte 2

Capítulo I

Al comienzo de aquel otoño, casi a la hora de dormir, cuando un somnoliento silencio fluctuaba en la celda como una bandada de exhaustas mariposas, surgió en el cuadrado de rejas de la puerta un rostro enteramente desconocido.

La única nota de interés del rostro era el modelo *saudosista* de peinado, endurecido con brillantina. El rostro examinó detenidamente el interior del cubículo y los cuatro hombres que fingían indiferencia y, entonces, habló dirigiéndose a Aduadu:

—Prepara tus cosas.

El mulato quedó más asustado que de costumbre.

—¿Para qué?

—Rápido, granuja, rápido. —Y después miró a Cid:— Tú también, muñeco.

Tenía una imperceptible sonrisa que brotaba de los ojos, no de la boca, que era dura, incómoda, muy fina.

Cid Espigão tiró sobre el colchón la revista del *Fantasma* que había hojeado entre bostezos durante horas y miró desconcertado hacia el negro gigantesco sentado inmóvil en el fondo de la celda. El negro se rascó la barriga, sonriendo amarillo para el rostro de la ventanita enrejada.

—Aguanta —gruñó sin abrir los labios.

Comenzó a colocar las bagatelas que había ido acumulando —sin saber bien cómo, durante esos años —en el bolso de viaje que le ganó a un estudiante que ya había sido liberado.

Aduadu le dio un golpecito en la espalda:

—Nos van a soltar. Yo soñé con eso. —Besó el poster de una rubia desnuda en la pared. —Voy a sentir nostalgias de ti, sabrosa. Pero no te voy a llevar. Los otros te van a necesitar más que yo.

—Rápido —sibiló el hombre en la ventanita.

Cid cerró el bolso. Miró aturdido hacia el imperturbable negro desparramado en la cama y comprendió su mínimo gesto mostrando el mingitorio.

—¡Rápido, demonio!

—Sólo una meadita, jefe.

Se acercó al orinal, desabotonó la braqueta. Sintió al negro detrás de sí.

—¿Qué crees, profesor?

—No me está gustando nada, detective.

—¿Pero qué crees?

—Muy extraño. ¿Por qué tú y el Adu? —Mordía las sílabas, ojo en la ventanita. —Está probado que ustedes no tenían problemas políticos y se comieron un tiempazo aquí dentro. El Adu es marginal. Sólo fueron a descubrir eso no sé cuanto tiempo después. No sé. No me está gustando.

—¿Pero qué crees, pues?

El negro pareció concentrarse profundamente. Cid se exasperó:

—Habla, morocho.

—Si ellos tuvieran intención de soltarlos los soltarían rapidito, de día, avisando con anticipación y haciendo la payasada de costumbre. Y si los fueran a transferir, también sería de día. Y no olvides: hoy es domingo.

—Entonces crees que...

El negro sacudió la ceniza del cigarrillo.

—No soy adivino. Abre el ojo.

Cid se echó el bolso a la espalda. Aduadu estaba listo, excitadísimo. Reía nerviosamente.

—No me voy a olvidar de ustedes, muchachos. Todos los domingos voy a aparecer con paquetes de cigarrillos.

Vieron que el hombre abría la puerta. Había otros detrás de él. De la litera superior saltó un rubio barbudo que apretó la mano de Aduadu y le dio sonoras palmadas en la espalda. Puso la mano en el hombro de Cid y lo empujó para acercarlo.

—A ver, detective —evacuó de modo cortante, los ojos aguzados—, ¿ya te dio para comer jugar con los hombres, no?

Cid sintió un frío desagradable. De repente, lo inundó la gana de no salir de esa celda, de volver a la litera, encender un cigarrillo, hojear la revista del *Fantasma*.

—Sólo te digo una cosa —el rubio miró al negro como pidiendo confirmación: —quédate en el medio del pastel, ¿comprendes? Quédate en el medio del grupo. No corras antes ni te precipites. Quédate en el pastel.

El negro abrazó a Cid, hubo una rueda de abrazos y risas nerviosas entre los cuatro hombres. El negro se acercó sonriendo al policía en la puerta.

—¿Adónde van esos chicos, doctor?

El cabello engominado lo ignoró con desprecio. El negro rió. Cid y Aduadu salieron de la celda. Cid miró hacia atrás en el momento en que ella se cerraba. Caminó varios pasos en un silencio pesado. Toneladas de silencio que súbitamente se hicieron añicos como un bizcocho seco pisado. La voz del negro invadió el corredor —formación cerrada de blindados— Cid pudo ver, sin necesitar mirar hacia atrás, cómo sus manos poderosas se agarraban a las rejas, cómo su rostro se apretaba contra la ventanita.

—¡Compañeros! ¡Se están llevando al detective y a Adu! ¡Esto es un secuestro! ¡Nadie sabe adónde van a llevar a los dos! ¡Vamos a gritar, muchachos!

El clamor brotó de las celdas, inundó el corredor, apuró el paso de los policías, transformó el corazón de Hermenegildo da Silva Espiguetta en una mariposa tonta y asombrada.

Aduadu se espantaba cada vez más y seguramente no entendía la razón de tanto barullo.

Los presos golpeaban las rejas con jarros y latas. Cuando salieron del corredor y disminuyó el clamor —estaban en una sala intermedia entre el corredor de las celdas y el patio—, los policías pusieron esposas en los puños de los dos prisioneros.

—Larguen las cosas ahí en la mesa —dijo el engominado.

Ya no era posible engañarse con lo que iba a ocurrir. Mierda. Ya estaba de cierto modo acostumbrado a la vida en prisión. Ya estaba comenzando a dejar de soñar con calles concurridas, charlas de bar, cerveza, fútbol...

El soldado abrió la puerta. Llovía. Sólo entonces notó que llovía, que hacía mucho frío, que caía una lluvia fina, resignada, mojando todo meticulosamente. Domingo de noche, pensó. Mierda. Siente que gruñó mierda porque Aduadu se volvió hacia él.

—¿Qué fue?

—Nada.

El furgón esperando. El patio oscuro, la lluvia menuda en la cabeza, los centinelas en las garitas: bultos. Abrieron la puerta del furgón.

—Entren.

Estaba lleno, y oscuro, y los rostros visibles tenían

un aire de espanto, de expectativa, de esperanza. Y absolutamente todos, de miedo. Todos sabían.

El auto arrancó. Se sacudía. Atravesaba la noche, oscuro, siniestro, inhábil. Cid Espigão hundió el mentón en el pecho. Allá afuera estaba lloviendo. Allá afuera hace frío. Allá afuera es una ciudad —Porto Alegre—, y los bares de esa ciudad están llenos. Y los cines. Y el centro resplandece de anuncios luminosos. Se apoya bien en Aduadu. Tiembla. Allá afuera llueve y hace frío. Cuando ordenen descender —¿dónde?— se van a mojar y sentir frío y, también, una inútil desesperación que es odio, desamparo, impotencia, aflicción. Mucho mejor aquí dentro. Que este viaje no termine más, que no ordenen descender nunca.

Siente que Aduadu también tiembla. Está oscuro aquí dentro. Oscuro. No se alcanzan a ver los rostros, callados y expectantes, tal vez esperanzados. Tal vez esperanzados.

El furgón se detuvo. ¿Un semáforo en rojo? Saben que no. El motor fue apagado. Un poco tartamudeante, resbalando por una lengua ya sin saliva, procurando dominar la emoción, una voz habló:

—Compañeros, no debemos aceptar esto pasivamente. No conozco quien está aquí conmigo, pero supongo que sean compañeros. Creo que debemos...

La puerta se abrió. Entró un chorro de frío.

—Bajen.

Había un cordón de policías empuñando ametralladoras. La calle estaba pavimentada de adoquines. Cinamomos embozados se inmovilizaban, filas de casas bajas y apagadas se encogían. Ninguna luz. La lluvia continuaba, finita. No tenía idea de qué lugar sería ése.

Un presó resbaló al descender. El sargento se aproximó y lo pateó.

—Arriba, perro.

Cuando soltaba el segundo puntapié fue agarrado por el talón. Hubo un instante de expectativa cuando intentó grotescamente mantener el equilibrio y un instante de asombro cuando cayó por tierra. Y, entonces —jamás se acostumbraría a lo fácil que era—, comenzaron las ráfagas de balas, los relámpagos, las corridas, los ladridos de los perros, los gritos. Sabe que pasó por la pared de la casa desollándose las canillas en los ladrillos, que corrió por un lodazal pisando canteros de invisibles flores y huertas resbaladizas, que había una especie de aguja caliente y mojada en su pierna derecha y que estaba dotado de fuerzas inexplicables y agilidades desconocidas. Saltó dos paredes más, atravesó otros dos patios, abrió un portón, una calle desierta, corrió por ella, se detuvo, miró a los costados, saltó otra pared, más patios oscuros, más lodo, luces encendiéndose dentro de las casas, volvió a correr, a saltar paredes, a oír ladridos de perros, otra calle desierta, pisó los adoquines, un camión estacionado, se acercó con una idea adormecida queriendo despertar, había una pareja gimiendo en la oscuridad de la cabina, se dio vuelta, se detuvo en medio de la calle, otra vez miró a los costados, oyó los ladridos de los perros, sintió que le faltaban las fuerzas, volvió a correr, un bar de esquina, gente en la puerta, vuelta, se apoya en la pared, permite que le falte el aliento, las fuerzas, la esperanza.

—Van a meter al negrazo en la celda de castigo —murmuró, mientras resbalaba lentamente hacia el piso.

Su voz lo asustó. Hablaba. Estaba vivo. ¡Vivo, vamos! Habían ametrallado a la gente, habían corrido detrás de él con perros y linternas y había escapado, estaba vivo, vivito y coleando, vivísimo, vivo. ¡Vivo!

—Tengo fuerzas, sí señor. Tengo fuerzas, morocho.
Respiró cerró los puños, respiró más hondo, como si el aire fuese un alimento.
—Tengo fuerzas, sí.
Comenzó a caminar y notó que rengueaba. Intentó sostener la pierna con la mano y descubrió que estaba esposado. Mierda. Necesitaba salir de esa calle. ¿Estaría muy cerca de los hombres todavía? Por lo menos no oía más a los perros. No sabía cuántas paredes había saltado, cuántos patios atravesado. Le parecía —sin mucha certeza— que había conseguido alejarse varias manzanas. Pero ellos seguramente iban a dar una batida en el área. Recordó a Aduadu, el reflejo desesperado, incrédulo, inocente que crecía en sus ojos. ¿Habría escapado? ¿Habría escapado alguien? Ni sabía cuantos eran. Fue imposible saber. Tal vez unos seis o siete. Tal vez unos diez. Todavía estaba bajando cuando abrieron fuego. Pero necesitaba desaparecer inmediatamente de esa calle. Lo mejor era saltar la pared.

Otro patio desconocido. La lluvia lo ayudaba: amortiguaba los ruidos, quitaba a la gente la gana de salir. Caminó tanteando la oscuridad, receloso de ver un perro saltar de repente desde atrás de un matorral. El patio daba a otra calle. No tenía pared, sino una cerca de bambú, podrida. Pasó sin dificultades. La calle era larga, rodeada de galpones de madera y cortada en dos por vías de hierro para tranvías. La sintió familiar. En la esquina divisó el puente. Sintió una rara alegría. Estaba en el Barrio Navegantes.

Ésta era la Rua Voluntários da Pátria. Los inmóviles perfiles oscuros detrás de los galpones eran los cargueros de madera o frutas. Atravesó las vías. Descendió un barranco y se encontró en un terreno enfangado. Pilas de madera, altas, armónicas. Del otro lado estaban los barcos. Se metió entre los corredores de las pilas. Esperó fríamente que una luz de linterna se deslizara entre las pilas —el sereno—, pero no ocurrió nada. Atravesó el depósito, llegó a la otra calle y se encontró frente a una de las rampas de acceso al puente.

Sobre el puente corren las vías de los trenes que vienen del interior del estado, principalmente de los municipios de la frontera. La estación ferroviaria quedaba en el centro. Comenzó a subir la rampa medio de costado, para evitar los faros de los automóviles en las muñecas esposadas.

En la parte más alta de la rampa miró por el paredón. Las vías brillaban, allá abajo. Se arrodilló y apoyó la cabeza en el paredón. Controlando la respiración, contando el latir de las venas, pensó otra vez que el negrazo estaría ya encerrado en la celda de castigo.

Oyó, simultáneamente, el silbato del tren y los latidos. Se agarró del paredón. Al comienzo de la rampa apareció el bulto del primer perro. Los soldados y los policías debían venir a pocos metros de él. Los ojos del perro brillaban en la oscuridad. Comenzó a ganar velocidad en su dirección, la cabeza baja, las patas alternándose con espantosa velocidad. Detrás de él aparecieron otros bultos, otros brillos agudos de ojos.

El tren volvió a silbar. Se subió al paredón. La ciudad creció, centelleante y ajena. El perro estaba cada vez más cerca. El tren roncaba en la oscuridad, intolerablemente lerdo. Vio los ojos del perro más cercano a menos de cinco metros, oyó su ansioso jadeo, pudo adivinar su odio. En dos segundos estaría a su alcance. Voces resonaban en el fondo de la rampa, luces de linternas avanzaban. Un frío intenso se pegó a su rostro.

El tren llegaba. El perro saltó. Cid saltó.

Capítulo II

Inmóvil, ojos bajos enfocando el libro sobre el mostrador, irguiéndose apenas cuando entraba un cliente a quien servía maquinalmente el café, era la misma.

Al fondo el portugués y su bigote negro. En la pared, las letras rojas (bastante descoloridas, ya) formaban las palabras Bar y Café Dolor en el Corazón.

Esperó en la parte más oscura de la esquina, bajo el toldo, como vigilando el reloj de la farmacia.

Una y quince de la madrugada: ella sale con su antiguo abrigo de lana, la cartera antigua, tal vez los mismos antiguos zapatos. El portugués comienza a bajar la cortina metálica. Ruido doloroso. Ella viene junto a la pared, caminando muy rápido. No llueve más. Un automóvil ilumina la pared.

—Olga.

Se detuvo, sorprendida, un poco asustada. Un bulto en el rincón oscuro.

—¿Quién es?

—Yo —demoró en pronunciar—. Cid.

Como si lentamente reorganizase sus recuerdos, Olga se fue aproximando al bulto.

—¿Cid?

Se acercó más vacilando entre la interrogación, la sorpresa, la desconfianza.

—¿Cid? No es posible.

Su voz tenía un timbre indefinido. El bulto en la sombra no respondió. Olga vaciló.

—¿Quién está ahí?

—Soy yo. Yo. Cid.

—No.

El hombre allí parado —manos esposadas, trémulo de fiebre y frío, ojos hundidos, barro en todo el cuerpo, empapado, pálido, tieso— era una aparición. No era, no podía ser Cid Espigão.

La aparición intentó dar un paso más pero la pierna falló. Había gotas de sangre en el suelo. Olga dio unos pasos hacia atrás. Su voz se desmoronaba:

—¿Qué estuviste haciendo?

—Estoy en un aprieto, Olga. Quieren acabar conmigo. No sé donde meterme.

Olga permaneció inmóvil, las manos en el rostro, los ojos incrédulos.

—Siempre estás en aprietos. —Su voz sonaba quejosa, irritada, no encontrando el equilibrio y la entonación que deseaba, una triste voz quejosa y asombrada. —¿Por qué desapareciste sin decir siquiera una palabra?

—No pude.

—¡No pude! Siempre la misma disculpa idiota.

Cid la vio a la luz amarilla del poste: cansada, amarga.

—Te busqué por todas partes y ni una palabra. Desapareciste como si yo no existiese, Docinho. Eso no se hace. Y ahora apareces así como si nada.

Jadeaba, ambos pensaron que iba a llorar.

—Si te piensas que voy a complicar mi vida estás muy equivocado. Yo dejé de ser boba. Tengo mi empleo, tengo mi vida para cuidar.

Comenzó a apartarse de espaldas, todavía vacilante.

Cid intentó hablar, intentó romper la barrera que se erguía en forma de llanto en su garganta, en forma de desesperación, intentó dar un paso en dirección a ella. Venía una pareja riéndose. Retrocedió hacia la oscuridad. El perfil de Olga se diluyó en la cerrazón que lentamente se iba apoderando de la calle. Dejó de oír el ruido de sus pasos. Murió por fin, también, el ruido de los pasos de la pareja. Un jirón de carcajada se fue perdiendo. Y la ciudad asumió plenamente el silencio.

Hermenegildo da Silva Espiguetta se apoyó en la pared. No necesitaba suspirar. Bastaba considerar, fríamente, ese peso que se esparcía por su cuerpo como una droga. Era una amargura física, pesada. Su cerebro luchó todavía un momento. Se concentró en el aviso de medias Lee en la fachada del negocio de enfrente. Se concentró en el color de las medias, en la línea de las costuras, en el rostro de la modelo. Se concentró con furia, con vigor, como quien alienta el final de un partido de fútbol muy duro. No podía pensar. Porque iba a pensar que tenía miedo. Que los hombres iban a llegar en cualquier momento. Que los perros olfateaban su rastro en las cunetas. Que no tenía adonde ir.

Fue deslizando la espalda contra la pared, se sentó en la vereda.

Se encogió bien, apoyó el mentón en las rodillas, todavía trató de ser valiente pero sólo fue capaz de murmurar: jódase. Cree que se adormeció.

Cree que se adormeció porque se llevó un susto muy grande cuando sintió una mano alisando sus cabellos.

—Docinho. ¡Pobre Docinho! ¿Qué hicieron contigo? ¿Qué hicieron contigo, mi Dios?

La caminata por las calles cubiertas de niebla se mezcló con la pesadilla que tuvo esa noche, y la pesadilla se confundiría después con la penosa subida por la escalera de madera crujiente, con el índice de Olga asustadizamente sobre los labios, con los súbitos faros de autos que surgían de la neblina y el hielo en el estómago durante el salto hacia el tren y los dientes del perro de policía rompiendo el faldón de la camisa y la angustia de los dedos que resbalaban en el techo del vagón y las ganas de llorar sentado en la esquina oscura, el nerviosismo de Olga al intentar abrir la puerta sin poder encontrar el agujero de la cerradura y después el alivio del cuerpo cayendo en la cama, la sopa caliente, el agua tibia lavando la pierna, los comprimidos para dormir, la paz del hornillo sobre la mesa.

Había una débil resolana en el solado de madera carcomida. También voces distantes, bocinas de autos y el tictac de un despertador. Estaba de bruces en la cama. El olor de las sábanas limpias fue el mejor olor que había sentido en los últimos años. Se volvió lentamente. Olga no estaba. El cuarto era el mismo, tal vez un poco más pobre. Allí estaba sobre la cómoda la imagen de San Jorge enfrentando a un terrible dragón con alas; la fotografía de Pelé con la camiseta color canario de la selección; el poster de Jair Rodrigues de blusa roja y remera; el viejo hornillo de gas. La cama tenía la misma colcha azul con franjas y en el pequeño estante para libros (hecho de cajones pintados) continuaba soberana la colección encuadernada en vistosas tapas verdes de la obra completa de Erico Verissimo que Olga había adquirido pacientemente en moderadas cuotas mensuales.

El sol entraba a través de la cortina blanca, de tejido muy fino. Le costó localizar el despertador. ¡Dos y media de la tarde! Trató de alzar el cuerpo, pero sintió —más que el dolor en los músculos— una debilidad como para desanimarse. Debía de estar con hambre, pero todavía no había identificado entre sus actuales desgracias también esa incomodidad. Se sacó los cobertores de encima. Vestía un pijama desconocido. Palpó la herida. El bulto que había notado era una curación. Estaba hecha con gasas, algodón y esparadrapo. Se sentó en la cama. Tenía ganas de orinar y de beber una inmensa copa de agua fría, civilizada, un agua que le lavase los temores.

En el baño mal cabía una persona. Estaba pintado con cal —se notaba que hacía poco tiempo—, pues bastó apoyar la mano para que quedara manchada de blanco. Olga conservaba su irritante manía de limpieza. Había un olor discreto de desinfectante, y toallas gastadas, raídas y definitivamente pobres, pero colgadas en la pared con orgullosa limpieza. Ella nunca dejaba de criticar el desaseo de su antigua oficina. Antes de ir a pasar la noche allí, quería saber si él había limpiado todo. E insistía:

—¿Lo limpiaste realmente o sólo disfrazaste?

Por lo que podía acordarse de la noche anterior, Olga no había cambiado en nada, aparentemente. Siempre mandona. Cuando objetó gruñendo que iba a ensuciar la cama con el barro del cuerpo casi fue empujado en dirección a ella. Bueno. Cid Espigão dejó correr el agua para que se enfriara más y después llenó la copa. Bebió saboreando cada trago y mirando el rostro chupado en el espejito. Se lavó la cara con jabón, se enjuagó la boca, dio una rápida mirada por la ventana. Avenida Bento Gonçalves, Barrio Partenon, demasiados ómnibus, barro, prisa, un sol de dar vergüenza. Detestaba el invierno.

Regresó a la cama. Todavía estaba caliente. Estiró los cobertores hasta el cuello y se dejó envolver por la somnolencia. Se deslizó suavemente hacia algo parecido a la primavera, y después no parecía apenas, era efectivamente una súbita primavera mezclada con los jirones de la somnolencia, una confusa primavera que traía entre sus hojas un milagro impreciso —deseado y sin embargo oscuro— que podía ser algo sabido desde siempre y para siempre inalterable. Estaba pasmado en la contemplación cuando el picaporte de la puerta comenzó a girar.

Olga sonreía, adornada de hojas verdes.

—¿Cómo anda ese hombre loco? ¿Con hambre?

Suavemente, una a una, las hojas fueron volteando la imaginaria primavera de origen. Olga fue quedando libre de cualquier cosa nebulosa y brillante. Cid Espigão se fue deshaciendo del sueño, de las manos blandas del sueño.

—¿Hablaste?

—¿Estás con hambre?

—Un poquito. Me siento fuerte como un burro.

—Siempre te sentiste como un burro, Docinho.

Cid intentó descubrir una segunda intención en esas palabras pero no lo logró.

—Voy a prepararte una sopa y de noche una comida más fuerte, ¿está bien?

—Olga, eres una santa.

—Soy una débil mental. —Abrió la cartera y sacó de adentro una pequeña sierra: —Mira.

Cid probó con el tacto los dientes de acero.

—La conseguí con mi cuñado.

—¿Cuñado?

—Mi hermana menor, Lurdinha, se casó. El hombre de ella no se escapó, no.

Esta vez eran obvias las segundas intenciones en el leve tono resentido.

—Él es cerrajero. Hace puertas, ventanas, cosas así. Es medio artista.

—¿Por qué dices que era?

—Ah, no sé. Le dije que necesitaba hacer un arreglo

en el cuarto, que necesitaba cortar un caño. Él dijo que podía hacerlo por mí el domingo, pero insistí en hacerlo yo misma, diciendo que eso me distraía. Déjame ver esas muñecas.

Cid levantó los puños. Olga pasó la mano por el acero brillante. No dijo nada. Se levantó.

—Primero voy a hacer la sopa. Aserrar eso va a tardar. —Retiró el saco de ahí y lo guardó. —¿Está doliendo la pierna?

—No.

—Suerte que no quedó ninguna bala adentro. Si hubiera quedado no sé cómo lo íbamos a resolver. Pienso que hubiéramos tenido que hablar con el Duda.

—¿Duda?

—Novio de una amiga mía. Trabaja en una farmacia.

Cid acordó silenciosamente que mejor que no fue necesario solicitar los servicios profesionales del señor Duda. Olga buscaba algo en el bolso.

—Antes que me olvide... —Sacó un diario para Cid: —Te estás volviendo famoso, Docinho.

"Asaltantes de fábrica en Navegantes se tirotean con la policía: cinco muertos".

La nota agregaba que tres habían conseguido huir. Estava el nombre y el retrato de Cid. Hermenegildo da Silva Espiguetta. O Cid Espigão. Conocido maleante. Estafador. Chantajista. Cid sonreía. El diario escapaba con mucho cuidado de sus manos. La voz de Olga preguntaba qué negocio de Hermenegildo es ése, sin embargo su voz mal llegaba, ya penetraba otra vez en ese país verde, se abandonaba a esa modorra, esa pereza y modorra de la primavera ficticia donde soplan brisas perfumadas, brillan hojas recién nacidas y se murmuran asombrosas promesas.

Aquella noche, cuando Olga volvió, preparó una sopa que Cid tomó soplando la cuchara para no quemarse la lengua. Después quedó fumando en silencio, acompañando con ojos semicerrados las curvas experimentadas pacientemente por el humo, su aspecto de triste resignación y la inútil búsqueda de una rendija en las ventanas. Olga se sentó junto a la mesa y hojeaba un libro, intentando sin éxito interesarse en la lectura. Fingían. Intentaban aparentar una tranquilidad que no tenían, una intimidad que había desaparecido. Necesitaban comenzar de nuevo, sin prisa, tanteándose, como alguien perdido en un corredor oscuro.

Olga cerró el libro con un suspiro.

—¿Por qué te cortaste el bigote?

Tuvo un súbito acceso de risa, buscó rápidamente un cenicero para no derramar la ceniza, las lágrimas, en el pañuelo. Sintió que estaba muy flaco —y vulnerable— y que la risa podía confundirse en segundos con el llanto.

—Voy a conseguirte una máquina de afeitar mañana, Docinho. —Comenzó a sacarse la ropa, lenta y pensativa. —Quedabas mejor con el bigotito.

Cid Espigão aplastó lo que quedaba del cigarrillo en el cenicero de propaganda de Cinzano y con los ojos cerrados se preguntó dónde estaría la cinta con la grabación de las confesiones del teniente. Posiblemente, en el mismo lugar, detrás de los libros. Y se preguntó por qué eso no lo inquietaba más. ¿Por qué no le pesaba cargar ese secreto? ¿Por qué, ahora, le parecía secundario, loco, irreal?

—Aún destruyendo los robots, los que los crearon continúan.

Olga colocó una toalla sobre la lámpara de la mesa de luz (no tenía pantalla) y se echó al lado de Cid. Se puso las manos detrás de la cabeza, quedó mirando el techo.

—Hoy el portugués me infló por demás.

—¿No consigues otro empleo? Ya hace más de cuatro años que estás allí.

—Si el trabajo anduviese sobrando por ahí...

Después de un silencio en el cual oyeron el estrépito de los ómnibus en la avenida y la irritación de algunas bocinas, Olga comenzó a hablar —la voz mansa y baja se unía con la luz reducida por la toalla y con el humo que todavía fluctuaba desesperado— sobre lo difícil que estaba la vida, cada vez trabajando más y ganando menos, imagina, no consigo comprarme un par de zapatos hace más de dos años, y hasta parece mentira, te acuerdas de la victrolita que me enamoraba en la casa Renner, costaba sólo ocho cruzeiros por mes, pues hasta hoy, hijo mío, nunca conseguí siquiera juntar para dar el anticipo, cada vez la cosa está peor... Yo doy gracias a Dios por tener este empleo. Como, y eso ya es mucho. Y fíjate, eh, yo conservo el empleo porque sé alguna cosita de matemáticas, a veces atiendo la caja por el portugués, y no pienses que me iba a pagar de más por eso, no, ¿te acuerdas de mi hermano mayor, el Jorjão?, él es picapedrero y tuvo la desgracia —que Dios me perdone— de tener un hijo más, el sexto, esa desgraciada de la mujer de él no sirve nada más que para parir, pues quedó desempleado una semana y fue aquella desesperación y eso que todos los chicos con más de seis años trabajan lustrando zapatos o vendiendo diarios, los pobrecitos, es una desesperación sí señor sacar dinero de donde no lo da ni siquiera cuando él trabaja regularmente, comen porque los chicos se matan vendiendo diarios y lustrando zapatos en el centro y la mujer de él que es una puta yo reconozco que por lo menos lava ropa el día entero pero eso alcanza yo pregunto no alcanza no señor además no es vida para que la lleve un cristiano.

Cid encendió un cigarrillo más. La ola del mar vino creciendo, rugiendo, trayendo un par de ojos violentos.

—Es tan importante acabar con los robots como con quien origina los robots.

—¿Qué es lo que estás pensando?

—Estoy pensando en lo que voy a hacer cuando quede bien.

—Te voy a mandar a hablar con el Jorjão. Él siempre se arregla en esas cosas, siempre consigue una punta para ir tirando. Práctica es lo que a él no le falta en esas cosas...

—Yo estoy pensando en...

—Puedes quedarte aquí sin peligro, Docinho, mientras no hagas barullo ni resuelvas aparecerte a los vecinos, porque ninguno de ellos me busca nunca, saben que yo paso el día afuera trabajando y, además, con esa historia de que descubrieron que quedé embarazada...

Cid abrió los ojos desmesuradamente.

—Pues así es, quedé. Cuando descubrieron esa historia, los señores vecinos, honradísimos y cuidadosos de sus excelentísimas familias, me cortaron hasta el saludo, imagínate. Esos putos muertos de hambre. —Conservaba las manos detrás de la cabeza, conservaba el tono bajo, suave. —Me cortaron el saludo porque yo era una negrita embarazada y sin marido. Seguro se van a contagiar algo si me dicen buenos días.

Suspiró. Cambió de posición. Examinó sus uñas largas, pintadas de verde.

—¿Y después?

—¿Después? Lo de siempre, vamos. Conseguí un adelanto con el portugués, fui a un domicilio que me dieron, hice el aborto. Un cuartito sucio, una vieja sucia, unas sábanas sucias. Lo de siempre. ¿O qué es lo que esperabas?

—Nada —respondió Cid. —No esperaba nada.

—Fue en pleno Carnaval. No pude ver nada. No podía ni caminar. Y el maldito portugués me descontó los tres días que falté. ¿Cómo podía ir a trabajar si tenía una mierda de hemorragia que no paraba nunca y tenía que quedarme doce horas de pie? —Comenzó a morder la punta de una uña. —Pero no perdí mucho. Dicen que el Carnaval fue una porquería este año.

—¿Y él?

—¿Él, quién?

—El tipo que te embarazó.

Olga encaró a Cid con furia.

—Tú siempre bobo. Siempre confiando en los otros. Claro que nunca más apareció delante de mí.

Cid desvió los ojos del rostro crispado y los fijó en el techo. Olga apagó la luz. Una mujer a su lado. ¿Hace cuánto tiempo no sentía olor de mujer? Pero no se tocaron ni se movieron. Cada uno quedó aislado del otro, de ojos abiertos en la oscuridad, viendo cosas distintas e imaginando cosas distintas. Por fin, casi durmiendo, Cid habló, para consolar a Olga, para amenizar la propia tristeza, para poder adormecerse.

—Allá adentro los chicos decían que tienen una manera de acabar con toda esa mierda.

Capítulo III

Giovani sirvió la bebida vagamente desconfiado. Conocía esa cara. En el momento en que sus ojos se iluminaron con el recuerdo, Cid puso el índice sobre los labos.

El italiano acercó el radiante rostro rojo.

—¡Porco Dio! Pensé que nunca más iba a ver esa cara de delincuente en toda mi puta vida.

—Yerba mala nunca muere, profesor. ¿Te costó reconocerme, eh?

—Con ese asunto de servir, servir, servir el día entero, casi ni tengo más ojo para la cara del parroquiano. Y estás cambiado. Pasó mucho tiempo.

—Puede ser. Pero para mí es como si hubiese pasado muy poco tiempo.

—Comprendo, comprendo. —Sacudía lentamente la cabeza, los ojos radiantes, un poco graves. Redujo la voz a un susurro inaudible: —¿Los hombres te trataron muy mal allá adentro?

Cid se encogió de hombros.

—Eso déjalo allá. Me trataron como a todo el mundo. No soy mejor que nadie. ¿Y tú? ¿Cómo va esa vida?

—Tirando, tirando. Remando contra la corriente. No da para detenerse. Pero es sobre ti que yo quiero saber. Me contaron cada historia como para erizar los cabellos. ¿Cómo fue eso?

—Charla, profesor. Este pueblo es muy parlanchín. Esta ciudad continúa provinciana. No consigue salir del nivel de la *fofoca*. Yo estuve veraneando en una isla del Pacífico.

—Mucha gente se fue para esa isla últimamente.

Se miraron medio desconfiados, y, de repente, como si hubieran oído algo extraordinariamente gracioso, rompieron en carcajadas y se agasajaron con demoledoras palmadas en la espalda sobre el mostrador. Esa manifestación provocó la mirada intrigada e imperceptiblemente represiva del único cliente, acodado en una mesa solitaria sobre un ejemplar de la *Folha da Tarde*.

Giovani cortó la carcajada y colocando la mano en la nuca de Cid le atrajo la cabeza junto a la suya.

—¿No es demasiada temeridad andar dando estos paseos? —Su voz se ablandaba. —¿Y en pleno centro de la ciudad?

—Es un poco arriesgado, pero es la primera vez que salgo. Necesito salir, ¿no? Matar las nostalgias.

—Es demasiado riesgoso, Cid, demasiado riesgoso. Eres muy loco. Tienes que tomar precauciones.

—No te preocupes por eso, profesor. Yo no salí sólo para pasear.

Hubo un pequeño cambio en la luz de los ojos de Giovani cuando vio a la mano de Cid depositar inocentemente una foto sobre el mostrador.

—Necesito documentos, profesor.

Giovani tomó la foto como si fuese una granada y la guardó bajo el mostrador.

—¿Quieres comer algo? ¿Un pastelito?

—Ni en broma.

—Cambié de proveedor. Los pasteles ahora son una maravilla. Masa italiana auténtica, genovesa. Algo tenía que mejorar en esta vida.

Colocó dos pasteles dentro de un platito al lado de la botella de Brahma. Comenzó a enrollar un cigarrillo, con veleidades de artesano renacentista.

—Ellos sólo aceptan con dinero a la vista. Y es mucho.

—Tú sabes que no tengo un centavo.

Giovani evaluó el cigarrillo listo con el entrecejo fruncido. Lo encendió, exhaló una bocanada, contempló el tránsito.

—Una vez necesitaste de mí.

Giovani alzó vivamente la cabeza.

—¿Me estás cobrando?

—Estoy recordando.

Llenó la copa de cerveza, la examinó contra la luz.

—Es difícil olvidar aquellos tres días con tu *fratello*, en mi cuarto, sabiendo que se había mandado un policía. ¿Y la famosa organización en donde estaba? Tres días, profesor. El *bambino* medio loco de miedo. Y el viejo Cid Espigão alisándole la cabecita y diciéndole que confiara en la hermandad, que soñara con la *mamma* Italia, que no se asomara a la ventana.

Giovani escupió el cigarrillo. Le sirvió guaraná a un estudiante y volvió a mirar el movimiento de la calle. Las tres. El bar comenzaba a cobrar vida.

—No prometo nada —gruñó con los ojos bajos—. Voy a conversar con ellos. Tú sabes que yo no tengo nada con ellos. Apenas, yo…

—Sé, sé, sé —interrumpió Cid—. No tienes nada con ellos. ¿Para qué prolongar esta charla?

—No prometo nada. Pasa de aquí a dos semanas.

—Y quiero un Smith and Wesson .38.

Tomó, lentamente, la cerveza, observando la silenciosa sonrisa de Giovani.

—El revólver lo pago yo. Si me haces precio de amigo.

Giovani atendió a una pareja, recriminó al mozo que

estaba llegando retrasado —¿éstas son horas de llegar, porca Madonna? —y volvió junto a Cid, se acomodó en el mostrador, se puso a examinar al detective con curiosidad, con simpatía, con creciente asombro.

—¿Cómo anda Lolo?

El italiano sacó otra vez la bolsita de tabaco, comenzó otro cigarrillo.

—¿Lolo? —Sonrió, divertido, analizando el hombre frente a él, reprimiendo la tentación de preguntar quién era, qué hacía, con qué derecho invadía así su tarde de lunes. —El Lolo anda desaparecido. Se mudó del edificio y ni dijo adiós. Casi dos años ya.

—¿Tú sabes por dónde anda?

—Moinhos de Vento. —Esperó la reacción de Cid, cada vez más curioso, más divertido. —Moinhos de Vento, sí, señor. Prosperó. Sólo peina a gente fina, ahora. Hasta se compró un Jaguar. Algo de lujo. Está muy bien.

Cid paseó los ojos lentamente por el establecimiento. Dejó la copa de cerveza al lado de los pasteles. No los probó. Sus ojos se deslizaban por las mismas horribles pinturas de conjuntos carnavalescos, ahora un poco más sucias. El único en cambiar había sido Giovani: arrugas recientes, dedos más amarillos de nicotina, el azul de los ojos virando a gris.

—De aquí a dos semanas te llamo por teléfono.

—Pregunta cómo anda el abastecimiento de cerveza.

Volvió a la calle, al otoño, al dolor que rever la ciudad le producía.

Ya había entrado en ese palacete una vez —a su mente acudió la palabra mansión —y cuando pasó por sus jardines húmedos creyó oír susurros de increíbles promesas. Ya había pisado también esa escalinata y ya había penetrado en los salones luminosos, sus retinas ya habían mirado la sombría moldura de los cuadros y el peso de las cortinas. Va a volver a entrar allí. Lo necesita. Porque el aire viciado que siente por dentro —junto con la amargura— casi lo sofoca.

Tres personas surgen en la puerta principal. Se encoge más en la sombra. De aquí de donde está, desde este oscuro rincón, puede reconocerlos. CG, Randolfo Agnadelli, Sarita, un paso atrás. Entran en el Corcel rojo, ríen. El auto arranca, alguien abre el portón de hierro. Espera que el auto doble en la primera esquina y sale de la sombra. Sale lentamente, como si el aire viciado y la amargura lo ataran al piso, le impidiesen andar más rápido.

—¿Cómo te fue?
—Más o menos. Todo cambiado. Es como si fuese otra ciudad. No encontré una sola persona conocida. Bueno, vi al gringo.
—¡Docinho! Yo te dije que no fueras allí.
—Bueno, no pasó nada grave. Tomé una cervecita. Él no me dejó pagar.

Olga se introdujo en el camisón.

—El Jorjão me telefoneó. —Tomó un libro del estante de cajones. —Va a pasar por aquí mañana, cerca del mediodía, para hablar contigo. Consiguió un lugar donde puedes quedarte, dice que es un lugar mejor que éste, no está a la vista. Y quiere hablar también sobre el trabajo.
—Magnífico.
—Por mí creo que te puedes quedar aquí.

Cid sacudió la cabeza.

—Sé que piensas así. Pero soy yo quien no quiere. No puedo quedarme exponiéndote a un peligro que no tienes que correr.

—¿Cómo que no tengo? Si quiero que te quedes yo corro el riesgo teniendo por qué.

Cid Espigão quedó rascándose la cabeza.

—¿Estás seguro de que esa pierna aguanta?
—Claro.
—Descargar bolsas de arroz no es liviano. Es trabajo muy pesado. Nosotros vamos sacando las bolsas de arriba del camión hasta la transportadora y ella va llevando las bolsas para adentro del silo, todo muy moderno, muy elegante, menos nosotros, claro. El dueño del camión es un tipo macanudo, un amigazo. Cuando le dije que habías estado adentro ni siquiera arrugó la frente. Él también pasó una temporada viendo al sol nacer cuadrado. Problemas de polleras, sabe cómo son esas cosas. Pero es un gran tipo, el Zé do Bigode, así lo llama la gente, se le dio por usar unos bigotazos de artista de película mexicana. Sólo quiso saber si no te da por beber mucho, eso él no lo aguanta, bebida, por culpa de eso ya tuvo disgustos muy grandes, hoy no puede ni sentir el olor a bebida. Pero le dije que por ese lado no había ningún problema y se quedó tranquilo. Empezamos mañana tempranito. Va a hacer un frío de helarse. Lleva esa manta que te conseguí. En los primeros días vas a sentir dolores por todo el cuerpo, pero después te vas a acostumbrar. Hasta te puede acabar gustando, ¿quién sabe?

Lolo's. El cartel luminoso —rojo— centelleaba en la niebla que cubría el crepúsculo. El salón de Lolo estaba en plena Avenida Mostardeiro, el núcleo aristocrático de la ciudad, ahora tomado por asalto por los nuevos ricos: tecnócratas, profesionales, agentes de Bolsa.

Una placa pequeña, discreta. Nada de Salón de Belleza Inmortal Afrodita. Apenas Lolo's. El salón estaba en la planta baja de un edificio de doce pisos. En la vereda, un jardín, una fuente iluminada y dos palmeras. En la sala de espera, una recepcionista somnolienta. No vio a Lolo. Apretó en el bolsillo la grabación del teniente. (Hace días se acostumbró a andar con ella, como una especie de talismán. No encontraba justificación para el hecho, pero pasaba horas enteras dando vuelta en las manos al casete de plástico.) Intentó imaginar a Lolo allá adentro y no lo consiguió. Todo lo que podía formar era el viejo, miserable y estrecho salón cercano a su oficina, cuyo único tesoro era un antiguo aparato telefónico, heredado por Lolo de manera nebulosa.

Aplastó el cigarrillo con la suela del zapato y se alejó en dirección de la parada del ómnibus. No quería ser visto.

no necesitas poner esa cara no voy a desaparecer sólo me voy a mudar vamos a continuar viéndonos es que no aguanto más la responsabilidad de quedarme aquí de ser culpado de que te pase algo sí yo sé que no te importa eso pero yo soy quien tiene ese problema y el lugar no es tan malo no estuve hoy allí lo único desagradable es que no tiene luz eléctrica pero compro un farol y pronto queda todo resuelto tiene baño sí no tiene esas cosas te va a parecer antihigiénico pero allá adentro las cosas eran mucho peores mil veces peores a veces nos dejaban a diez doce en una celda donde sólo cabían cinco y eso con un calor que mataba y no había agua corriente siquiera y tampoco nos dejaban tomar un poco de sol por día cosa que es obligatoria por ley era duro ese cuartito va a ser el paraíso comparado con la vida allá dentro ¿qué hacíamos? Conversábamos los muchachos discutían mucho todos eran muy inteligentes pero a mí me daba gracia porque nunca se ponían de acuerdo discutían todo el tiempo gritaban citaban a fulanos se pasaban los días dando razones motivos pero nunca se ponían de acuerdo sólo en una cosa en una única pero qué es eso por qué esas lágrimas ven aquí deja ver yo no voy a desaparecer boba te prometo que no comprende que no puedo pasar aquí el resto de mi vida escucha piensa en eso los chicos decían juraban insistían y en eso sí se ponían de acuerdo que hay una manera firme segura definitiva de acabar para siempre con esa tristeza en que vivimos.

Tres semanas después, Jorjão consiguió un servicio extra.

Una mudanza. El Zé consiguió el flete. Sábado a la mañana. Cincuenta por cabeza. ¿Vienes?

Iba, claro.

Los muebles eran antiguos, bien conservados y particularmente pesados. Cid y Jorjão, sudados y jadeantes, después de una hora de cargarlos a la carrocería del camión, comprensiblemente notaban más este último atributo.

—Vamos a parar un minutito para una pitada.

Cid asintió de inmediato.

—Lo peor es el piano en el piso de arriba.

Volvió a asentir en silencio. Desde que habían comenzado el trabajo, oyeron los acordes que se deslizaban desde el primer piso. Tal vez fuera la dueña de casa. Hasta ahora la única persona que vigilaba —con feroz atención— la actividad de los dos era una mujer de cara amarga y anticuado traje de gobernanta.

Una hora de sudor y esfuerzos más tarde la planta baja estaba vacía. Jorjão contempló valientemente la escalera.

—Allá arriba están las camas y el guardarropa.
—Y el piano.

Subieron la escalera conteniendo la respiración, concentrados en los cigarrillos. En la puerta de la sala de donde venía la música Jorjão se detuvo y dio un respetuoso buenos días, sacándose galantemente la gorra de marinero. La música cesó. En ese momento Cid también se acercó a la puerta. La mujer que tocaba volvió el rostro que se reflejaba en el espejo de enfrente. Tenía ojos verdes. Y profundos. Inmensos. Acuosos. Casi insultantes.

—Buenos días. ¿Ustedes van a bajar el piano ya?
—Si usted prefiere lo llevamos ahora. Pero podemos vaciar las otras piezas primero.
—Está bien. Me parece mejor.

Mientras desmontaban la cama, Jorjão observó el rostro de Cid.

—¿Qué es lo que te pasa?
—¿A mí? Nada.
—Parece que viste un fantasma.

Media hora más y el último guardarropa fue desmontado. Zé do Bigode anunció que iba a ser necesario otro viaje para transportar el piano.

—Yo le aviso a la señora de allá arriba —dijo Cid.

Subió los escalones sintiendo un raro gusto de pesadilla enroscándosele en los cabellos. Se detuvo en la puerta sin importarle el frío que sentía y miró las manos blancas, sin guantes, tocando en las teclas suavemente.

—Señora.

Ella dejó de tocar y el rostro que se dio vuelta era el mismo que en una remota mañana de verano oscureció al polvo de su oficina.

—¿Sí?

—El piano va a tener que esperar. No hay más lugar en el camión.

—Por mí está bien.

Cid vaciló. Ella lo miró con la mirada aristocrática que significa ¿algo más, joven?

—Está bien, entonces —murmuró Cid.

Y permaneció parado en la puerta, perplejo con la propia inmovilidad.

—¿Algo más? —preguntó ella suavemente.

—No, señora.

Bajó las escaleras con esfuerzo, como quien rompe un sosrtilegio, mirando sus manos desolladas sin comprenderlas. La bocina del camión sonó con impaciencia. Inducido por el súbito presentimiento volvió la cabeza y sí, ella estaba en lo alto de la escalera: la misma mirada de angustia de años atrás, las mismas manos nerviosas, el mismo cuerpo, alto, esbelto, orgulloso.

Balbuceó, apenas audible la voz:

—¿Señor Espigão?

Capítulo IV

Se encontraron esa misma tarde —una tarde otoñal poblada de hojas amarillas— en la Plaza Argentina, hostilizada por la indecisión del crepúsculo. Cid se había bañado, afeitado, puesto el suéter verde que Olga le había tejido y, para pasar el tiempo, había bebido dos cafés en un bar cercano. Aun así, llegó antes. Caminó sin ton ni son por la plaza, pisando las hojas amarillas, desviando los ojos de las estatuas cubiertas de musgo e intentando adivinar la profesión del señor del paraguas y *Correio do Povo* escapándole de las manos que dormitaba —o lo fingía muy bien— en un banco alejado.

—¿Le parece seguro este lugar?

Usaba anteojos oscuros y parecía más fría, más distante, más aristocrática.

—Es tan seguro como cualquier otro, señora Gunter.

—Esta mañana me costó reconocerlo. Está tan cambiado.

—Podemos caminar o sentarnos en un banco, como usted prefiera.

—Caminemos un poco. Si nos cansamos, nos sentamos.

El mismo vago perfume. ¿Qué tenía de diferente? Tal vez la sensación de ausencia que cargaba, como un fardo. Una soledad pesada, carnal.

—Creo que tenemos mucho que conversar, señor Espigão. ¿Por dónde empezamos?

Cid sonrió.

—En la parte que me toca yo le debo un informe.

—¿Todavía le parece que es necesario? —Hablaba sin ironía. —Ni siquiera recibió los honorarios de la primera semana.

—Yo trabajaba como detective para ganarme la vida, señora Gunter, pero eso no significa que fuera un mercenario que sólo pensaba en dinero.

—Yo no pensé eso. De verdad, usted no me debe ningún informe. Soy yo quien le debe muchas cosas. ¡Y cuánto he pensado en eso!

—¿Me debe qué cosas, señora?

Ella lo encaró, insegura.

—Todo lo que le ocurrió.

Cid miró la estatua verdosa por el musgo —una sólida matrona romana pareciendo significar la primavera.

—Lo que me ocurrió no fue culpa suya. De cierto modo, formaba parte de los riesgos de mi profesión. Y yo sabía eso perfectamente.

—Cuando usted viajó a Brasilia yo tenía tantas esperanzas… Qué ilusionada estaba, señor Espigão. Ninguno de nosotros sabía dónde se estaba metiendo. Yo sólo desconfiaba. Tenía una vaga idea de las actividades de Sérgio. ¿Recuerda cuando lo contraté por primera vez? No es que él hubiera desaparecido realmente. Pero yo quería saber qué cosas hacía y pensé esa forma, que hoy sé que fue boba, irreflexiva, de contratar a un detective. Llego a pensar que él apresuró su entrada en la clandestinidad porque yo lo contraté a usted. Yo era muy ciega en aquellos días. No tenía idea de dónde me estaba metiendo. —Hizo una pausa, agregó, mirando hacia el frente: —Ni yo ni usted ni aquella pobre chica.

Cid se puso rígido. Ella lo percibió. Su voz se hizo cordial, casi íntima.

—Salió en todos los diarios, una notita, en las páginas centrales, diciendo que era cosa del Escuadrón de la Muerte. Me enfermé. Corrí a su oficina, pero ya era tarde. Estaban pintando las paredes. Su vecino me informó que no sabía de usted.

—¿Mi vecino?

—El peluquero. Dijo que usted no aparecía hace varios días y que había telefoneado dándole orden de alquilar su cuarto, porque usted se había mudado de ciudad. Yo pregunté a cuál ciudad y él dijo que no sabía.

Cid sacó un cigarrillo del bolsillo del gabán.

—¿Le importa si fumo?

—Siéntase cómodo, señor Espigão.

El humo y el gusto del tabaco lo animaron un poco.

—Pensé realmente que era verdad —continuó ella—, a pesar de que existía un defecto en lo que él decía, pero en el momento no atiné a eso. Yo sabía que usted había ido a Arroio do Sal después de volver de Brasilia y que le iba a pasar todas las informaciones a Alexandra.

—¿Alexandra?

Se sintió de repente medio bobo, medio niño, ganas de decir no, no, ella se llama Mariana. Apenas Mariana.

—Alexandra, claro. ¿Usted no se encontró con ella en Arroio do Sal?

—Sí, sí... un día antes de lo que ocurrió. Pero... el informe fue enviado de Brasilia para usted. Un dossier inmenso. Yo no tuve tiempo de leerlo, pero era sobre él. ¿Usted no lo recibió?

—Nunca recibí nada, señor Espigão.

—¿Nunca recibió nada?

Quedaron callados, como si entre ellos hubiese brotado una invisible barrera.

—¿Cómo lo detuvieron?

—En mi oficina, prácticamente. Cuando bajaba la escalera. Casi en presencia de Lolo, el peluquero. Y él le dijo a usted que yo me había mudado de ciudad.

—Si él hubiera dicho que lo habían detenido yo habría tomado recaudos. Sólo llegué a saberlo más de seis meses después, cuando Sérgio escapó de la prisión.

Cid se sacó rápidamente el cigarrillo de la boca.

—¿Cómo?

—¿Usted no sabía? —Ahora era ella quien se mostraba sorprendida. —Sérgio estuvo en la misma prisión que usted.

—Es posible. Pasé mucho tiempo con una capucha en la cara. Hasta hoy no sé cuánto tiempo.

Cerró los ojos. ("¡Toma mi mano, compañero!")

—Todo el tiempo luché para que al menos admitieran que habían detenido a Sérgio, pero ni eso conseguí.

—¿Y su marido?

Ella miró hacia el suelo, hacia las hojas secas.

—Bien... no sé realmente lo que él pensaba hacer. De todos modos, quería también encontrar a Sérgio antes que los otros. Pero no lo consiguió. El día que detuvieron a Sérgio él fue alejado del cargo en que estaba. Fue transferido. No pudo siquiera hablar con Sérgio. —Encaró a Cid. Tenía una expresión afligida, de una persona a la que habían herido profundamente y sin motivo. —Nunca quisieron admitir que él estuvo preso... Tal vez porque se volvió un escándalo muy grande. Yo supe por un sargento que simpatizaba con Sérgio que él había sido enviado a São Paulo y después a Río. Allí hubo una fuga muy grande. Huyeron muchos, y Sérgio entre ellos. Entonces recibí un recado. Era una cartita corta, letra de él, y entre otras cosas hablaba de usted y que yo debía hacer algo para intentar sacarlo de allí. Inmediatamente contraté un abogado, pero no prosperó. No quisieron admitir que también usted estaba preso.

Cid tiró el cigarrillo al suelo y lo pisó. Imposible tragar esa cosa amarga en la garganta.

—Me gustaría sentarme en uno de esos bancos, señor Espigão.

Cid tomó el pañuelo y comenzó a limpiar las hojas y el polvo bajo las protestas delicadas de la señora Gunter. Se sentaron. Ella se quitó los anteojos oscuros. Cid sacó otro cigarrillo. No quería —no podía— ser envuelto por la red de aquellos ojos.

—¿Y Sérgio?

—¿Sérgio? —Sonrió tristemente: —Continúa como cuando fui a su oficina, señor Espigão: desaparecido. La última noticia que tuve de él fue hace casi tres años, esa cartita que alguien me alcanzó en la calle desapareciendo antes de que pudiera preguntarle algo. Decía que estaba bien, que yo no me preocupase. Y que hiciera lo que pudiese por usted.

—Le agradezco mucho, señora Gunter, yo...

Pero ella no lo oía. Comprendió que ahora podía mirar sus ojos sin miedo. Habían perdido la imponencia y el misterio. Estaban apenas muy abiertos, perplejos, y perdidos en una región nebulosa.

—Sérgio... —La señora Gunter tenía un esbozo de sonrisa en los labios. —Anda por ahí.

Hizo un gesto vago: la plaza, las calles, los edificios.

Se calló y Cid miró alrededor el silencio del final de la tarde de sábado. En algún lugar de esa tarde está Sérgio, su juventud, sus secretos.

—Un día va a aparecer, señor Espigão. Tengo fe. Desde chico él aparece siempre cuando menos lo esperamos.

Algunas hojas corrían por el suelo y se detuvieron cerca de sus zapatos.

—Y decir que hace diez años él había salido a la calle cantando el himno porque habían derribado al Gobierno, porque habían alejado el peligro del comunismo. El padre era para él un héroe. ¡Un héroe!

Su rostro fue alterándose lentamente, lentamente las manos pálidas fueron subiendo en dirección al rostro.

—¿Qué fue lo que pasó, mi Dios?

La señora Gunter utilizó el pañuelo con discreción. Se serenaba.

—Yo también salí a la calle en aquellos días. Confiaba beatamente en que el país estaba salvado.

Suspiró hondo. Se había serenado totalmente.

—Ahora miro hacia atrás y me pregunto qué fue realmente lo que pasó. Qué peligro fue alejado. Qué paz que no teníamos. Quién nos amenazaba. Antes, por lo menos mi casa estaba en orden. Y ahora... —Miró a Cid. —Me separé de mi marido. —Se mira la punta de las uñas. —Decían cosas horribles de él. Recibí cartas, documentos... Fue transferido a Conceição do Araguaia.

Se colocó otra vez los anteojos. Sonrió, casi tímida.

—Pero hablo solamente yo, señor Espigão. ¿Y usted?

Cid se encogió de hombros.

—¿Yo? Nada. Estoy vivo y ya es mucho.

—No hable de esa manera. ¿Cómo salió de la prisíon? ¿Lo liberaron?

—En cierta manera fui liberado. ¿Usted no leyó los diarios? Un grupo de marginales intentando asaltar una fábrica en Navegantes se tiroteó con la policía. Murieron seis. Hace dos meses.

—Me parece que oí hablar algo.

—Pues el grupo de marginales eran los presos que no habían sido oficialmente detenidos. Fuimos ametrallados en la calle. Yo y unos dos o tres más conseguimos escapar por milagro, porque ellos se precipitaron y dispararon antes que bajásemos todos.

—¡Qué horror!

—Los muertos hoy son dados como personas desaparecidas o sino son "marginales" que resisten la orden de detención...

—Cuando pienso que usted perdió todo lo que tenía y pasó lo que pasó por mi culpa, me da una...

—Pero lo que ocurrió no fue por su culpa, señora Gunter. De ninguna manera. Su participación fue casual. Del modo en que están las cosas le puede ocurrir a cualquier persona que se pasee inocentemente por la calle.

—Fue necesario pasar por todo eso para aprender cosas bien banales, bien triviales, pero que nadie percibe.
—Se calló. Miró alrededor como si buscase palabras.
—No me siento triste ni deprimido porque perdí lo que tenía. Al contrario. Ahora sé lo que soy. Sé lo que voy a hacer. Y eso no vino solo. Lo aprendí con Mariana. Con Sérgio. Aprendí con los muchachos de allá adentro.

La larga pausa fue colmada por la sirena de una ambulancia. Algunas hojas cayeron, en lentas curvas.

—¿Usted tiene proyectos, señor Espigão?

Cid continuó callado, pensativo.

—Cuando vine a este encuentro vine dispuesta a ayudarlo en lo que usted necesite. Sé que su situación no es buena. Tiene que trabajar en lo que venga. Como ese trabajo de hoy. Yo tengo dinero, puedo ayudarlo.

—Le quedo muy agradecido, pero no necesito dinero.

—De cualquier manera yo le debo dinero.

—Usted no me debe nada.

—De cualquier manera... —La señora Gunter vaciló. —De cualquier manera, si usted piensa hacer algo contra... contra este estado de cosas... me gustaría ofrecerle ayuda.

—¿Por qué, señora Gunter?

—Por mi hijo. Todo lo que se haga contra ellos será a favor de mi hijo. Cuanto más pronto caigan ellos más pronto volverá a casa mi hijo.

Cid mira el suelo entre sus pies.

—Yo tengo aquí conmigo un cheque por quince mil cruzeiros al portador. Es suyo. Ahora usted tendrá oportunidad de encontrar a esa gente que anda con Serginho. Sólo le pido que me consiga un encuentro con ellos.

—Señora Gunter, yo no tengo la posibilidad más remota de encontrar a Sérgio. No tengo la menor idea de donde puede estar. No sabía ni que estuvo preso.

—Pero siempre hay una posibilidad. Usted estuvo tres años junto con esa gente que lo conocía. Siempre existe la posibilidad de que uno sepa. No me diga que no es posible.

—Señora Gunter, ya no soy más detective. Por lo menos no soy más la clase de detective que era.

—Pero usted necesita dinero, ¿no necesita?

—No mucho. No me interesa más el dinero. No quiero servir de instrumento a los otros. No voy a ser más detective de apenas un cliente por vez.

—No entiendo. De cualquier manera parece que usted pretende volver a la profesión. Y para eso necesita dinero. Todo el mundo necesita. Y lo único que le pido es que me diga donde está Sérgio cuando lo sepa. Él necesita otra oportunidad. Todavía puede volver a la universidad. Puede limpiar su nombre. Es muy joven todavía.

—¿Volver a la universidad, señora Gunter?

Suspiró con disgusto, con cansancio, con irritación.

—¿Usted recuerda la carta que él le dejó cuando se

fue? La leí tantas veces que casi la aprendí de memoria. En prisión trataba de recordarla, de descifrar su significado. Creo que lo entendí. Él decía en la carta que usted también entendería. Pero él estaba equivocado.

—Yo sé lo que usted quiere. —La señora Gunter habló en su tono resbaladizo, con suavidad, como quien le habla a un niño. —Es lo mismo que quiere Serginho. Es un sentimiento noble, yo no lo discuto. Pero es un sueño imposible el de ustedes. ¿No comprende que ellos son demasiado poderosos? Nunca podrán con ellos. Nunca. Es una lucha inútil, señor Espigão. ¿Por qué no acepta mi cheque y se dedica a buscar a Sérgio? Con ese dinero usted puede comenzar a ordenar su vida tranquilamente.

Le costó mucho responder. Esperó que la hoja que caía lentamente llegase al suelo.

—Tal vez yo pueda ordenar mi vida tranquilamente, como usted dice. Pero no quiero. Usted no me puede contratar. Porque aunque yo descubra a Sérgio no le voy a decir a nadie en el mundo donde está. A nadie.

La Dama de los Guantes Blancos permaneció serenamente inmóvil. Las hojas continuaban cayendo. La bocina de un auto sonó en la esquina.

Habló sin demostrar la mínima emoción:

—Yo soy una mujer de cuarenta y cinco años. Me siento como si tuviese el doble. Soy una mujer muy sola.

Se levantó. Cid también se levantó.

—De cualquier manera, señor Espigão, voy a quedar siempre con la impresión de estar debiéndole algo.

Comenzó a alejarse lentamente, sin decir hasta luego, sin mirar para atrás. La vio descender los escalones de concreto con paso vacilante, un poco pálida, cargando su invisible fardo, aparentando un frío sin remedio.

Cid Espigão permaneció de pie mucho tiempo, mirando la esquina donde ella había desaparecido, descubriendo en sí algo que se movía con esfuerzo, como un animal exhausto, y que no puede, no quiere identificar. Después, comenzó también a alejarse, olvidado del cigarrillo apagado en el ángulo de la boca, detestando la plaza, el crepúsculo, las hojas amarillas. Servían como escenario de novelas color rosa o películas de la Metro, no para encuadrar ese sentimiento pardo, inútil y sin consuelo que lo sofoca. Pero, al fin, es otoño. Ésa es la Plaza Argentina. Nada más natural que hojas secas, estatuas indiferentes, crepúsculo lento, como ocurre en novelas color rosa, en las películas de la Metro y, a veces, en la vida de la gente.

Capítulo V

Miraba la gran fuente española del Parque Farroupilha, el chorro de agua iluminada que escapaba por la boca del pez de bronce y las burbujas coloridas que se formaban en la superficie y no encontró nada que le diese coraje para lo que debía hacer.

Anochecía. En la esquina del parque buscó el reloj de la Estación Central de ómnibus. Las siete menos diez minutos. Olga dejaba el servicio a las siete y volvía a retomarlo a las ocho. Tenía que apurarse.

El perfil de la ciudad se volvía siniestro y sucio con el matiz violeta del crepúsculo. Otra ciudad, pensó. Hace mucho tiempo otra ciudad.

Escogió un bar que no fuese totalmente sórdido. Esperó que ella tomase el primer trago de Coca-Cola y sólo entonces habló, sorprendido consigo mismo, mirando bien dentro de la inmensa oscuridad de los ojos de ella.

—Olga, no vamos a vernos más. Me voy ya.

Ya estaba acostumbrada. Miró fijo la copa con Coca-Cola. La miró fijo el tiempo suficiente para poder armar la sonrisa.

—Tú eres el que sabe, Docinho.
—Me gustaría poder decirte algo.
—No necesitas decirme nada.

No decir nada, tiene razón. No decir nada. ¿Entonces, por qué mover las manos como si no supiera qué hacer con ellas, para qué encender el cigarrillo y dejarlo quemar arbitrariamente, ver el humo azul subir y arder en los ojos?

—Yo sé que te estoy afligiendo, pero no podía irme sin hablar antes. Simplemente no podía desaparecer.

—Eres libre, Docinho, no me debes ninguna explicación.

Hablaba en tono casual, con los ojos bajos.

La tristeza que acompañaba a Cid desde la Plaza Argentina súbitamente adquirió una cualidad física —peso—, y él tendió el cuerpo, se sintió agotado, sin fuerzas, pensó en apoyar la cabeza contra la fórmica de la mesa.

—Olga, Olga, Olga. No quiero lastimarte.

—Deja de ser imbécil.

El tono de voz continuaba bajo, controlado, pero cortante.

—Yo nunca esperé nada de ti, justamente. Eres de esas personas, Docinho, que ni siquiera consiguen engañar a una negrita empleada de bar al paso como yo. Estás desprovisto de carácter y fuerza de voluntad. Nunca vas a saber lo que quieres de la vida.

Se levantó rápidamente. Pero no lo suficientemente rápido para que Cid dejase de ver el brillo de las lágrimas en sus ojos. Ella se limpió con rabia.

—¡Y si te estuvieras muriendo otra vez por ahí no ganas nada con buscarme porque no me vas a conseguir!

Salió casi corriendo. Cid pagó la cuenta. Por poco no abofetea al mozo para apagar el aire divertido de su cara. En la calle se puso las manos en los bolsillos y quedó un momento recostado en la pared. Se sentía vacío. Un vacío carnal, un agujero hondo, oscuro, lleno de nada. Como si hubiera compuesto una canción alegre y la hubiera olvidado, y, ahora, por más que se esforzase, no pudiera ni siquiera silbarla.

Caminó muy lentamente junto a la pared, mirando con inconsciente placer los anuncios luminosos coloridos y percibiendo que la soledad es una cosa invisible que acomete no apenas en las tardes de domingo —puede llegar de repente en una noche de sábado, cuando se tiene tiempo para gastar.

Tenía tiempo para gastar. Podía caminar por las calles, podía entrar en un cine. Prefirió irse a su cuarto. Tomó el ómnibus pensando con disgusto que iba a llover.

Abrió la cerradura de la puerta y se tiró en el catre. Quedó casi una hora en la oscuridad, con los ojos cerrados, luchando para no pensar en nada. No necesitaba apurarse. Sabía que los sábados Lolo sólo dejaba el salón después de la medianoche. Ya me voy... Se sentó en el catre de lona, encendió la vela, quedó con la cabeza apoyada en las manos y la gran sombra montando guardia en la pared.

Tomó el paquete envuelto en diarios de abajo del catre. Lo deshizo lentamente. Contempló sin alteración en el rostro el pequeño centelleo del Smith and Wesson .38 a la luz de la vela.

Ya me voy, Olga. Ya me voy, mi prenda.

Capítulo VI

Casi medianoche. Él estará contando el dinero de la caja, como hace siempre. Calculará el pago de las muchachas, el de los aprendices, cuánto para la mucama. Hará las cuentas de lo que debe por el alquiler del local y le agregará la cuota del nuevo secador. Hará las cuentas minuciosamente, como una operación higiénica, mojando la punta del lápiz en la lengua, alisando con los dedos el borde de la libreta. Cuando termine, revisará los cálculos. Cerrará la libreta pensativamente. La guardará en el cajón con llave. Examinará lentamente su imagen en el espejo. Una a una, apagará las luces.

Ahora, viene con paso animado, recorrido por las luces rojas del aviso luminoso; se aproxima al Jaguar, prueba con la punta del zapato los neumáticos, enciende un cigarrillo. Tú sales de la sombra.

La llama del encendedor revela sin piedad la callada sorpresa que se esparce por la cara de Lolo.

—¡Cid!
—Por lo menos me reconociste enseguida.
—No cambiaste mucho.
—Tú sí, Lolo, cambiaste bastante.

Lolo luchó con el rubor.

—Estoy haciendo régimen. Adelgacé cinco kilos
—Se nota. Tu aspecto no podía ser mejor. Prosperidad saliendo por todos los poros.

—Bueno... —Comenzó un gesto que podría ser de modestia, de deja-eso, pero que se paralizó en la mitad y dio lugar a algo que afloró sin barreras en sus facciones y quedó allí inmóvil, como una máscara, junto con las luces rojas del aviso luminoso. —Qué es lo que quieres, Cid.

—Hablar.

—No tenemos nada que hablar.

—¿No? Eres gracioso, Lolo...

—Cid, escucha un consejo de quien es tu amigo: lo mejor que puedes hacer es abandonar la ciudad, abandonar el estado. Si yo fuera tú dejaría hasta el país. Tu situación no es broma.

—¿Por qué, profesor?

—¡Bueno! —Un gesto curvo, impaciente. —Tú sabes en lo que estás metido. Lo sabes muy bien.

—¿Lo sé? Tal vez tú sepas más que yo. Vamos a hablar clarito sobre eso.

—¡Yo no tengo nada que hablar contigo!

Retrocedió un paso y la luz roja se deslizó hacia la chaqueta de cuero.

—¿Sabes una cosa, Lolo? Siempre quise dar un paseo en un autito de esos.

Lolo pareció rumiar las palabras de Cid.

—Entra en el auto, Lolo.

—Yo no voy a ningún lado.

—Sí, vas, muñeca.

Por un momento pareció que Lolo iba a salir corriendo, pero permaneció inmóvil en el cordón, la mirada fascinada en la mano derecha de Cid, que sostenía una cosa oscura, que le apuntaba con una cosa oscura.

—Está cargado.

—Estás haciendo una locura, Cid.

—Entra en el auto.

—Piensa bien en lo que estás haciendo.

—Entra.

Calma, mansa, paciente, así sonaba la voz en los oídos de Lolo. La voz del desconocido que había oído una vez, hace mucho tiempo, en el cuarto vacío de una oficina desaparecida, pedazos de papel de pared por el piso.

Abrió la puerta.

—¿Adónde quieres ir?

—Al puerto. Me gusta ver los barcos.

Estaban sentados muy próximos, y la tensión viró hacia una especie de embarazo, de pudor. Después de todo, habían sido amigos. Alguna vez se habían prestado dinero. Llegaron a intercambiar alguna confidencia. Se examinaban, se medían, se evaluaban, cuidadosos para no caer en una celada de la nostalgia. El auto arrancó. Doblaron una esquina. ¿Dónde estaba el antiguo frenesí de las noches de los sábados? Esa ciudad ya no era la misma. Cid Espigão ya no era el mismo.

—Cuando dije que no habías cambiado mucho, hablé en serio —dijo Lolo.

El cabello corto y la chaqueta de cuero le daban inesperada masculinidad.

—Varias veces pensé en ir a hacerte una visita, pero era demasiado peligroso. Además, ellos no admitían que estabas preso. ¿Qué podía hacer?

Cid emitió un gruñido irónico. Lolo tomaba coraje —oír el motor del auto y concentrarse en el tránsico le distendieron los nervios. La voz ya le salía casi normal.

—Yo sé que no pasaste una temporada muy buena. No es necesario tener mucha imaginación para comprender lo que pasaste. Pero el hecho es ése: ya pasó. Ahora, debes erguir la cabeza, mirar al frente, fondear el barco. ¡Sin caer en el desánimo!

Ya no exhibía los modos expansivos y teatrales de

antes. Estaba comedido, discreto, desconfiado. Miró a Cid. ¿Ese aire impasible, ese hombre impasible, qué cosa, qué ironía, qué sorpresa esconde?

Cid negó con la cabeza. Lolo se entusiasmó.

—Tal vez yo pueda darte una mano en ese sentido. Es muy importante andar bien documentado en tu situación.

—Va a llover —dijo Cid.

—¿Cómo?

Cid señaló las gotas que comenzaban a manchar el vidrio del auto. Lolo asintió con un gesto de disgusto, imagínate qué mierda llover en una noche de sábado.

—¿Vas a encontrarte con alguien?

Lolo revivió su antigua cara pícara.

—Noche de sábado, madrugada de pecado. La muñeca está decadente pero siempre consigue sus cositas. Trabajo como un loco toda la semana pensando sólo en la noche del sábado.

—Madrugada... —murmuró Cid. —Fue en una madrugada.

—¿Qué?

—Que la secuestraron, la torturaron, la asesinaron. Que quemaron su cabeza en un fogón de piedras en la playa. Que cortaron sus manos.

Lolo no pudo evitar la sensación de que su universo se estrechaba rígido, blanco, helado. Había una sonrisa en la boca de Cid Espigão. En verdad, aquello podía ser todo, menos una sonrisa.

—¿Qué te parece?

—¿A mí? —Lolo intentó reír, mostrarse sorprendido. —¿Qué me parece eso? Me parece que es una barbaridad, Cid.

—¿Qué te parece que se debe hacer con los culpables?

—¿Qué se debe hacer? Pero es lógico. Denunciarlos a la policía.

—¿Y suponiendo que la policía hizo eso? ¿O gente en relación con la policía?

—¿Hacer eso la policía? ¿Gente en relación con la policía? Cháchara. No me digas que crees una cosa así.

El auto se detuvo ante un semáforo en rojo. Cid miró el asfalto coloreado por el reflejo de las vidrieras, la gente que pasaba con capas e impermeables relucientes, saliendo de los cines o dirigiéndose a los bares.

Lolo no podía disfrazar más el nerviosismo.

—No entiendo adónde quieres llegar, Cid.

El semáforo cambió, bocinas protestaron reclamando paso.

—Dirígete al puerto.

Surgieron las calles estrechas, los anuncios luminosos antiguos, los grupos oscuros bajo los toldos, fugazmente solidarios, las filas para el ómnibus, pacientes, cansadas. En las esquinas, prostitutas hacían gestos obscenos hacia el auto. Lolo intentó hace bromas al respecto, no pudo. El silencio de Cid era un fardo muy pesado.

—Sigo sin entender lo que quieres, Cid.

Surgió el muelle, el bulto oscuro de los navíos impreciso detrás de la espesa cortina de lluvia.

—Para allí, en el estacionamiento.

Era un lugar desierto, frente al Guaíba. Lolo apagó el motor. Oyeron el repiquetear de la lluvia en el capó, el incansable morder de las olas en la musgosa piedra del muelle. Cid encendió un Minister, fumó despacio, saboreando, pensativo. Miró a Lolo a través del humo. Lolo mirando la lluvia, Lolo con arrugas en la frente, Lolo irremediablemente perturbado. Y se convenció de que nunca lo había conocido, era un solemne desconocido, de cabellos cuidados, pestañas postizas, base en el rostro, lucha contra la obesidad. Todavía sostenía el palillo del fósforo, bajó el vidrio, lo tiró en la lluvia.

—¿Por qué avisaste que Mariana y yo estábamos en Arroio do Sal?

Lentamente, Lolo fue girando dos ojos filtrados de pánico en su dirección.

—Yo no hice eso. Juro que no hice eso. Juro por todo lo que quieras que yo sería incapaz de hacer una cosa de esas, Docinho.

—Yo no quiero que jures. Sólo quiero saber por qué hiciste eso.

—¿Pero qué puedo decir? ¡No puedo inventar una cosa que no hice!

—Lolo...

El rostro de Cid se transformó en un instante —duro, inhumano—, y el revólver mugió un sonido seco contra la boca de Lolo. El peluquero se tapó el rostro con las manos y comenzó a sollozar y escupir sangre, apoyado contra el volante.

—Lolo. —Esperó que los sollozos disminuyeran. —Yo no quiero herirte más, pero si fuera necesario estoy dispuesto a matarte. No ganas nada con llorar porque no vas a conmoverme. Yo esto lo aprendí con gente de tu laya.

—Rompiste mis dientes.

Hablaba en un tono perplejo. Las manos estaban manchadas de sangre.

—¿Por qué nos entregaste? ¿Ya eras de la policía?

Lolo sacudió la cabeza con fuerza, la bajó, quiso esconderla bajo el volante.

—Me rompiste los dientes...

—¿Te ofrecieron dinero?

Continuó sacudiendo la cabeza, recomenzó el llanto.

—Estás loco, Docinho.

—¿Quién te buscó? ¿El ex dueño de este auto?

Un ojo de Lolo espió entre los dedos, intrigado.

—Yo sé más de lo que piensas, Lolo. No ganas nada con mentir.

—Yo no los entregué en la playa. Ni sabía que iban allá. ¿Por qué insistes en eso? ¿Cómo podía saberlo? La última vez que los vi fue cuando te disfrazaron y no hablaron nada de eso.

—¿Ella no te habló, después?

—No, Cid. Lo juro.

—¿Desde cuándo eras informante?

—Yo no era informante.

—Ellos sabían hasta qué arma tenía, Lolo. Cuando la madre de Sérgio vino a buscarte le dijiste que me había mudado de ciudad. ¿Por qué?

—Ellos me obligaron, Cid. Me amenazaron. Dijeron que iban a romper todo mi salón, a llevarme al DOPS, a torturarme. ¿Qué podía hacer?

Cid recordó que tenía el cigarrillo entre los dedos. Inhaló profundamente. Todavía el gusto amargo. No conseguía liberarse.

—Cuando Agnadelli te buscó la primera vez fue después de que la madre de Sérgio me contrató, ¿no es cierto?

Lolo afirmó con la cabeza.

—Y no me avisaste.

—Tenía miedo.

—Y ganabas bien. ¿Sabías para qué me disfracé aquel día?

—No.

—Pero les avisaste.

Lolo quedó en silencio.

—¿Quién más vino, además de Agnadelli?

Lolo continuó en silencio.

—¿Quién más? —Le apoyó el caño del .38 en el cuello

—Wagner.

—¿Quién?

—Sólo sé que se llama Wagner.
—¿Cómo es?
—Alto, rubio, cabellos cortos, barba.
—¿Vive en la 24 de Outubro?
—Si. Un día se emborrachó y apareció allá en el salón. Hablaba en voz alta, quería romper cosas. Nunca le gustó mi cara, era muy machista. Después que se calmó contó que la frustración de su vida era no haber podido entrar en el ejército, por un problema físico. Dijo que quería ser mercenario en África, pero estaba muy ligado a la familia.
—Me parte el corazón. ¿Quién más vino?
—Sólo los dos.
—Desde entonces te volviste informante.
—Yo no soy informante. No tengo nada que ver con ellos. Hablé con ellos apenas en esos días porque no tenía salida, pero después nunca me metí con ellos.
—¿Y este auto? ¿Lo ganaste peinando cabellos? ¿Se lo compraste a Agnadelli apenas por casualidad? ¿Y tu súbita prosperidad fue gracias a tus maravillosos peinados? Cuando volví a mi oficina aquella mañana ya estabas tomando posesión de ella, ¿recuerdas? ¿Eso formaba parte del pago? Vamos, Lolo...

Recordó que llovía, que hacía mucho frío, que era una maldita noche de sábado.

—Cada fin de mes recibes un sobre con un cheque, Lolo. Me hablaron de eso allá adentro. Pasé tres años encerrado, ¿te acuerdas? Uno oye muchas cosas. Ellos están demasiado confiados, olvidan un poco la seguridad. Hablaron delante de mí. Que tú tenías pruebas contra mí. Seguramente contaban con liquidarme, jamás imaginaron que yo iba a quedar vivo, Lolo, vivo. Ellos me fueron olvidando con el tiempo, dejándome de lado. Pero yo nunca olvidé esa historia del sobre cada fin de mes.

Tal vez sea un empleo como cualquier otro. Hoy en día las cosas andan todas cambiadas. Pero yo soy a la antigua, Lolo. Tú sabes cómo soy yo. Un amigo es un amigo. Yo te consideraba un tipo leal. Y me entregaste, diablos. Puedo aceptar que hubieras sentido miedo. Acepto que ellos te iban a llevar al DOPS y allí te iban a exprimir hasta el alma. Pero tú simplemente te pasaste del lado de ellos, Lolo. Y tú eras mi amigo. Eso es otra cosa. Y por dinero. Por una mierda de un sobre con un cheque adentro cada fin de mes.

Su voz era casi un hilo.

—Vamos al centro, Lolo.

Volvieron a las calles estrechas, a las prostitutas bajo las marquesinas, a los carteles luminosos con aura de sábado de madrugada.

—¿Cómo se llama la organización de Agnadelli?

—DFL. Democracia, Familia y Libertad.

—¿La sede es en la casa de Wagner?

—Ya no lo es más. Alquilaron una casa en la Cristóvão Colombo.

—Vamos para allá.

Minutos después pasaban frente al sombrío caserón. Lolo temblaba y apretaba el pañuelo contra la boca.

—¿Ellos te conocen?

—Algunos.

(Éste es el Barrio Floresta: vías de tranvías, bares antiguos, restaurantes chinos, pizzerías. Los cines ya cerraron las puertas. Algún ansioso conjunto intenta interesar a los parroquianos de las parrillas en sambas inéditas. Los chicos que cuidan los autos bostezan, friolentos. Pasa silencioso, felino, un coche policial).

Lolo conservaba residuos de lágrimas en los ojos.

—¿Es el nuevo vecino? Bienvenido. Estaba curioso por saber quién sería el nuevo vecino.

—¿Wagner y Agnadelli tienen una seguridad especial?

—Creo que no.

—Da la vuelta. Quiero pasar otra vez frente a la casa.

—Mis clientas te van a adorar. ¡Un detective, imagínate!

El auto circulaba lento. Lolo tenía los labios hinchados, los ojos enrojecidos.

—Vamos a entrar ahí, Lolo.

—Estás loco.

Se calló porque la punta del caño del .38 era muy dura y machucaba sus costillas.

—¿No tienes teléfono, no es así? El mío está enteramente a tus órdenes hasta que instalen el tuyo, ¿viste?

Las calles fluctuaban cubiertas por una neblina muy tenue, una especie delicada de cerrazón que suavizaba, diluía e imprimía una vaga tristeza a los contornos.

—Para.

El edificio tenía dos pisos, se llegaba a percibir confusamente el color amarillo, las ventanas altas y enrejadas, el muro con los pedazos de vidrio, el miedo de ratón en los ojos de Lolo cuando es oscurecido en el rincón de la pared por la sombra sin clemencia del gato.

—Ahora vas allí y golpeas la puerta.

—Pero están todos durmiendo, Docinho.

—Entonces vas a tener que golpear más fuerte para que despierten.

Sin ironía, sin odio, sin rabia, ahora. Apenas conductor de lo irreversible.

—En realidad, mi nombre es Edvaldo. Edvaldo Flores.

Fue empujado fuera del auto por el caño del revólver. Sus pasos recordaban los de un niño que aprende a caminar; después, pareció un ebrio cuando se asusta y pierde el equilibrio porque súbitamente se vio en medio del trío de motociclistas de camperas negras, que reía a carcajadas y gritaba obscenidades y que se perdió en la esquina reventando una botella contra un poste.

—Pero tú, como vecino, tienes derecho a llamarme Lolo, como mis amigos. ¡Un detective, qué fantástico!

Está llegando a la puerta, subiendo los tres escalones, pensando en lo absurdo de lo que va a hacer y en el coraje que no existe y que lo hará gritar y correr, endureciéndose todo cuando la voz seca del hombre en el auto alcance sus costillas como un golpe dado por sorpresa.

—¡Golpea la puerta, diablos!

Cid Espigão vio cuando la mano de Lolo oprimía el timbre de la puerta y supo que su corazón iba a precipitarse, que los árboles de la calle serían para siempre indescifrables y que la cabeza baja de Lolo un día todavía iba a aparecer en su vida bajo forma de tristeza y entonces gatilló el Smith and Wesson .38 y dejó de pensar.

La puerta se abrió. Hubo un breve, confuso movimiento del bulto que la abrió; apoyó la mano en la ventanilla, apretó dos veces el gatillo, el sonido de los disparos rodeó la calle, el bulto en la puerta se curvó, la ametralladora resbaló hacia la vereda, Lolo tenía las dos manos en la cabeza y tal vez gritase.

Enciende el motor y arranca. Por el espejo ve que brota más gente del caserón, que Lolo es derribado, que comienzan a tirar e imprecar. Acelera el auto, dobla una esquina, descubre tarde que está a contramano, avanza, pasa a la derecha, penetra en el lago de luces de la Avenida Farrapos sorbiendo una alegría vertiginosa, enciende la radio, el auto es invadido por tamboriles, *cuícas, cavaquinhos*, se deja invadir, tomar, incorpora su alegría a la súbita alegría de los tamboriles y *cuícas* y *cavaquinhos*, se transforma en una cosa tosca, viva, sudorosa.

Capítulo VII

Está en esa atormentada esquina de la Mostardeiro con la 24 de Outubro, el cuello del chaquetón levantado, las manos metidas en los bolsillos, el cigarrillo apagado en la boca, por precaución, no por olvido. Los autos pasan velozmente, sin necesidad, los faros abren ventanas en la oscuridad revelando árboles marchitos y casas rígidas de pavor. Hay risas sin alegría, latidos esparcidos, gritos sin significación aparente. Las dos. Ahora.

Había esperado en la esquina maldiciendo la garúa helada. Ahora, concentrado, imagina, en un esfuerzo para volver real lo imaginado, que está liviano, ágil, dispuesto. Imagina que salta la pared sin prisa ni ruido. Y ya camina —libre de la imaginación y de las ansias— por el jardín que un día contempló con indisimulable asombro. Pero es otro jardín. Sin luces, sin fuentes, sin verano. Camina cauteloso, olfateando en el ambiente un clima de brujería, como si ocultos ojos salvajes lo espiasen detrás de cada hoja. Él —sabe— está allá adentro y es difícil imaginarlo, pensarlo, definir sus contornos, el brillo del cabello, la manera reticente como se contempla la punta de los dedos.

El terreno es pegajoso; pisa hojas podridas, flores marchitas, restos. Y no puede pensar en CG. No puede reconstruir sus facciones. Ni recuerda lo que va a hacer.

Tiene apenas que llegar allí. Dar la vuelta en esa casa. Imagina esos brotes verdes, esas algas, ese aroma de incienso y ese susurrar de letanías. Al sol, debe herir la vista. No es nada, ahora, sin luna que la refleje, sin personas que la aviven esparcidas por sus escalones. Nada. Una escalinata blanca, vacía, fría. Como la casa. Esa casa donde va a entrar. Donde necesita entrar. Da la vuelta alrededor de ella, cauteloso y sin pensamientos. Elige una ventana. Sube, avista la pileta. Seca, sucia, tapizada de hojas. Saca del bolsillo el cortador de vidrios y fácilmente corta una porción por donde meter el brazo. Deposita el pedazo de vidrio con cuidado en el alféizar. Mete la mano por el agujero, encuentra la falleba, le da vuelta con la respiración en suspenso y ve que se abre con un rechinar melancólico que es absorbido por el terciopelo rojo de la cortina. Se sienta en el alféizar y pasa las piernas hacia adentro de la casa. Cuando se desembaraza del envolvimiento tibio y polvoriento del terciopelo entreabre los ojos, en la oscuridad, para examinar dónde está. Enseguida alcanza a ver reflejos de espejos o candelabros, el centelleo de una araña, el volumen indeciso de muebles pesados, ahogo de sala alfombrada. Espera el tiempo suficiente para que su cuerpo se acostumbre a la atmósfera casi funeraria, los ojos distingan con más nitidez los volúmenes oscuros, la confianza comience a emerger lentamente del brumoso mar de vacilaciones en que se estaba sumergiendo. Y ahora, regularizada la circulación de la sangre y recompuesto el latir del pulso, aventura los primeros pasos en dirección a la puerta. Esa sala no le recuerda nada, no le dice nada y no tiene por qué perder tiempo aquí. La puerta —abierta suavemente y con la muda colaboración de los goznes— da a un corredor que vagamente reconoce. Jarrones con grandes follajes, piso de baldosas brillantes, paredes claras. Al final del corredor, otra puerta, mayor, comunicando con un gran salón cuyas paredes son espejos y cuyo piso está cubierto por una gran alfombra roja. Ahora, sí. Comienza a orientarse. Esa escalera lleva al salón de baile donde, aquella noche, vaciló en penetrar. Se estremece. Hay alguien parado en lo alto de la escalera. No hay duda de que fue visto. La mano ya aprieta con excesivo ardor la culata del .38 y los nervios y músculos ya están movilizados. Pero el bulto en lo alto continúa inmóvil y silencioso. Va tomando forma enseguida en la oscuridad y Cid distingue algo que es un ala gigantesca —el ángel. La mano se afloja alrededor de la culata porosa. Los nervios y músculos se aflojan alrededor de su ansiedad. Le sonríe a la oscuridad. Y vuelve a compenetrarse del objetivo que lo trajo allí —necesita encontrar el cuarto de CG. Tal vez lo más correcto sea buscar la puerta medieval, la escalinata de piedra en forma de caracol, el cuarto secreto de la música de Wagner. Y si bien recuerda, necesita tomar nuevamente el corredor de plantas tropicales y caminar hasta el extremo opuesto. Y es eso exactamente lo que resuelve hacer.

Oye el gemido cuando da media vuelta. Vuelve a inmovilizarse. Silencio total. Espera. Cuando comienza a pensar que es imaginación, el gemido invade otra vez el aire espeso. Eso que se esparce meticulosamente por su cuerpo —como el calor producido por el primer trago de *cachaça* al anochecer— es aquella sensación sudorosa y carnal que lo invadió en el auto cuando encendió la radio y escuchó la música sublime cantada por Caetano Veloso. Avanza en dirección del gemido, va empujando la oscuridad mientras avanza, va separando la oscuridad con los hombros, las piernas, los brazos, y percibe sin sobresalto que es perfectamente capaz de matar a la vieja que duerme en la poltrona antes de que ella despierte y matar sin realizar una mínima contracción de pena. No ve pero sabe que la vieja usa el mismo vestido de terciopelo negro de los dos encuentros anteriores, que sus frágiles, repelentes brazos están caídos sobre las piernas y que las manos arrugadas empuñan una pistola de bucanero del siglo pasado y que hay una botella de whisky rigurosamente neutra al lado de la poltrona y que ese sutil, discreto centelleo es el oro de una de las medallas que penden del pecho de la vieja. Cid Espigão toma la botella, la levanta a la altura de los ojos, considera la armonía del amarillo encerrado en el recipiente de vidrio, y cuando termina el tercer trago sabe que la vieja está bien despierta y que sus ojos disimulados lo examinan sin susto ni curiosidad.

—CG —murmura Cid.

El rastro blanco que marca la oscuridad debe ser el brazo de la vieja apuntando hacia el corredor. Cid saca el revólver de las manos arrugadas con una leve repugnancia, examina bien de cerca el rostro agrietado y sorprende la risa terrible que la vieja estaba guardando, que endurece la boca de la vieja, que le enciende un brillo muerto en los ojos y le proporciona una astucia de gerente de Banco, vulgar, implacable, subrepticia. Le da la espalda a la vieja. Y es atravesado por la súbita certeza de que eso es un error, en un relámpago de lucidez descubre que no está todavía enteramente preparado, que todavía es débil e indeciso, que no se da la espalda al enemigo a no ser que esté muerto, y antes que se dé vuelta, antes que la idea de matar a la vieja regrese otra vez transformada en alegría, ve que el ángel hace un disimulado movimiento en lo alto de la escalera.

Hermenegildo da Silva Espiguetta —más conocido

como Cid Espigão, detective privado de oficio— no se permitió una sola partícula de vacilación.

La casa trepidó con el tercero, cuarto, quinto y sexto disparos que Cid dio en toda su vida —disparos que lo volvieron espeso y llameante, se volvieron visiones de banderas desplegadas, clarines y cascos de caballos golpeando el suelo— y que derriba escalera abajo a alguien que se ocultaba detrás del ángel. Se vuelve hacia la vieja en un instante —revólver apuntado, dedo listo—, pero encuentra al bulto en la poltrona inmóvil e indiferente, la invisible sonrisa endurecida en la cara.

Toca el cuerpo con el pie, lo da vuelta. Es casi un adolescente, de enfermiza belleza: viste un traje oscuro y mal cortado, corbata marrón, cabello a lo príncipe Danilo, el objeto que su mano trémula como una tarántula moribunda busca es la ametralladora que dejó caer. No llega a tocarla. Los dedos se contraen, se endurecen, se agitan y bruscamente se cierran. Hay una última contracción del dedo menor y después todo el cuerpo se paraliza sin emitir el menor sonido o queja. Cid Espigão se inclina para empuñar la ametralladora y se enfrenta con el rostro liso, imberbe, mal despuntado el bozo, las facciones precozmente endurecidas a las cuales la muerte va devolviendo la inocencia.

Ahora, Cid Espigão espera bajo la escalera. Cid Espigão tiene un muerto. Necesita aceptarlo, como el caserón lo acepta. Necesita descubrir el exacto equilibrio para cargarlo de modo que no pese, como el caserón lo carga en ese viaje madrugada adentro que está apenas comenzando.

Resuelve abandonar la protección de la escalera y buscar a CG. Pisa el corredor filtrado por una luz indefinible que amarillea los paisajes bucólicos en las paredes y se posa sobre los follajes tropicales, tocándolos apenas lo suficiente para que no se impacienten. Es cuando llega al final del corredor y encuentra la puerta medieval, cuando toca la argolla de hierro que hace el papel de picaporte y cuando oye el sonido de llanto que los goznes emiten que Cid Espigão descubre, aterrado y feliz, que la casa envejece a cada segundo, acompaña a la madrugada rumbo a su inalterable fin como los vampiros de la leyenda que se transforman en polvo con la primera luz del sol. Cid Espigão está bajando la escalera en forma de caracol. Está con el .38 en la mano derecha. Le pesa inclinándolo, porque el muerto es reciente y todavía no lo asimiló con la tranquilidad del caserón. Se detiene frente a la puerta de cuatrocientos kilos. Recarga el arma con las balas que faltan, apunta hacia la cerradura y vuelve a vaciarla de una, dos, tres balas y patea la puerta y entra rodando, todo el cuerpo acariciado por el soplo de la música.

Él está sentado frente a la mesa, endurecido, las manos apoyadas en los brazos de terciopelo de la poltrona y los ojos brillantes, fijos, muy abiertos, la sonrisa heredada de la vieja brotando de sus labios dura y sin sentido.

Cid se levanta muy lentamente, el .38 apuntando hacia la cabeza de CG y todos los poros intuyendo algo que se esconde rígido por detrás de la música de Wagner.

Se aproxima en puntas de pie, examina bien todos los rincones de la sala y constata la lenta agonía de las molduras, la tristeza en el rostro de los generales, la descomposición acelerada de la pintura de las paredes y apoya el caño del .38 en la cabeza de CG, hijo de puta, murmura, y sabe que comienza a temblar y sudar y sentir fiebre y que va a matar a CG, vas a morir hijo de puta, tiene la voz ronca, cavernosa, atascada de odio, vas a morir, susurra, vas a morir, repite bajito junto al oído de él como si explicase la escena de una película o contase un secreto, morir, repite, morir —y gatilla. El rápido estallido corta el silencio como una tijera. Los puntos oscuros de los ojos de CG comienzan a moverse al mismo tiempo uno para cada lado, la sonrisa aumenta desproporcionadamente y después, lentas, las pupilas vuelven a su lugar, la sonrisa disminuye y Cid Espigão libera las ganas de gritar:

—¡Vas a morir, hijo de una gran puta!

Sacude a CG por el cuello de la camisa, aplica dos bofetadas violentas en su rostro, lo empuja pero él vuelve al lugar e ingresa en su neutra inmovilidad, como si no lo hubiese tocado, impasible. Las pupilas comienzan otra vez la penosa trayectoria, una en cada dirección, la sonrisa se amplía como elástico y despues, al mismo tiempo que las pupilas regresan lentamente hacia el centro de los ojos, se va encogiendo, se va apagando, hasta volverse un esbozo duro, un remedo amenazador.

Cid Espigão retrocede un paso. Tiene que hablar con él. Tiene que hacerle recordar. Tiene que hacerle acordar del nombre de Mariana. Tiene que verlo sentir miedo, tiene que verlo temblar e implorar y arrastrarse por el piso. Pero está ahí, como la casa, entorpecido, lleno de drogas, marchando hacia el inevitable amanecer. Cid Espigão suspira. Cid Espigão se sienta en una poltrona. Cid Espigão cruza las piernas y Cid Espigão enciende un cigarrillo. Fuma sin sacar los ojos del rostro idiotizado frente a él, en la mano derecha el .38, en la izquierda el Minister. La sonrisa comienza a ampliarse otra vez en la cara de CG. Los puntos oscuros de los ojos recomienzan sus cortas marchas en direcciones contrarias. Cid Espigão fuma, Cid Espigão tira la ceniza en la alfombra. Percibe al tiempo royendo el terciopelo de las cortinas como una inmensa e invisible rata, transformándose en música y destruyendo la propia música, devorando y devorándose.

La rabia de Cid Espigão se esfumó junto con el cigarrillo, pero permaneció el odio. Frío, como la espada de oro junto al hogar. CG no va a hablar más y Cid Espigão no quiere oírlo más. Lo que lo punzaba, además del odio, era el viejo oficio de detective. Verdaderamente, todo está explicado desde hace mucho tiempo. Faltan los detalles, apenas. Y, ahora, a Cid Espigão ya no le importa. Cuando se levanta de la poltrona piensa que irá hasta el bar a tomar un trago del whisky extranjero de CG, pero no se sorprende cuando abre la manija de la minúscula heladerita semioculta por columnas y llena una copa con agua. Saborea cada trago, apenas un momento pasa por su cerebro la curiosidad de saber qué tipo de droga habría ingerido CG, deja la copa sobre el borde del mostrador. Se agacha, encuentra bajo la pileta las dos llaves de la cañería de gas y las abre completamente.

Huele el gas esparciéndose, adivina su lucha por los espacios vitales con la música, presiente su victoria y sale sin mirar ni una única vez hacia CG, hacia los cuadros que se disuelven, hacia las cortinas agonizantes. Cierra la puerta con fuerza y para siempre.

A cada minuto la casa se hace más vieja. Parece ver la humedad brotar de las paredes, crecer musgo en las puertas, silenciosamente desmenuzarse en gris las alfombras y las ventanas. Los espejos ya no devuelven las imágenes. El techo parece estar a punto de desmoronarse. Apunta el arma hacia la vieja. Continúa en la misma posición que la había dejado, la sonrisa endurecida entre las grietas del rostro, los brazos caídos sobre las piernas y los ojos paralizados. Baja el .38. Se aproxima al guardaespaldas muerto. Representa bien su papel de muerto. Navega suavemente con el caserón rumbo a las luces del día. No podrá verlas, a pesar de los ojos abiertos, de la recuperada dulzura del rostro.

Sale por la puerta del frente y no le importa dejarla abierta para que la luz de la madrugada, mezclada con la neblina, penetre en la casa para ventilarla de toda la oscura inmundicia, comience meticulosamente las tareas del funeral.

Camina, pesado y calmo, hasta el portón. Tiene que desviarse, porque cae en la vereda cuando lo empuja. Sólo entonces verifica que las bisagras están carcomidas por la herrumbre y la pintura desvaída por el tiempo.

Se acerca al Jaguar acariciando los muertos que carga.

Mirará alrededor, se sentará, encenderá el motor.

Capítulo VIII

Encenderá el motor, lentamente dará una vuelta a la manzana, sabrá que el asfalto se deslizará bajo el auto como una alfombra de seda, que los árboles ocultarán pensamientos intraducibles y las casas a lo largo del barrio serán para siempre enemigas. Comenzará a alejarse sin rumbo determinado, intuyendo, con un mínimo de sobresalto, que eso frío y fúnebre y gris es la mañana. La mañana que se alza sobre la ciudad, sobre los automóviles, las fábricas, los últimos gatos que se escabullen en las paredes sucias de los callejones del Bom Fim. Estacionará en la esquina, sonreirá ante su bostezo, tardará en descubrir que su conocimiento viene siempre un poco después del hecho consumado, no le sonreía a su sueño, le sonreía a esa calle arbolada, a ese jardín duramente verde, a esa mansión blanca, de pesadas columnas, esa fría mansión silenciosa, sólida e indestructible en la sólida mañana de domingo. La sonrisa continuará, vaga y sin uso, permanecerá sentado mirando sus manos despellejadas, vagamente meditará en el hecho de que siente hambre y un poco de cansancio. Le sonreirá a esa certeza que se eleva en la neblina, que desciende del auto, que abre el portón de rejas negras, que camina por el jardín invulnerable y poderoso, volverá a sonreír, permitirá que la certeza vuelva, se instale dentro del Jaguar a su lado, jugará con ella, no le importará continuar sonriendo, encender el motor, recorrer las calles desiertas de esa ciudad y después volver otra vez a esa esquina, habrá perros bien tratados con lazos de cintas prendidos entre sus orejas, familias yendo a misa en autos recién comprados, habrá la complicidad del cigarrillo y la perezosa solidaridad del humo, y habrá sobre todo el tiempo que deberá pasar y se irá transformando en un tiempo rural, lento, hecho de ruedas de carretas, atontado, bovino, agrario, y habrá el sueño y el momento culminante en que el Esperado surgirá en la puerta principal de la mansión, soberbio en su abrigo de pieles, tomado del brazo con la mujer pecosa y bajarán las escaleras riéndole a algo invisible encima de los árboles, tal vez al recuerdo de Humberto III, tal vez a la cara indescifrable de Humberto IV. El auto negro es un Rolls-Royce, el jardinero japonés abrirá el portón con reverencias y el auto pasará a una velocidad moderada, civilizada, y Cid Espigão temblará y sus manos se crisparán en el volante y sus dientes estarán rechinando porque la cacería recomenzó.

    Asumirá una astucia de animal, se investirá de una precisión de máquina, se cubrirá con la frialdad de un profesional del póquer y las vagas ganas de saborear una taza de café será aplastada como algo innoble y automáticamente llevará la mano a la pila de agua bendita, permitirá que el canto gregoriano escarbe en una región endurecida de su memoria y revuelva olor de incienso y velas bendecidas, pan ázimo, via crucis, miedo del infierno. Pisará la memoria como quien pisa una cucaracha y se aproxima al Distraído por entre los fieles, examina el rostro que estuvo bronceado (ahora está pálido, recuerda que era verano), el rostro que mantiene un absurdo aire de devoción mientras el sacerdote rodeado de luces abre los brazos y anuncia que el Señor está con nosotros y tú palpas la culata del Señor en el fondo de tu bolsillo y es una culata porosa y áspera y con peso y con vida y se aproxima más al Incauto y quiere adivinar si él está rezando realmente o apenas finge, pues ahora él tiene los ojos cerrados, un aura de fingida inocencia —perfecta, secular, heredada, legítima—, casi imposible de duda, y ella está contrita, arrodillada, velo negro cubriendo los cabellos y la mitad del rostro, y tú te concentras otra vez en él, imaginas lo que dirá cuando le traigan la noticia de lo que ocurrió con CG —si es que tendrá oportunidad de saberlo—, te esfuerzas en imaginar lo que él susurra cuando se arrodilla delante del confesionario, lo que maquina mientras mantiene la máscara perfecta trabajando para acompañar la ceremonia que se desarrolla allá al frente, y entonces tú, el Invisible, saldrás con tu paso de leopardo, bajarás las escaleras de la catedral mostrando los dientes y sintiendo en ellos el gusto de la sangre, el mendigo te mirará con horror y te sentarás en el auto dominando la alegría que crece como un girasol. Encenderás el motor, te deslizarás entre el tránsito como si tuvieses vértebras de serpiente, cada gesto tuyo tendrá la experiencia del odio domado y esperarás otra vez en la esquina, permitirás un nuevo bostezo, el rostro que de repente contemplas en el espejo del auto es un rostro pálido y verdoso, de ojos enrojecidos y barba crecida, y cargas la marca densa, parda, eterna de los muertos de la mansión agonizante y Cid Espigão mira ese rostro y se reconoce y acepta.

Es casi en paz que recomienza la cacería. Lo sigues mordiendo los bostezos, tamborileando los dedos en el volante, sin que te importe que él haya prescindido del chofer ni que la imagen de CG que le surge como reflejos en el cerebro sea una imagen tomada de tonos rojos anteriores al expresionismo. Ya es la una de la tarde. No comes nada desde ayer a la noche, te asusta no sentir hambre, te asusta no sentir más deseo (la lengua dibujando el contorno de las pecas, el cuerpo mojado y el agua verde de la pileta), esas calles ya tuvieron días de belleza torturadora, el otoño ya fabricó tantos crepúsculos desperdiciados detrás de aquellos postes de luz, no debes pensar más en el negrazo, en su sonrisa y en sus palabras siempre cargadas de cariñosa malicia, no debes pensar, sin embargo vas a recordar para siempre el día en que él dijo, con el sarcasmo pendiente de un ángulo de la sonrisa, si un día lo llenas de plomo a uno de ellos, aunque sea por azar, acuérdate de mí.

Me voy a acordar, morocho, tranquilo. La Rua Siqueira Campos, la Rua Cristóvão Colombo, la Rua Garibaldi, la Avenida Independência, la Plaza del Hospital de Caridad, la bajada de la General Vitorino, la Rua Dr. Flores, la Avenida Borges de Medeiros y el súbito, amplio, aéreo espacio de la Praia de Belas y la procesión nerviosa del tránsito: las dos de la tarde de un domingo sin sol, toda esa muchedumbre va para el Grenal, también el impoluto industrial Randolfo Agnadelli y su pachorra, su importancia, su pose y su delicadeza insultante. (Hay algo tenso, delicado, en el aire, y está próximo a estallar: el Grenal.) Toda esa gente con banderas, ese aire de prisa y aflicción, esa alegría impaciente e incomprensible, todos los carritos con panchos y Coca-Cola, los vendedores de lotería gritando en medio de la calle, las bocinas histéricas y los agentes impotentes para controlar la multitud que avanza hacia el inmenso templo anclado a la orilla del río.

Estacionan casi uno al lado del otro. Si él viera el Jaguar lo reconocería y entonces sería ése el momento. Pero él pasa del brazo con ella, seguro y distante. El chico insiste en una propina pero se asusta con tus ojos, tal vez el gruñido y los dientes que muestras —no al chico del estacionamiento, que prácticamente no ves— a ellos, a la pareja. Los sigues. Van tomados de la mano, van inocentes, van cándidos, van a asistir (al lado del gobernador, tal vez), con enfado y superioridad, a un partido de fútbol para disfrazar la tarde de domingo; del estadio se alza un sonido en forma de ola, creciendo, creciendo, desparramándose y disminuyendo como un gemido, estás casi al lado de ellos, ella quiere comprar pochoclo, notas la sombra de contrariedad en el rostro de él, la sonrisa forzada, la condescendencia, y tú casi lo tocas, casi le explicas que vas a dispararle bien de cerca y sin avisar, que está viviendo sus últimos pensamientos, y voluntades, e ilusiones —piensa seguramente que va a asistir al partido, el imbécil—, y ella tira algunos pochoclos y ríe, estirando la cabeza, los cabellos dorados súbitamente vivos y tú aprietas al Señor en el bolsillo del gabán, la ola de los ruidos de la multitud escala otra vez las paredes del estadio y salpica la larga fila que sube las rampas como una lluvia de aserrín y tú murmuras doctor.

Los ojos expertos en el rostro pecoso —tan expresivos con el flequillo en la cabeza— miraron entre sorprendidos e incomodados al extraño de aspecto desagradable que parecía querer decirle algo a Agnadelli. Piensa que tal vez sea un loco o un borracho y no le da importancia y tú sonríes la misma sonrisa que asustó al mendigo en la escalera de la catedral. Tú ves que ellos ganan el portón destinado a los dueños del club, imaginas que subirán por un ascensor donde un ascensorista servil les sonreirá con la esperanza de una propina y presentará una cara entristecida y solidaria si el equipo del doctor pierde el partido y se enfurecerá e insultará al árbitro si así lo hiciera el doctor o estará deportivo y conforme si así lo estuviera el doctor y odiaste la obsecuencia del ascensorista que ni conocías o sabías si existía y pensaste que Agnadelli descansaría su culito en almohadones blancos mientras él y los otros se apelmazaban justamente en el cemento de la popular cuando no estabas al día con la cuota del club y entonces sacaste el Smith and Wesson del bolsillo y percibiste que aumentó el clamor de la multitud y apuraste el paso y pensaste en el negrazo y en que el preliminar debe estar caliente, imaginaste en un fugaz instante la pelota blanquita rodando en el pasto y los postes gruesos y la red color rosa hecha de nailon y el humo de los cigarrillos y panchos planeando como una nube encima del estadio y en el centro vertiginoso del nuevo clamor, dijiste bien alto doctor y Agnadelli no oyó, solamente los ojos de Dóris revelaban el asombro de ver en la mano derecha del extraño de aspecto desagradable un enorme revólver negro.

Gritó y se agarró del brazo de Agnadelli.

Un claro repentino se abrió en medio de la multitud. De un lado, abrazados, indefensos, pálidos de miedo, la pareja bien vestida. Del otro, el hombre de aspecto desagradable, apuntando un arma y diciendo cosas que nadie entendía ni podía oír. El hombre bien vestido intentaba soltarse de la mujer pecosa, gritaba cosas, apoplético, rojo, algunos pensaron oír o imaginaron oír que él prometía millones —las cifras eran altísimas, afirmó después un testigo— y prometer no se sabe qué asunto hablar con cierto magistrado o general y arreglar todo, pero el hombre de aspecto desagradable tenía una sonrisa en la cara que lo volvía todavía más desagradable y en el momento en que el hombre bien vestido hizo un gesto desesperado para sacar la billetera —contradicción entre los testigos: lo que él sacó fue una pistolita brillante, juró otro—, el hombre de aspecto desagradable apretó el gatillo.

Fue la señal: la multitud se electrizó o enloqueció o simplemente se asustó. Corrieron cada uno en una dirección y el caos en segundos se tornó absoluto. Los gritos, las ropas rasgadas, los cuerpos cayendo y el imperturbable hombre de aspecto desagradable que apuntaba al hombre bien vestido que a cuatro patas en el piso buscaba los anteojos o la billetera o posiblemente la pistolita brillante. El nuevo disparo fue seguido de un grito agudo proferido por alguien no identificado y un brusco impulso colectivo de la multitud como si estuviesen dentro de un ómnibus que frenase súbitamente. Tropezaron con el hombre bien vestido que no conseguía levantarse y cayó un número no computado con rigor, pero que podría ser de veinte a treinta personas y se oyó la sirena de un coche policial. La cabeza del hombre bien vestido fue aplastada en ese preciso momento, a pesar de que testigos idóneos afirman que ella fue aplastada ya lejos de los portones cuando la policía disparó contra la multitud y varios cayeron. La mujer pecosa nunca más fue vista, a pesar de que a la claridad de los coches policiales incendiados por la multitud enfurecida se distinguiese perfectamente la febril alegría en los ojos del hombre de aspecto desagradable, su extraña sonrisa al ver el humo negro subiendo al cielo.

Capítulo IX

No necesita pensar en nada, apenas abandonar la cabeza a la blandura del sueño. (Allá adentro el cadáver ya se descomponía). Intuyó vagamente un pájaro desconocido haciendo círculos en el cielo, lo sintió descender en un revolotear de alas sobre sus hombros, percibió que el pájaro tenía ojos verdes, hocico de ratón, pelos, pecas y una innecesaria impostación de conferenciante. Cuando el abismo era inevitable, abrió los ojos. De sus uñas sucias no sabe si tuvo ternura o pena, y no pudo impedir que el cuerpo de Mariana se cristalizase en una playa imaginaria, que la ola se deshiciese en espuma junto a sus piernas, que los pequeños zapatos de tenis blancos estuviesen manchados de sangre.

Adivinando que podía llorar, optó por beber un café sin azúcar.

Después del entierro, un poco antes del anochecer, la siguió casi instintivamente y asumió sin espanto su condición de animal: las garras, el paso aterciopelado y el flexible movimiento de los músculos. Cuando las luces de la Playa de Belas se unieron al rojo del crepúsculo, apretó el acelerador y le tomó la delantera. Esperó que llegase la curva y la encerró.

Sabía que no había puesto policial cerca y que las decadentes residencias ocultas detrás de las higueras no se dignarían abrir sus augustos balcones para presenciar una discusión de automovilistas.

Esperó que la figura menuda y rabiosa bajase del Karmann Ghia y se aproximase al Jaguar.

—¿Eso son cosas de hacer? ¿Está borracho?

Se calló ante el Smith and Wesson .38.

Cid Espigão abrió la puerta.

—Vamos a dar un paseo.

No pudo tomar en cuenta la invitación: estaba paralizada. La empujó adentro del auto. Vio cómo ella se aquietaba, callada y sumisa. Encendió el motor. Comenzó a alejarse sin prisa.

El río se inmovilizaba dentro de su color de plomo, la sirena del barco que transportaba arena hirió un punto vulnerable del crepúsculo. Cerca de Pedra Redonda ella intentó saltar. La tomó de los cabellos, la atrajo hacia sí y la abofeteó con el dorso de la mano.

Estacionó en el lugar más desierto y oscuro. La arrastró por los escalones de piedra hasta la arena. Oyó el susurro del río.

—¿Te acuerdas de mí?

En el fondo de las pupilas de ella brillaba una gota de horror, de la boca entreabierta chorreaba un hilo de baba.

—¿Te acuerdas?

Caída en la arena, retrocedió con una ondulación de gusano.

—¿Dónde está Sérgio?

El horror en los ojos se metamorfoseó en una incipiente curiosidad.

—¿Y Mariana? ¿La conocías como Alexandra?

Retrocedió más, arrastrándose, la sombra oscura del hombre inclinada sobre ella.

—¿Te acuerdas?

La voz insistió, crispada.

—¿Te acuerdas?

Una bofetada estalló en el rostro, los cabellos negros se esparcieron como asustados, el cuerpo se encogió en la arena, el agua del río mojó sus zapatos y el detective privado Cid Espigão fue sacudido por una súbita tristeza: un cuerpo pequeño, indefenso y sollozante está caído en la arena, los pies mojados por el agua del río en un anochecer tan frío.

Miró el Smith and Wesson .38 en su mano y dominó a tiempo el impulso de arrojarlo dentro del río. Lo guardó en el bolsillo y comenzó a alejarse, la cosa creciendo dentro del pecho hasta tomar forma de pena, primero de Sarita, después de Olga, de Lolo, de la señora Gunter y por fin de sí, pero de las cosas que no ocurrieron, que no le ocurrieron, que, como Mariana, no llegaron a ocurrir. No se permitió pensar en Mariana caída en la arena de la playa, los pies mojados.

—Muchacho.

La voz llegó mezclada con el susurro del río. Se volvió lentamente y sin curiosidad.

Ella se había bajado el frente del vestido y sostenía los senos. El brillo de los ojos acompañaba el paseo de la pequeña lengua por los labios. Imploró, con voz ronca:

—Pégame otra vez.

Capítulo X

Los días se soltaron como caballos en el pasto. El viento provocaba pequeñas tempestades de copos de *paineiras* en los jardines de la Facultad de Derecho y todas las adolescentes sentían el mismo e incomparable estremecimiento. Sólo la mente entorpecida de un burócrata sería incapaz de leer en el oro de la hierba el aviso de que llegaba la primavera, esa estación tan calumniada.

El detective Cid Espigão retiró las manos que le cubrían el rostro y, desde el banco en que estaba sentado, en una esquina del Parque Farroupilha, estratégicamente ubicado bajo un *flamboyant* que amenazaba cubrirse de flores, se dignó contemplar el mundo.

Constató, de hecho, que la primavera rondaba escondida en el corazón de los copos que se enredaban en los cabellos de las normalistas de uniforme azul y constató que el día estaba blando como un tomate y constató que tal vez lloviese. Constató que el cansancio que sentía era muy parecido a la pereza y que no sabía cuánto tiempo más había transcurrido desde aquel sombrío anochecer.

Extendió los brazos, sintió las coyunturas crujir agradablemente. Caminó un poco sin rumbo, preguntándose qué hora sería y por qué no sentía hambre.

La vereda de la Avenida Osvaldo Aranha estaba húmeda, la mañana sugería otra vez algo de lo carnal de un tomate, algo de seda del tomate, tal vez la fragilidad del tomate, y Cid Espigão se detuvo en la esquina para descifrar el confuso idioma del grupo de viejos que discutía con pasión. Imaginó que eran judíos, recordó que en su adolescencia había tenido una novia judía —no había sido siquiera un enamoramiento: se miraban a distancia, callados y medrosos—, se inflamó pensando en el padre, en la madre, en la hermana que falleció y sabiendo que la tristeza preparaba el bote apresuró el paso, comenzó a silbar un samba cuyo nombre ya no recordaba, se detuvo en la vidriera de una mueblería.

Su imagen se reflejaba en el espejo de la vidriera. Tenía un panadero prendido en los cabellos.

Quedó mucho tiempo mirando al hombre de rostro chupado y ropa gastada que tenía un panadero prendido en los cabellos. Necesitaba conversar con ese hombre. Preguntarle cosas. Necesitaba sacudir a ese hombre. Necesitaba, tal vez, hacerlo llorar.

Volvió a caminar. No sabía qué hora era ni tenía ganas de consultar los relojes de las casas de comercio. Se puso rígido y alerta cuando el coche policial pasó al ras del cordón. Sonrió cuando se alejó. Y al buscar en la próxima vidriera la imagen del hombre del rostro chupado para intentar el necesario diálogo, se sintió súbitamente ofendido porque el panadero había desaparecido. Percibió que sentía frío, y enseguida racionalizó que no era frío sino desamparo, tal vez algo peor que eso, quien sabe pura y simplemente soledad. Porque no tenía adonde ir. No tenía con quien conversar. No tenía siquiera un panadero prendido en los cabellos. Oyó el silbido cuando comenzaba a decir algo urgente e indispensable al hombre de rostro chupado en el espejo del negocio.

Era un mendigo todavía joven. La enorme cabellera

estaba dura de tierra y las bolsas de estopa que lo envolvían exhalaban un olor que atraía enjambres de moscas. Lo seguían, como un séquito, tres perros esqueléticos y de orejas fieles. Cid Espigão sabía apenas del silbido que se instaló en la mañana como si fuese una parte de ella. Siguió al mendigo durante cuadras. En realidad, seguía al silbido. Pendía del silbido, lo respiraba, se alegraba cuando era alegre y se entristecía cuando el silbido se volvía melancólico. Y del silbido brotaron visiones de navíos corsarios, y orquestas, y castillos envueltos en niebla, y caballos blancos a la orilla del mar.

De repente, sintió miedo del silbido.

No buscó explicación. Entró en el primer negocio que encontró como si estuviese atravesado por un frío definitivo, y entre el tránsito congestiondo de aparatos de televisión y heladeras y aspiradoras de polvo recordó el crepúsculo entrando hondo en la noche en que rodó por la arena lunar del Guaíba (desprendían un olor de animal mojado) y el modo de náufrago en que se agarró al cuerpo incandescente de Sarita —claro, yo y Sérgio militábamos en la misma organización —y recordó los gestos ansiosos —nos infiltramos juntos en el grupo de Agnadelli —y recordó los pedidos hechos con voz sofocada —pero me desilusioné muy pronto de todo —y recordó los bramidos que no fueron reprimidos —me desilusioné porque ellos no representaban nada en el fondo —y recordó la larga uña roja abriendo un surco en su espalda —y también porque éramos muy débiles y ellos muy fuertes —y recordó la risa nerviosa que por un momento pensó que fuese llanto —y un día le conté todo a Agnadelli —y recordó la carcajada que se unió al latido de perros invisibles —y aprovecharon la fiesta a la que fuiste para interrogar a Sérgio —y recordó las caricias que también eran insulto y agresión —pero él consiguió escapar —y recordó la rabia mansa que fluctuaba dentro de su piel como una cosquilla —y ordené mi vida, terminé mis estudios, hoy soy médica, gracias a Dios —y recordó la confusa luz que irradiaba de los postes indiferentes —y no necesito de nadie —y recordó la manera silenciosa en que ella quedó largo tiempo con el rostro vuelto hacia la oscuridad del río —y no me ilusiono más con nada —y recordó la sensación de algo perdido con que se apartó de ella, de la playa, del Jaguar, del olor a orina del paredón de piedras y recordó cómo vagó hasta la madrugada buscando no sabía qué.

Todavía no lo sabe. Cuando se sienta en el banco de la plaza anochece otra vez. La gente pasa apresurada. Los mendigos se refugian en los puentes.

Entró en el bar pisando suave, como si temiese despertar al borracho que dormía sobre el mármol de la mesa. Tuvo suficiente paciencia para esperar que los ojos de Olga se rehicieran del susto, y entonces pronunció, pausada y claramente —iluminado por el descubrimiento de que las pronunciaba por primera vez en su existencia—, las tres palabras siguientes:

—Yo te amo.

No permitió que ella hablase. Se puso el índice sobre los labios en un gesto rápido.

—Quiero que vengas a vivir conmigo, Olga. Va a ser una vida peligrosa. No, no digas nada todavía. Va a ser peligrosa y no va a ser confortable. Va a ser una vida loca, de un lado para el otro, pero nunca más vas a volver a ser esclava de ningún vagabundo. No. No quiero que respondas ya. Quiero que lo pienses. —Hablaba serenamente, como un loco astuto. —Yo voy a volver de aquí a seis meses. Si no quisieras ir conmigo vuelvo a regresar en otros seis meses. Y vuelvo a regresar. Y así siempre. Toda mi vida. Porque yo te amo.

Salió y la dejó paralizada.

La noche muestra la vertical belleza de un vaso de leche sobre una mesa recién-lavada. Cid Espigão respiró el aire de esa noche y sintió que su pecho estaba ligero, limpio y casi libre de las heridas de la cotidiana espina que cultivó durante años. Caminó muchas cuadras sin objetivo aparente, respirando hondo y gozando del descubrimiento. Y entonces, cuando se preparaba para atravesar una calle, ocurrió, finalmente, lo que ya era para siempre irremediable: se le apareó en el cordón un Volkswagen beige y de su ventanilla salió un oscuro caño de ametralladora que apuntó directamente al espacio entre sus ojos.

Capítulo XI

Aquella mañana se había levantado temprano porque el calor en la oficina era casi insoportable. Había ordenado afanosamente el sofá-cama, alejado el escritorio hasta el lugar que le correspondía, limpiado el polvo con el plumero. Y había tomado una ducha, afeitado con esmero, caminado hasta lo de Giovani silbando el samba que había comenzado en el baño. Después del café había regresado a la oficina observando con Método el contonear de caderas de cada mujer que pasaba, subido la escalera ahorrando aliento, puesto los pies sobre la mesa y comenzado a pensar —sin prisa ni angustia— que estaba completamente quebrado, que le debía dinero a Lolo, que la Navidad se aproximaba como un monstruo vivo emboscado en los aparatos de televisión y que, simplemente, no había elaborado ningún proyecto especial —a corto, mediano o largo plazo— para su vida.

Entonces, sin que hubiese nada escrito en las nubes, ninguna señal en lo húmedo del revestimiento ni signos ocultos en el polvo que fluctuaba eternamente entre sus cuatro paredes, la puerta de la oficina se abrió y entró la mujer más elegante que a sus ojos nunca les fue dado contemplar. Estaba perfectamente serena y sonreía.

—¿Usted es el detective Espigão?

Se sentó en la silla tapizada (en esa época todavía estaba intacta), examinó discretamente el mobiliario y anunció de manera lenta, resbaladiza:

—Mi hijo desapareció. Quiero que usted lo encuentre.

Ahora, mucho tiempo después —calabozos, esquinas, plazas, meses, años después—, ahí está él, el hijo: rostro en la oscuridad, esa ametralladora en la mano apuntando a sus ojos, y la incómoda certeza de que no lo encontró, fue encontrado.

—¿Para qué apuntarme con ese fierro?

Imaginó la sonrisa sardónica floreciendo en los labios.

—Debe ser la costumbre. Entra.

—¿Y si no quiero?

—Si no quieres, buenas noches.

Cuando el caño de la ametralladora fue retirado, rodeó el autito y abrió la puerta. Antes de entrar intentó ver en la oscuridad al joven alto con quien había conversado en una tarde perdida, en un bar remoto de una universidad diluida. No pudo traerlo, ni recordarlo ni hacerlo ser el mismo. Se sentó en el asiento a su lado.

—Me parece que te apunté para ver tu reacción.

—¿Pensaste que iba a salir corriendo?

—No pensé nada. Por el momento no pienso nada.

—¿Por el momento?

—Por el momento. ¿Y tú?

—Por el momento, pienso: ¿qué quiere este sujeto conmigo?

El hijo de la Dama de los Guantes Blancos encendió la luz del interior del auto y el detective privado Cid Espigão enfrentó nuevamente la magia y la incomodidad de sus ojos verdes.

—Este sujeto quiere charlar un rato. ¿Tú no tienes ganas de charlar un rato, compañerito?

Apagó las luces.

—El nombre es Cid, muchacho. ¿Ganas de charlar un

rato? Si yo fuera un sujeto normal, con un mínimo de buen sentido, abriría la puerta de este auto evidentemente robado y saldría corriendo. Rezando para no encontrarte nunca más en mi vida.

—Sucede que yo desconfío de que tú seas un sujeto que no tiene ese mínimo de buen sentido, compañerito. Detective privado, ¡es fantástico! Todavía me acuerdo cuando entraste en el bar de la facultad aquel día.

—Pues yo trato de olvidar. Y más todavía nuestro último encuentro.

—Yo no sabía cuales eran tus intenciones. No podía actuar de otro modo. Estaba... bueno, apurado, digamos. ¿Quedaste muy herido?

Cid mostró una expresión afligida.

—Tengo la marca hasta hoy.

Sérgio sacudió la cabeza en un pesar irónico.

—En todo caso, compañerito, tenemos que reconocer que fue un buen golpe. Caíste duro. Yo pensé que estabas haciendo teatro.

—¿Haciendo teatro?

Cid se infló, ofendido, pero encontró la mirada del otro —la cosa indescifrable e irónica allá adentro— y se marchitó.

—Deja eso, profesor, deja eso... Tengo varias versiones de aquella noche. Para completar mi colección, ¿por qué no cuentas la tuya?

—¿Cuáles son las versiones que tienes?

—Secreto profesional. Yo sé, por ejemplo, lo que hacías de amigo con Agnadelli, el profesor Alves, todo ese equipo.

Sérgio lo estudió durante cierto tiempo.

—No podemos quedarnos estacionados en esta esquina. ¿Tienes tiempo?

—Todo el tiempo que quieras, profesor.

—Entonces vamos a dar una vuelta por la ciudad.

La ciudad de Porto Alegre, fundada por parejas azorianas hace trescientos años, fue mostrando su rostro variado y marcado —sombras y luces— y los cigarrillos que encendieron contribuyeron para que la encarasen sin amarguras.

—Ahí detrás hay una botella con batido de *maracujá*. Hace un frío loco. ¿Bebes?

—Nunca.

Y mirando, ya arrepentido, el brillo dorado de la botella:

—Sólo si fuera para acompañarte. No soy de ofender a nadie.

—Yo tampoco bebo nunca. Sólo bebo para espantar el frío. O el calor.

—¿Y cuando no hace ni frío ni calor?

—Nunca ocurre que no haga ni frío ni calor.

Bebió solemnemente dos tragos, chasqueó la lengua, apreció el color del líquido y le pasó la botella a Cid.

El detective también bebió dos tragos, puso el tapón y guardó la botella en el asiento de atrás.

—¿Cómo es, viene esa historia o no?

—En esa época, y eso ya debes de estar cansado de saberlo, yo estaba infiltrado en el grupo de Agnadelli, por casualidad fallecido recientemente en circunstancias trágicas.

—Lo leí en los diarios.

—¿Lo leíste en los diarios? Bueno, continuando: la organización de ellos apenas comenzaba. Yo estaba tratando de saber las cosas, contactos, planes, estructura interna, esos detalles. Descubrí algo: como buenos capitalistas, ellos sabían sacar lucro de todo. La finalidad de la organización era realmente lanzar una santa cruzada contra los comunistas y progresistas y cualquier bicho parecido, pero era también una tremenda fuente de renta. Formaron una especie de ejército, que, cuando no cazaba algún líder sindical o estudiantil, era alquilado para hacer la vigilancia de Bancos o fábricas o incluso de figurones. El dinero que da eso es increíble.

—Lo que no entiendo es cómo Agnadelli no tenía el menor esquema de seguridad personal.

—Su mayor protección era justamente la fama de progresista. Llegó a firmar un manifiesto contra la dictadura.

—Oí algo al respecto. ¿Y la fiesta?

—Cuando yo estuve en esa fiesta ya me habían descubierto.

—Era una trampa.

—Claro. Me agarraron y arrastraron al sótano. Lo que me salvó fue la llegada de una muchacha con ataque epiléptico o algo parecido.

—Fui yo quien la llevó allí.

—Aproveché su descuido, tomé un arma y me abrí camino a balazos. Me dieron un tiro en el brazo que raspó el hueso. Pero aun así pude escaparme.

—Por encima de mi cadáver.

—Yo no iba a dispararte. En el fondo, sabía que no tenías nada con ellos, pero no podía demorarme dando explicaciones. Lo que no entiendo es qué hacías allí.

El detective retiró el cenicero del tablero y sacudió la ceniza del Minister.

—Te buscaba a ti.

—¿Pero cómo supiste que yo estaba allí?

—Sarita.

—Lo sé. Sarita.

Se calló, esperando que el semáforo cambiara. Cuando el Volkswagen arrancó, preguntó, mirando hacia el frente, dando un tono casual a la voz:

—¿Sabes algo de ella?

—Vive bien. Es médica, buen departamento, buen auto, buen sueldo. Lo que siempre quiso, supongo.

Sérgio asintió con la cabeza. El detective preguntó, mirando la brasa del cigarrillo:

—¿Por qué hizo eso?

—¿Por qué?

Después sonrió perplejo con la propia cólera.

—¿Por qué la gente traiciona a los compañeros, a los amigos, a los que ama? ¿Qué voy a saber yo, detective? Es un problema de clase. Ésa es la respuesta más simple. Y más fácil. Quién sabe por qué. Un buen día nos traicionó. Por dinero, por miedo, por algo oscuro. Pero traicionó.

Agarró la botella y tomó dos tragos más. Se limpió los labios con el dorso de la mano derecha, le pasó la botella a Cid. Habló bajito, un murmullo casi, mirando la calle:

—Y soñaba con construir un mundo nuevo.

También Cid Espigão miró hacia la calle, esa calle familiar de la ciudad tan conocida, asombrada ahora por el aire que se contorsiona envenenado de nafta y alcohol y sonidos y humo y se esforzó en iluminar el oscuro entrepiso de su imaginación con el esplendor obnubilante de una visión de ese mundo remoto que los niños allá adentro prometían, ese mundo que un día también Sarita soñó construir y que debería ser justo y magnífico.

—Eso no explica por qué ella me hizo ir a la fiesta —dijo Cid, varias cuadras después.

—Tal vez porque también desconfiaba de ti. Tal vez para usarte como coartada. ¿Comprendes? Si me ocurría algo en la fiesta, y ella sabía que iba a ocurrir, ella no tenía por qué estar involucrada si invita a la fiesta al detective que me busca. Una coartada.

—¿Y el gordo loco? ¿Por qué lo degollaron? ¿Querías realmente secuestrarlo?

Sérgio puso cara de disgusto.

—El pobre fascista imbécil... Me infiltré en la organización por intermedio de él. Él me respaldó. Como no pudieron acabar conmigo, acabaron con él. Sólo servía para estorbar. Era homosexual. Se apasionaba por los muchachos y los hacía entrar en la organización.

—Y te aprovechaste de su debilidad.

Sérgio miró a Cid sin decir nada.

—Había una carta con unos planos muy extraños diciendo que querías secuestrarlo.

—Payasada. Cortina de humo para desviar la atención del hecho de que el secuestrado fui yo. Estaban desesperados por saber quiénes eran los otros infiltrados. Dieron vueltas conmigo para arriba y para abajo de este Brasil. No querían que el ejército me detuviese. Mi padre era... es coronel. Tenía cierta influencia en el área de la represión.

—Pero fuiste a parar a la cárcel.

—Fui. Acabaron entregándome. La organización de Agnadelli, todo ese tipo de organizaciones fascistas, tienen ramificaciones dentro del ejército.

—El teniente Aldo.

—Era uno. Pero menor. El negocio funciona a nivel de general. Lo que ocurrió fue que no quisieron generar una crisis (bueno, una crisis, propiamente, no), sino una situación delicada dentro de los órganos represivos. Acordaron entregarme al ejército si transferían a mi padre. La noche en que me trajeron de vuelta a Porto Alegre, él fue transferido.

—Esa noche hablamos de mujeres.

Sérgio apagó el motor frente al sigiloso muro cubierto de hiedra en la esquina de la Tomás Flores con la Independência y tardó en volver el rostro tomado por el espanto hacia el impasible detective.

—¿Qué fue lo que dijiste?

—Aquella noche hablamos de mujeres.

No había más misterio en la noche. El muro de hiedras exhaló un hondo suspiro perfumado.

—Te llevaron de madrugada, antes de que pudiéramos volver a conversar.

El hijo de la señora Gunter sonrió, sacudió lenta y cavilosamente la cabeza y sonrió.

—Comienzo a creer que tienes realmente doce años de profesión, compañerito…

Tomó la botella.

—¡Salud!

Encendió el motor. El auto volvió a circular, la ciudad a mostrar sus calles. Miró al detective.

—¿Y tú?

Cid se encogió de hombros.

—Voy tirando.

—En pleno reinado de Humberto IV eso ya es mucho. —Sacudió súbitamente la cabellera.— Esa frase mía huele a conformismo. ¡Qué mucho ni qué ocho cuartos, detective! Estamos en el sitio más hondo del pozo más lleno de mierda que hay en este planeta, y tenemos que salir de él a menos que nos guste la mierda. A mí no me gusta.

—A pocos les gusta.

—¿Qué debemos hacer, a tu criterio?

Cid Espigão miró por la ventanilla la ciudad que pasaba. Sintió olor a mar y no hay mar en Porto Alegre.

—¿A mi criterio? A mi criterio, nada se gana acabando sólo con los robots. Es necesario acabar también con lo que origina los robots.

Un borracho orinaba en medio de la calle y les gritó algo. Dos coches policiales en una esquina. Pasaron lentamente bajo las miradas atentas de los agentes. Cid sacó el tapón de la botella con un suspiro.

—¡Salud!

Olor a mar, todavía. ¿Qué hora sería?

—Esto es tuyo.

Sérgio le tendía un paquete que había retirado de la guantera.

Se enredó con el papel, sintió atontado que el corazón comenzaba a pesarle.

Contempló largamente la pipa entre sus manos que temblaban.

—Estaba entre las cosas de ella que la familia consiguió rescatar. Me mandaron la pipa porque pensaron que era mía. Yo la usé algunas veces. ¿No te importa?

—No.

—¿No quieres probar para ver si anda bien? Tengo un poco de tabaco aquí conmigo. Sólo no sé si es el mismo que usabas.

—No tiene importancia. Yo no usaba ninguna marca especial.

El tabaco olía bien. Comenzó a llenar la pipa.

—¿Y ahora, qué vamos a hacer? —preguntó Sérgio.

—Acabar con los robots.

Miró tranquilamente al Hijo de la Dama de los Guantes Blancos.

—¿No es eso lo que estás haciendo hace mucho tiempo?

Sérgio sonrió.

—En cierto modo... Pero por el momento necesitamos reunirnos, organizarnos, trabajar en conjunto, tener disciplina.

El detective privado Cid Espigão, vulgo Docinho, aquí presente, encendió un fósforo y acercó, con mano firme, la llama a la boca de la pipa.

—Me parece que me va a costar un poco acostumbrarme —avisé, mientras saboreaba una soberbia bocanada, la primera después de largos años, que no tenía el gusto amargo ni servía para disfrazar la espina—. Tú sabes, profesor, nosotros, los detectives privados, somos tradicionalmente lobos solitarios.

No sé si sonrió, no sé si entendió. Cerré los ojos. Continué con los ojos cerrados durante la marcha del auto a través de la madrugada, imaginando la ciudad invisible, las casas, las calles, los postes, todos conocidos e indiferentes, sintiendo al auto moverse en una dirección secreta y grandiosa, adivinando la primavera naciendo mojada del río, sintiéndola apoyarse como un hijo en mi lado derecho.

El auto fue marchando siempre, sin parar, rumbo a su incomparable destino, y yo con los ojos cerrados, cómodo, relajado, la cabeza recostada en el vidrio entreabierto, dejado a la brisa del nuevo día llenarme el rostro con una caricia indefinida: tal vez sueño, tal vez felicidad.

Buenos Aires, julio de 1974
Copenhague, octubre de 1975

emecé editores

España
Av. Diagonal, 662-664
08034 Barcelona (España)
Tel. (34) 93 492 80 36
Fax (34) 93 496 70 58
Mail: info@planetaint.com
www.planeta.es

Argentina
Av. Independencia, 1668
C1100 ABQ Buenos Aires
(Argentina)
Tel. (5411) 4382 40 43/45
Fax (5411) 4383 37 93
Mail: info@eplaneta.com.ar
www.editorialplaneta.com.ar

Brasil
Rua Ministro Rocha Azevedo, 346 - 8º andar
Bairro Cerqueira César
01410-000 São Paulo, SP (Brasil)
Tel. (5511) 3088 25 88
Fax (5511) 3898 20 39
Mail: info@editoraplaneta.com.br

Chile
Av. 11 de Septiembre, 2353, piso 16
Torre San Ramón, Providencia
Santiago (Chile)
Tel. Gerencia (562) 431 05 20
Fax (562) 431 05 14
Mail: info@planeta.cl
www.editorialplaneta.cl

Colombia
Calle 73, 7-60, pisos 7 al 11
Santafé de Bogotá, D.C.
(Colombia)
Tel. (571) 607 99 97
Fax (571) 607 99 76
Mail: info@planeta.com.co
www.editorialplaneta.com.co

Ecuador
Whymper, 27-166 y Av. Orellana
Quito (Ecuador)
Tel. (5932) 290 89 99
Fax (5932) 250 72 34
Mail: planeta@access.net.ec
www.editorialplaneta.com.ec

Estados Unidos y Centroamérica
2057 NW 87th Avenue
33172 Miami, Florida (USA)
Tel. (1305) 470 0016
Fax (1305) 470 62 67
Mail: infosales@planetapublishing.com
www.planeta.es

México
Av. Insurgentes Sur, 1898, piso 11
Torre Siglum, Colonia Florida, CP-01030
Delegación Álvaro Obregón
México, D.F. (México)
Tel. (52) 55 53 22 36 10
Fax (52) 55 53 22 36 36
Mail: info@planeta.com.mx
www.editorialplaneta.com.mx
www.planeta.com.mx

Perú
Grupo Editor
Jirón Talara, 223
Jesús María, Lima (Perú)
Tel. (511) 424 56 57
Fax (511) 424 51 49
www.editorialplaneta.com.co

Portugal
Publicações Dom Quixote
Rua Ivone Silva, 6, 2.º
1050-124 Lisboa (Portugal)
Tel. (351) 21 120 90 00
Fax (351) 21 120 90 39
Mail: editorial@dquixote.pt
www.dquixote.pt

Uruguay
Cuareim, 1647
11100 Montevideo (Uruguay)
Tel. (5982) 901 40 26
Fax (5982) 902 25 50
Mail: info@planeta.com.uy
www.editorialplaneta.com.uy

Venezuela
Calle Madrid, entre New York y Trinidad
Quinta Toscanella
Las Mercedes, Caracas (Venezuela)
Tel. (58212) 991 33 38
Fax (58212) 991 37 92
Mail: info@planeta.com.ve
www.editorialplaneta.com.ve

Grupo Planeta   Emecé es un sello editorial del Grupo Planeta   www.planeta.es

10P / 15.6 / CONS / SIN